比较文学与文化丛书

蒋承勇 主编

孙杰娜◎著

美国当代作家的 医生界别书写研究

中国社会科学出版社

图书在版编目(CIP)数据

美国当代作家的医生界别书写研究/孙杰娜著.—北京:中国社会
科学出版社,2019.5
ISBN 978-7-5203-4286-5

Ⅰ.①美… Ⅱ.①孙… Ⅲ.①文学创作研究-美国-现代
Ⅳ.①I712.065

中国版本图书馆 CIP 数据核字(2019)第 067258 号

出 版 人	赵剑英
责任编辑	刘 艳
责任校对	陈 晨
责任印制	戴 宽

出　　　版	中国社会科学出版社
社　　　址	北京鼓楼西大街甲 158 号
邮　　　编	100720
网　　　址	http://www.csspw.cn
发 行 部	010-84083685
门 市 部	010-84029450
经　　　销	新华书店及其他书店

印　　　刷	北京明恒达印务有限公司
装　　　订	廊坊市广阳区广增装订厂
版　　　次	2019 年 5 月第 1 版
印　　　次	2019 年 5 月第 1 次印刷

开　　　本	880×1230　1/32
印　　　张	9.125
插　　　页	2
字　　　数	205 千字
定　　　价	48.00 元

目　录

总　序

一

当今，网络化助推着全球化，我们处在一个"网络化－全球化"的时代。不管从哪一个角度看，"全球化"进程越来越快，它是一种难以抗拒且愈演愈烈的时代潮流，人类的生存已处在快速全球化的境遇中。然而，"全球化"在人的不同的生存领域，其趋势和受影响程度是不同的，尤其在文化领域更有其复杂性。

"全球化"首先是在经济领域出现的，从这一层面看，全球化的过程是全球"市场化"的过程；"市场化"的过程，又往往是经济规则一体化的过程。人类"进入 80 年代以来，世界资本主义经历了一番结构性的调整和发展。在以高科技和信息技术为龙头的当代科学技术上升到一个新的台阶之后，商业资本的跨国运作，大型金融财团、企业集团和经贸集团的不断兼并，尤其是信息高速公路的开通，不仅使得经济、金融、科技的'全球化'在物质技术层面成为可能，而且的确很大程度上变成了一种社会现实。越来越多的国家加入到一个联系越来越密切的世界经济体系之中，国际货币基金组织、世界贸易组织等世界性经贸联合体实行统一的政策目标，各国的税收政策、就业政策等逐步统一化，技术、金融、会计报表、国民统计、环境保护等，也都实行相对的标准"。① 这说明，全球化时代的人类经济生活，追求的是经济活动规则的一体化与统一化。所以，由于"全球化"的概念来自于经济领域，而经济领域的"全球化"又以一体化或统一化为追求目标和基本特征，因而，"全球化"这一概念与生俱来就与"一体化"连结在一起，或者说它一开始就隐含着"一体化"的意义。

在网络信息化的 21 世纪，伴随经济全球化而来的是金融全球化、科技全球化、传媒全球化，由此又必然产生人类价值观念的震荡与重构，这就是文化层面的全球化趋势，或称文化上的"世界主义"。因此，经济的全球化必然会带来文化领域的变革，这是历史发展的规律。然而，文化的演变虽然受经济的制约，但它的变革方式与方向因其自身的独特性而不至于像经济等物质、技术形态那样呈一体化特征。因此，简单地说经济全球化必然带来文化全球化是不恰当的；或者说，笼统地讲文化全球化也像经济全球化那样走"一体化"之路，是不恰当的，文化上的"世界主义"不是某一种文化的整一化、同质化。在经济大浪潮的冲击下，西方经济强国的文化（主要是美国的）价值理念不同程度地渗透到经济弱国的社会文化机体中，使其本土文化在吸收外来文化因素后产生变革与重构。这从单向渗透的角度看，是经济强国的文化向经济弱国的文化的扩张，是后者向前者的趋同，其间有"整一化"的倾向。然而，文化之相对于经济的独特性在于：不同种类、不同质的文化形态的价值与性质并不取决于它所依存的经济形态的价值；文化价值的标准不像经济价值标准那

---

① 盛宁：《世纪末·"全球化"·文化操守》，见《外国文学评论》2000 年第 1 期。

样具有普适性，相反，它具有相对性。因此，在经济全球化的过程中，不同的文化形态在互渗互补的同时，依然呈多元共存的态势，文化的互补性与多元性是统一的。在经济全球化的过程中，经济弱国的文化价值观念同时也反向渗透到经济强国的文化机体之中，这是文化趋同或文化"全球化"和"世界主义"的另一层含义。所以，在谈论经济全球化背景下的文化全球化趋势时，我们既不赞同任何一种文化形态以超文化的姿态凌驾于其他不同质文化的价值体系并力图取代一切，也不赞同狭隘的文化上的相对主义、民族主义和保守主义。我们认为，文化上的全球化和世界主义"趋势"——仅仅是"趋势"而已——既不是抹煞异质文化的个性，也不能制造异质文化之间的彼此隔绝，而应当在不同文化形态保持个性的同时，对其他文化形态持开放认同的态度，使不同质的文化形态在对话、交流、认同的过程中，在互渗互补与本土化的互动过程中既关注与重构人类文化的普适性价值理念，体现对人类自身的终极关怀，又尊重并重构各种异质文化的个性，从而创造一种普适性与相对性辩证统一、富有生命力而又丰富多彩的"世界文化"。正是在这种意义上，"世界文化"也好，文化上的"世界主义"也罢，强调和追求的都是一种包含了相对性的普适文化，是一种既包容了不同文化形态，同时又以人类普遍的、永恒的价值作为理想的人类新文化。

因此，我认为，经济和物质、技术领域的全球化，并不必然导致同等意义上的文化的"全球化"，即文化的"一体化"，而是文化的互渗互补与本土化的双向互动，普适性与多元化辩证统一的时代。所以，在严格的意义上，"全球化"仅限于经济领域——至少，在全球化的初期阶段是如此——而文化上的"世

界主义"则永远是和而不同的多元统一。这恰恰是比较文学及
其跨文化研究存在的前提。

二

但是，不管怎么说，在网络化与经济全球化的过程中，人类
文化无可避免地也将走向变革与重构，文学作为文化的一部分，
也必将面临变革与重构的境遇，文学的研究也势必遭遇理论、观
念与方法之变革与创新的考验。现实的情形是，20 世纪 90 年代
以降，经济的全球化和文化的信息化、大众化，把文学逼入了
"边缘化"状态，使之失去了先前的轰动与辉煌，美国著名文学
理论家 J·希利斯·米勒曾经提出文学时代的"终结"之说：
"新的电信时代正在通过改变文学存在的前提和共生因素（con-
comitant）而把它引向终结。"① 相应地，他认为"文学研究的时
代已经过去。再也不会出现这样一个时代——为了文学自身的目
的，撇开理论的或政治方面的思考而单纯地去研究文学。那样做
不合时宜。"② 今天看来，米勒的预言显然言过其实，不过，它
也让人们更加关注文学的衰退与沉落以及文学研究的危机与窘迫
的事实，文学工作者显然有必要正视文学的这种现实或趋势，在
"网络化—全球化"境遇中，谋求文学研究在理论与方法上的革
新。其实，米勒的"文学研究成为过去"也许仅仅是指传统的
文学研究方法"成为过去"，而不是所有的文学研究。那么，我

---

① ［美］J. 希利斯·米勒：《全球化时代文学研究还会继续吗?》，《文学评论》
2001 年第 1 期。

② 同上。

们不妨从这种被"成为过去"的危机意识、忧患意识出发，努力寻求与拓展文学研究的新理念、新方法，使文学研究尽可能摆脱"传统"的束缚。

既然经济上的全球化不等于文化上的"一体化"，而是和而不同的多元共存，那么，全球化"趋势"下的世界文学也必然是多元共存状态下的共同体；既然全球化时代的人类文学是非同质性、非同一性和他者性的多民族文学同生共存的世界文学共同体，那么，世界文学的研究不仅需要、而且也必然地隐含着一种跨文化、跨文明的和比较的视界与眼光，以及异质的审美与价值评判，于是，比较文学天然地与世界文学有依存关系——没有文学的他者性、非同一性、不可通约性和多元性，就没有比较文学及其跨文化研究。显然，比较文学及其跨文化研究自然地拥有存在的必然性和生命的活力，也是更新文学研究观念与方法的重要途径。

文学的研究应该跳出本土文化的阈限，进而拥有世界的、全球的眼光，这样的呼声如果说以前一直就有，而且不少研究者早已付诸实践，那么，在"网络化—全球化"境遇中，文学研究者对全球意识与世界眼光则更应有一种主动、自觉与深度领悟，比较文学及其跨文化研究方法也就更值得文学研究者去重视、运用与拓展。比较文学本身就是站在世界文学的基点上对文学进行跨民族、跨文化、跨学科的研究，它与生俱来拥有一种世界的、全球的和人类的眼光与视野，因此，它天然地具有"世界主义"的精神灵魂。正如美国耶鲁大学比较文学教授理查德·布劳德海德所说："比较文学中获得的任何有趣的东西都来自外域思想的交流基于一种真正的开放式的、多边的理解之上，我们将拥有即将到来的交流的最珍贵的变体：如果我们愿意像坚持我们自己的概念是优秀的一样承认外国概念的力量的话，如果我们像乐于教授别人一样地愿意去学习的话。"① 因此，在全球化境遇中，比较文学及其跨文化研究方法在文学研究中无疑拥有显著的功用和活力，它成全的是多元共存、互补融合的世界文学。

不仅如此，在全球化的境遇中，比较文学对文化的变革与重构，对促进异质文化间的交流、对话和认同，对推动民族文化的互补与本土化均有特殊的、积极的作用。因为比较文学之本质属性是文学的跨文化研究，这种研究至少在两种以上异质文化的文学之间展开，因此它可以通过对异质文化背景下的民族文学的研究，促进异质文化之间的理解、对话与交流、认同。所以，比较文学不仅以异质文化视野为研究的前提，而且以促进异质文化之间的互认、互补为终极目的，它有助于异质文化间的交流，使之在互认的基础上达到互渗互补、同生共存，使人类文化处于普适性与多元化的良性生长状态，而不是助长不同文化间的互相倾轧、恶性排斥。就此而论，比较文学必然助推的是多元共存的文学的世界主义倾向。

也许，正是由于比较文学及其跨文化研究把文学研究置身于人类文化的大背景、大视野，既促进各民族文化的交流与互补，又促进着世界文学的发展与壮大，因而它自然也有可能为文学摆脱"边缘化"助一臂之力。不仅如此，在网络化——全球化境遇中，虽然有人担心甚至预言"文学研究的时代已经成为过去"，但笔者上文的论说亦已说明：网络化—全球化促进了文学的交流互补因而也促进了世界文学的繁荣，而在世界文学母体里

---

① ［美］理查德·布劳德海德：《比较文学的全球化》，见王宁编《全球化与文化：西方与中国》，北京大学出版社 2002 年版，第 235 页。

孕育、成长，并在其"生机"中凸显其作用与功能的比较文学及其跨文化研究，无疑让文学研究者拓宽视野，形成新观念、新方法、新思路与新途径成为可能，从而使我们的文学研究获得一种顺应文化变革与重构的机遇。正是在这种意义上，通过比较文学及其跨文化研究方法的推广、张扬与卓有成效的实践，我们不仅可以推进文学的世界主义倾向，而且可以推进世界文学走向一种"人类审美共同体"之更高境界。

至于"人类审美共同体"的具体内涵和构建途径，在此暂不赘述，但是，简而言之，她无疑是一种经历了网络化—全球化浪潮之洗礼，摆脱了"西方中心主义"以及经济与文化强国的强势性支配与控制，文学与文化的民族化、本土化得以保护与包容，各民族的传统文化和信仰相对调和、相得益彰、多元共存、和而不同的新的世界文学境界。就此而论，世界文学以"各民族文学都很繁荣，都创造经典，彼此不断学习，平等、相互依赖而又共同进步的文学盛世为目标。"① 在这样的"人类审美共同体"里，中国文学和中国的文学研究者定然有自己的声音和"光荣的席位"——正如歌德当年对德国人和德国文学的期许与展望一样。也像大卫·达莫若什所说的那样："如果我们更多地关注世界文学在不同的地方是如何以多样性的方式构建的，那么全球的世界文学研究就会受益匪浅，我们的学术和我们研究的文学也将具有全球视角。"②

---

① 丁国旗：《祈向"本原"——对歌德"世界文学"的一种解读》，《文学评论》2010 年第 4 期。

② ［美］大卫·达莫若什：《世界文学有多少美国成分？》，见张建主编《全球化时代的世界文学与中国》,，中国社会科学出版社 2010 年版，第 143 页。

三

米勒说的"文学研究的时代已经过去",其间一个很重要的意思是,"为了文学自身的目的,撇开理论的或政治方面的思考而单纯地去研究文学",这种研究方法将成为过去。就方法论而言,这种"就文学研究文学"的方法在今天看来虽然必不可少,但确实也显陈旧而狭隘,因此,米勒的话倒是在提醒我们,全球化、文化多元化时代的文学研究,必须更新观念,拓展文学研究的方法与手段。就此而论,文学研究不能固守于文学这一狭小的领地寻寻觅觅,尤其是文学研究的思维、方法与手段不能仅仅是文学领域单一的"自产自销"抑或自娱自乐,而应该向相邻、相关乃至毫不相关的领域汲取理论与方法的灵感。在此,比较文学的跨学科研究方法和思维值得进一步吸纳与更广泛地运用。

事实上,几十年来,文学的跨学科研究也一直是国内外学界倡导的学术研究的创新之路,取得了十分骄人的成绩。但是,西方现当代文论在发展过程中,有的理论家过度"征用"非文学学科的理论与方法,造成了理论与研究的非本质主义倾向,我国学者称之为"场外征用",这是现当代西方文论的重要缺陷之一。这种缺陷在我国文学理论和文学研究领域也不同程度地存在。"场外征用"指的是非文学的各种理论或科学原理调入文学阐释话语,用作文学理论与批评的基本方式和方法,它改变了当代西方文论的基本走向。① "场外征用"这种

---

① 张江:《强制阐释论》,《文学评论》2014 年第 6 期。

理论与方法无疑会把文学理论与文学研究引入误区，这在中外文学研究领域已不乏实例。

大约上个世纪 90 年代中期开始，伴随着全球化与信息化的浪潮的逐步兴起，以文学的文化研究为主导，西方理论界的大量新理论成为我国文学研究者追捧的对象，后现代主义、后殖民理论、新历史主义、文化帝国主义、东方主义、女性主义、生态主义审美文化研究等等，成了理论时尚。这些理论虽然不无新见与价值，但是，它们依然存在着理论与文学及文本"脱节"的弊端，"理论"更严重地转向了"反本质主义"的非文学化方向。美国当代理论家 T. W. 阿多诺就属于主张文学艺术非本质化的代表人物之一，他认为："艺术之本质是不能界定的，即使是从艺术产生的源头，也难以找到支撑这种本质的根据。"① 他倡导的是一种偏离文学理论研究的"反本质主义"理论。美国当代理论家乔纳森．卡勒也持此种观点，他认为，文学理论"已经不是一种关于文学研究的方法，而是太阳底下没有界限地评说天下万物的著作"②。美国电视批评理论家罗伯特．艾伦则从电视批评理论的新角度对当代与传统批评理论的特点作了比较与归纳："传统批评的任务在于确立作品的意义，区分文学与非文学、划分经典杰作的等级体系，当代批评审视已有的文学准则，扩大文学研究的范围，将非文学与关于文本的批评理论话语包括在内。"③ 当代西方文论家中持

---

① W. T. Adordno, *Aesthetic Theory*, trans. Robert Hullot - Kentor, London: Continuum, 1997, p. 2.

② Jonathan Culley, *Literary Theory: A very Short Introduction*, Oxford: Oxford University Press, 1997, p. 6.

③ ［美］罗伯特．艾伦编：《重组话语频道》，麦永雄、柏敬泽等译，中国社会科学出版社 2000 年版，第 29 页。

此类观点者也为数甚众。这一方面说明现当代西方文论确实存在"场外征用"、"反本质主义"的毛病,一些理论家把文学作品作为佐证文学之外的理论、思想与观念的材料,理论研究背离文学本身。对此,我们必须持警觉与谨慎的态度。我们应该拒斥"场外征用"的弊病,但是不能排斥现当代西方文论的理论资源,尤其是对比较文学的跨学科研究则无疑应该大力提倡。只要我们不是重蹈西方某些理论"场外征用"的覆辙,把其他学科的理论与方法生搬硬套于文学文本的解读和文学研究,把本该生动活泼的文学批评弄成貌似精细化而实则机械化的"技术"操作,那么,在比较文学的跨学科方法指导下,对文学进行文化学、历史学、政治学、社会学、心理学、生态学、政治学、经济学等等跨学科、多学科、多元多层次的研究,这对文学研究与批评不仅是允许的和必要的,而且研究的创新也许就寓于其中了。文学理论研究和文学批评"需要接通一些其他的学科,可以借鉴哲学、历史、心理学、人类学、社会学等方面的知识,完成理论的建构,但是,他们研究的中心却依然是文学。"① 宽泛地讲,这种研究其实就是韦勒克和沃伦提出的"文学外部研究"。"文学是人学",而人是马克思说的"一切社会关系的总和";通过文学去研究"一切社会关系"中的人,在文学中研究人的"一切社会关系",都是文学研究与批评的题中应有之意,更是比较文学的跨文化、跨学科研究之基本方法。

---

① 高建平:《从当下实践出发建立文学研究的中国话语》,《中国社会科学》2015 年第 4 期,第 132 页。

毫无疑问，在综合其他学科的知识、理论与方法的基础上革新我们自己的文学理论，展开比较文学方法与思维指导下的跨学科文学研究与文学批评，显然也是我们文学理论与方法创新的路径之一。

蒋承勇

2018 年 7 月 1 日于钱塘江畔

绪　论

一　当代语境下医学与文学的结合

　　文学与医学的联系源远流长，可以一直追溯到古希腊神话里司掌文艺和医药的阿波罗。医学通过成为文学作品表达主题的工具而使二者有了最朴素的，也是最广为人知的结合。世界文学史上也不乏契诃夫、威廉姆斯和鲁迅之类的医生作家，但是文学与医学实现真正意义上的跨界融合却是最近几十年的事情。从二十世纪七十年代开始，随着现代生物医学缺乏人文关怀的弊端逐步显现，以及叙事学在各个领域的大规模扩展，美国人文医学界把目光投向文学，希望文学欣赏和文学创作等叙事相关活动等能"暖化"冷冰冰的现代医学，从而使人性之光重新照耀医疗际遇（medical encounters）。其中，标志性事件是1972年美国宾夕法尼亚州立大学医学院设立文学教授职位。研究弗吉尼亚·沃尔夫（Virginia Woolf）出身的文学学者乔安·楚特曼·班克斯（Joanne Trautmann Banks，1941—2007）因而成为美国第一位受聘于医学院的文学教授。班克斯对美国文学与医学这个新兴领域的发展起了不可替代的作用。在没有先例可以效仿的情况下，班克斯起草了"文学与医学"课程的教学大纲，主编了一系列文学与医学领域的开山之作，如《文学与医学书目》（*Bibliography of Literature and Medicine*，1975），《对话中疗伤艺术：医学与文学》（*Healing Arts in Dialogue：Medicine and Literature*，1981）等。① 这也开启了文学与医学跨学科研究的新局面。随后，美国其他医学院校纷纷开设文学与医学相关课程，开始主要是赏析经典作品中的医疗场景和事件，通常将其当成医学伦理课程的讨论素材。随着叙事理论在医学界的渗透，以及文学与医学作为一个跨学科领域的发展，班克斯协同其他五位人文医学学者于 1982 年正式创立了学术期刊《文学与医学》（*Literature and Medicine*）。随后，重要医学期刊如《美国医学协会杂志》（*The Journal of the American Medical Association*，简称 *JAMA*）开辟了"A Piece of My Mind"专栏、《内科年鉴》（*Annals of Internal Medicine*）开辟了"On Being a Doctor"专栏，专门刊登医学题材的文艺习作或者短评。文学对医学的影响不断扩大和深化，从最初的医学伦理学讨论素材发展到多方面的渗透，如文学创作相关课程的开设便使教学模式从原来的单纯输入式变成输出和输入双管齐下。

二十世纪八十年代美国医学界对叙事的关注度不断升温，出现了一系列重要著作，如霍尔德·布鲁迪（Howard Brody）的《疾病的故事》（*Stories of Sickness*）②、阿瑟·克雷曼（Arthur Kleinman）的《疾病叙事》（*The Illness Narratives*）③、凯思

---

① 关于班克斯的介绍，详见 Ivan Oransky， "Obituary：Joanne Trautmann Banks"，*The Lancet*，Vol. 370，28 July，2007，thelancet. com/pdfs/journals/lancet/PIIS0140-6736（07）61148-9. pdf. Accessed 20 Apr. 2017.

② Howard Brody，*Stories of Sickness*，2nd ed.，New York：Oxford UP，2002.

③ Arthur Kleinman，*The Illness Narratives：Suffering，Healing，and the Human Condition*，New York：Basic Books，1988.

琳·蒙哥马利·亨特（Kathryn Montgomery Hunter）的《医生故事》（*Doctors' Stories*）①、安·霍金斯（Anne Hawkins）的《重构疾病》（*Reconstructing Illness*）②、希尔德·林德曼·奈尔森（Hilde Lindemann Nelson）的《故事及其局限性》（*Stories and Their Limits*）③，等等。而医学社会学家阿瑟·弗兰克（Arthur Frank）的《受伤的讲书人》（*The Wounded Storyteller*）④ 也是学界对叙事，尤其是疾病叙事的关注下产生的一个经典作品。疾病叙事指的是病人或者病人亲朋好友所写的关于疾病的切身经历，一般为第一人称非虚构性作品，如回忆录、自传和日记等。⑤ 如奥德莉·劳德（Audrey Lorde）的《癌症日记》

---

① Kathryn Montgomery Hunter, *Doctors' Stories*: *The Narrative Structure of Medical Knowledge*, Princeton, NJ: Princeton UP, 1991.

② Anne Hunsaker Hawkins, *Reconstructing Illness*: *Studies in Pathography*, 2nd ed., West Lafayette, IN: Purdue UP, 1999.

③ Hilde Lindemann Nelson, *Stories and Their Limits*: *Narrative Approaches to Bioethics*, New York: Routledge, 1997.

④ Arthur W. Frank, *The Wounded Storyteller*: *Body*, *Illness*, *and Ethics*, Chicago, IL: U of Chicago P, 1995.

⑤ 还有一些比较难定类的叙事作品，如医生作家理查德·谢尔泽（Richard Selzer）的《起死回生》（*Raising the Dead*）。书中，谢尔泽以真实的疾病经历为基础，通过神奇的想象填充自己因重病而昏迷几十天所导致的记忆空白。医学病历虽然能为他提供相关检查的数据和医学解释，但他还是不能理解自己昏迷期间身体所经历过的变化，更为昏迷期间导致的记忆中断而惶惶不安。唯有在文学空间中，借助奇特的文学手法，才能重构这段他自己都没有印象的经历。另外一个比较有特色的疾病叙事要数露西·格雷丽（Lucy Grealy）的《脸的自传》（*Autobiography of a Face*）。格雷丽幼年时得了罕见的、致死率极高的脸部肿瘤，切除半边下巴后，她神奇地活下来了，但是在随后短短几十年的人生里，她经历了几十次大型整形手术。该书不同于其他疾病叙事作品，笔调轻快幽默，命运的无情并没有使幼年和青年时期的主人公屈服，因而被无数人当成励志书来读。但是格雷丽并不这么认为，她在访谈中坦陈她只是讲故事的人。换句话说，她的经历是真的，但是如何看待这些经历以及这些经历对自我身份的形成有何影响则不一定如书中所述。关于格雷丽如何通过艺术手法对自身经历进行加工的分析，详见孙杰娜 "'I Didn't Remember It … IWrote It': The Blending of Lived Experience and Art in American Illness Narratives"，《现代传记研究》第四辑，2015 年春季号，第131—140 页。

（*The Cancer Journals*）①、桑德拉·巴特勒（Sandra Butler）和芭芭拉·卢森布兰（Barbara Rosenblum）合写的《两种声音说癌症》（*Cancer in Two Voices*）②、罗伯特·墨菲（Robert Murphy）的《寂静的身体》（*The Body Silent*）③ 便是典型的例子。疾病、医生、医疗场景等都不再是象征性的存在，而是关系到个体身体体验和自我身份建构的实实在在的身体事件。疾病叙事的作者们通过对自己切身经历的文学再现，讲述属于自己的故事，呼吁医疗场景中医患间平等有效沟通的回归，有力地抵制了传统生物医学对患者叙事的边缘化以及医疗际遇中的去人性化（depersonalization）倾向。

而关于如何利用叙事实现平等有效沟通这个问题，哥伦比亚大学的人文医学学者丽塔·卡伦（Rita Charon）对此有独到见解。她于 2001 年提出了"叙事医学"（Narrative Medicine）的概念并在欧美人文医学界发起了一场至今还在进行中的叙事转向运动（The Narrative Turn）。作为一位拥有文学博士学位的医生，卡伦强调除了扎实的业务能力，医生还必须具有一定的叙事能力（Narrative Competence），能够"认识、吸收、解读关于疾病的种种故事（包括病人的故事），并被这些故事所感动"④。这场声势浩大的叙事转向运动首先肯定了故事的讲述在医疗际遇中有着不可替代的作用，同时

① Audre Lorde, *The Cancer Journals*, San Francisco, CA: Aunt Lute Books, 1980.

② Sandra Butler, and Barbara Rosenblum, *Cancer in Two Voices*, San Francisco, CA: Spinsters Book Company, 1991.

③ Robert Murphy, *The Body Silent*, New York: Henry Holt & Co., 1987.

④ Rita Charon, *Narrative Medicine: Honoring the Stories of Illness*, New York: Oxford UP, 2006, p. vii.

试图反拨传统医学话语规范中崇尚医生叙事、压制病人叙事的狭隘理念。卡伦以及她的支持者希望病人叙事能得到正视。只有当病人叙事的有效性得到承认，医生叙事和病人叙事之间势力不均衡的对抗，或者医生对病人叙事的压制乃至贱斥，才有可能得到缓解，才能实现更有意义的沟通。但是对于习惯充当言说者、观看者和主导者的医生来说，承认所谓的异己叙事的有效性是尤其艰难的第一步。叙事转向的支持者主张通过文学作品的熏陶和叙事训练，如文艺习作等来培养医学生和医生的叙事能力，来"软化"医学，并最终使有血有肉的病人和医生重新回到医疗际遇中来。换句话说，他们希望通过文学与医学这两个不同学科之间的跨界互动来打破原有生物医学话语的僵化思维和霸权规范，希望文学能为异化的医患关系带来改善的可能。古典分类医学和症状医学时期那种自然的、朴素的医疗模式已成为过去，临床医学更是当代社会中不可替代的一个体制性存在。但是，文学与医学这个新兴领域的发展显示了医学对自身弊端的自觉，以及寄希望于文学来解决自身危机的有益尝试，同时"说明了医学对那些只能通过语言才能学到的东西的再次接纳、渴望和放低姿态"①。以往被忽略或者被抑制的个体情感和人文关怀在对叙事的重视中得到重新认识和实践。

---

① Rita Charon, "Literature and Medicine: Origins and Destines", *Academic Medicine*, Vol. 75, No. 1, 2000, p. 26.

二 医生作家的群体性出现[①]

经过几十年的发展，美国医生作家作为一个新兴的书写群体在美国读书界崭露头角。这些医生作家，如外科医生理查德·谢尔泽（Richard Selzer）、精神科医生塞缪尔·闪（Samuel Shem）、儿科医生克里斯·艾德里安（Chris Adrian）、内科医生亚伯拉罕·佛吉斯（Abraham Verghese）和拉斐尔·坎普（Rafael Campo）等，一边行医救人，一边以叙事的方式，如散文、回忆录、自传、诗歌、短篇故事和小说的书写，从局内人的角度诉说关于生死疾痛的切身经历。通过对自己行医经历的文学再现，他们大胆表达对现代生物医学话语规训下人的生存状况的思考，并在文学和医学的边缘地带寻求能够彰显自我的话语形式。

艾滋病专家的书写中，斯坦福大学医学院印度裔内科医生亚伯拉罕·佛吉斯（Abraham Verghese）的回忆录《我的国家》（*My Own Country*）[②] 有着比较大的影响力。该书的出版也使佛吉斯进入到畅销作家的行列。佛吉斯生长于埃塞俄比亚，其父母为信奉基督教的印度人，他在印度完成医学教育后便以国际医学毕业生（International Medical Graduate）的身份来到

---

① 本人在另一本专著中曾提到从总体上把握当代美国医生书写地貌的几种方法，而以作家所属医学专业进行归类便是其中一种。详见孙杰娜《阈限·叙事——当代美国医生作家研究》，武汉大学出版社 2014 年版，第 9—10 页。当前章节是对之前论述的深入扩展和补充。

② Abraham Verghese，*My Own Country: A Doctor's Story of a Town and Its People in the Age of AIDS*，New York: Simon & Schuster，1994.

美国实习，并最终留在美国执业。① 对族裔身份和边缘人群的
关注是其作品的一个主线。在该书中，佛吉斯以一个外国医生
的视角讲述了自己于二十世纪八十年代在美国南方一个保守的
农业小镇为艾滋病患者，尤其是男同性恋患者治病的经历。该
书不仅成为美国"文学与医学"课程的常规教材，还在美国族
裔文学研究界，② 乃至大众读书界都有一定影响力，直到现在
其销量还是常居美国亚马逊等知名平台中艾滋病相关书籍的前
列，并于1998年被拍成电影。除了佛吉斯的文本，影响力比
较大的艾滋病医生回忆录还包括医生作家凯特·斯坎那尔
（Kate Scannell）的《好医生死了——艾滋病重灾区行医有感》
（*Death of the Good Doctor： Lessons from the Heart of the AIDS Epi-
demic*）③、皮特·塞尔温（Peter Selwyn）的《绝地重生——一
位艾滋病医生的心灵历程》 （*Surviving the Fall： The Personal*

---

① 佛吉斯这些经历对他的职业身份的构建以及对美国社会的反思有着千丝万缕的关系。详见孙杰娜《佛吉斯回忆录〈我的国家〉里的艾滋病叙事》，《外国文学动态研究》2015年第4期，第11—16页。Jiena Sun，"Home in the Making： The Foreign Doctor and the Model Minority Myth in Abraham Verghese's *My Own Country*，" *Interdisciplinary Literary Studies*，Vol. 17，No. 3，2015，pp. 426 – 439.

② 从族裔身份建构的视角研究《我的国家》，详见 Leslie Bow，*Partly Colored： Asian Americans and Racial Anomaly in the Segregated South*，New York： New York UP，2010；Rajini Srikanth，"Abraham Verghese Doctors Autobiography in His Own Country"，*Form and Transformation in Asian American Literature*，edited by Xiaojing Zhou and Samina Najmi，Seattle，WA： U of Washington P，2005，pp. 125 – 143；Rajini Srikanth，"Ethnic Outsider as the Ultimate Insider： The Paradox of Verghese's *My Own Country*"，*MELUS*，Vol. 29，No. 3 – 4，2004，pp. 433 – 450. Jiena Sun，"Home in the Making： The Foreign Doctor and the Model Minority Myth in Abraham Verghese's *My Own Country*"，*Interdisciplinary Literary Studies*，Vol. 17，No. 3，2015，pp. 426 – 439.

③ Kate Scannell，*Death of the Good Doctor： Lessons from the Heart of the AIDS Epidemic*，San Francisco，CA： Cleis Press Inc.，1999. 该书以细腻的笔法回忆了作者以医生的身份近距离接触艾滋病病毒携带者的刻骨铭心的经历。在书写病人故事的同时，该书也记录了她对艾滋病这个世纪瘟疫、对医学，以及对自己种种身份建构的思考。

Journey of an AIDS Doctor)①，以及拉斐尔·坎普（Rafael Campo）的《康复之诗》（*The Poetry of Healing*）② 等。这些艾滋病专家的书写再现了他们在病房内外见证患者，尤其是那些处于多重边缘化的患者如何在社会污名化中，在现代生物医学非人化的体制中，与一个致死性病毒进行垂死抗争，并最后一个个面目全非地死去，或者苟延残喘的过程。在他们的作品中，医学的自我尊大和医生的上帝形象消失得无影无踪。读者感受到的更多的是医学的局限性和医生的无能感乃至挫败感。

精神科医生也纷纷出版了一系列作品。在非虚构叙事方面，如罗伯特·科尔斯（Robert Coles）的《危机中的儿童》（*Children of Crisis*）③、凯·杰米森（Kay Jamison）的《躁郁之

---

① Peter Selwyn, *Surviving the Fall: The Personal Journey of an AIDS Doctor*, New Haven, CT: Yale UP, 1998. 该书以作者医治艾滋病病毒携带者的种种经历和自己家人讳莫如深的家族历史（幼年时期父亲自杀）为主线，剖析了主流社会对艾滋病以及自杀行为的边缘化和沉默。作者认为言说和正视，而非回避和掩盖，能在一定程度上减轻对当事人或者家人的伤害，有助于去除附着在二者之上的令人窒息的隐喻意义。

② Rafael Campo, *The Poetry of Healing: A Doctor's Education in Empathy, Identity, and Desire*, New York: W. W. Norton & Company, 1997. 该书是医生诗人坎普写的随笔文集。坎普作为一个古巴裔艾滋病专家，公开的同性恋者，从医多年，他以自身经历反复强调诗歌的治疗作用。在艾滋病这个世纪瘟疫面前，一个个患者相继死去，再次证明了医学并不是无所不能的，而此时诗歌对人类情感的呵护或许能为困境中的医生和绝望的病人带来一丝温情和希望。

③ Robert Coles, *Children of Crisis*, New York: Back Bay Books, 2003. 科尔斯是儿童精神病学家，他从二十世纪五十年代起便研究儿童精神状况，他长期和儿童生活在一起，聆听儿童以及他们家长的故事。从 1967 年到 1977 年间，他从精神病学和社会学的视角去观察和记录大量来自不同家庭背景和社会阶层的儿童的生活，并以五卷本形式出版了他所看到的"处在危机中的儿童"：既有贫苦潦倒中的儿童，也有受到种族歧视的儿童，以及上层社会中的儿童。他的书写让这些儿童发出属于他们自己的声音，并为成人进入儿童的世界打开一扇窗，同时也是了解当时美国社会的一个独特视角。

心》（*An Unquiet Mind*）①，还有罗伯特·克利茨曼（Robert Klitzman）的一系列著作②。在虚构叙事的方面，塞缪尔·闪（Samuel Shem，原名 Stephen Bergman）③ 也是一个著作颇丰的作家。塞缪尔·闪1978年出版的讽刺小说《上帝之家》（*The House of God*）④ 轰动了整个医学界。该书以讽刺和夸张的手法再现了实习医生的生活以及医疗系统中权力的运作机制，揭露了一系列其他人不敢言说的内部秘密。虽然刚出版时受到不少源自医学体制内部的阻力，该书现在已经成为人文医学的经典之作。继《上帝之家》后，塞缪尔·闪又出版了小说《受难山》（*Mount Misery*）⑤ 和《乡魂》（*The Spirit of the Place*）⑥，还有剧本等，并在文学与医学领域留下属于自己独特的印记。

除了艾滋病专家和精神科医生，外科医生作家，如谢尔泽、阿图·葛文德（Atul Gawande）、陈葆琳（Pauline Chen）和保罗·卡拉尼提（Paul Kalanithi）等，也为该新兴领域增添了不少佳作。耶鲁大学医学院的外科医生谢尔泽白天行医治病，晚上笔耕不辍。二十世纪八十年代退休后，更是全身

① Kay Jamison, *An Unquiet Mind: A Memoir of Moods and Madness*, New York: Vintage Books, 1997. 杰米森以躁郁症患者和研究者的双重身份书写自己与躁郁症共处的30年间的点点滴滴。中文译本《躁郁之心：我与躁郁症共处的30年》（上），聂晶译，浙江人民出版社2013年版。

② 克利茨曼著作中比较出名的有 *A Year-long Night* 和 *In a House of Dreams and Glass*，前者描写他当实习医生的经历，后者描写他当住院医师的经历。

③ 根据塞缪尔·闪自己的解释，他采用这个笔名是因为他当时正开始他的心理咨询工作，他不想他的病人知道他写了这样一部跟精神病专业不太相关的书。见 Samuel Shem, "Samuel Shem, 34 Years After 'The House of God'", *The Atlantic*, 28 Nov. 2012, https://www.theatlantic.com/health/archive/2012/11/samuel-shem-34-years-after-the-house-of-god/265675/. Accessed 5 April, 2017.

④ Samuel Shem, *The House of God*, 1978, New York: Bantam Dell, 2003.

⑤ Samuel Shem, *Mount Misery*, New York: Fawcett Columbine, 1997.

⑥ Samuel Shem, *The Spirit of the Place*, Kent, OH: The Kent State UP, 2008.

心投入写作事业。他相继出版了一系列影响力较大的作品，包括《外科手术的仪式》（*Rituals of Surgery*）[1]、《手术刀的自白》（*Confessions of a Knife*）[2]、《心灵的确切位置》（*The Exact Location of the Soul*）[3] 和《日记》（*Diary*）[4] 等。他的文风优美、语言睿智，故事更是引人入胜。他借一个个医生叙事者之口揭露出医学界对完美的不现实渴求，对医疗失误的讳莫如深，对科技工具的依赖，对情感表达的抑制，并大胆探讨医学的有限性，以及医生在生死病痛面前的无能感和迷茫。虽然他的故事一般围绕医疗场景展开，但是他并不单纯写实，而是更热衷于将切身经历和想象糅合为一体，因此他的书写通常游离在虚构和非虚构之间。正是因为叙事的不确定性和文类（genre）的模糊性，他的书写超越了个人经验领域或者学科领域。他关注的更多的是人的生存状况，尤其是人类的苦难、生命的无常、人体的奥秘及其脆弱性，而他的作品一再强调医学在这些方面的无能为力。跟谢尔泽相似，当代美国外科医生作家葛文德和陈葆琳也著文著书公开讨论医学界不能言说的敏感话题，如医疗失误、医学的体制性缺陷、医生的无能感等。不过他们两位均以写实方式叙事，各有特色。卡拉尼提是一名有着英语文学学士和硕士学位的神经外科医生，可惜英年早逝。他最著名的作品要数死后才出版的疾病叙事——《当呼吸化为空气》（*When Breath Becomes Air*）[5]。

---

① Richard Selzer, *Rituals of Surgery*, 1974, East Lansing, MI: Michigan State UP, 2001.

② Richard Selzer, *Confessions of a Knife*, New York: Simon and Schuster, 1979.

③ Richard Selzer, *The Exact Location of the Soul*, New York: Picador, 2001.

④ Richard Selzer, *Diary*, New Haven, CT: Yale UP, 2011.

⑤ Paul Kalanithi, *When Breath Becomes Air*, New York: Random House, 2016.

在这个死神来临前争分夺秒写下的生命记录中，他从一个医生的角度再现了他与肺癌抗争的切身经历，重新思考了自他学医之日起便无时无刻不面对的生与死的问题。

值得一提的还有来自英国的神经学家奥利弗·萨克斯（Oliver Sacks）。他早年于牛津大学学医，后来到美国加州大学洛杉矶分校神经科执业，并于1965年移居纽约。他的写作风格独树一帜，且著作等身，在美国人文医学界有着不可忽视的影响力。他的著作如《睡人》（*Awakenings*）和《错把妻子当帽子》（*The Man Who Mistook his Wife for a Hat*）等都有数量庞大的读者群，并产生了巨大的影响力，已经被翻译成多种语言在全球各地销售。① 萨克斯的书写主要关注病人的个体经历。通过对病人个体经历的言说，萨克斯打破了病人群体长期所处的失语、失声状态，为人们展现了多样的疾病世界和疾病人生。

通过文学的手法再现医学培训或者医疗际遇中触动心灵深处的种种瞬间，医生作家试图在文学与医学这两个不同学科构成的自由的中间地带充分展现被医学话语霸权压制的情感反应和人文关怀，在尊重和理解病人叙事的同时，深刻反思医学话语的暴力运作机制和在职业化过程中自我身份的蜕变。通过讲

---

① Oliver Sacks, *Awakenings*, 1973, Rev. ed., New York：Vintage Books, 1990. Oliver Sacks. *The Man Who Mistook his Wife for a Hat*, New York：Touchstone Books, 1985. 萨克斯的《睡人》（*Awakenings*）（1973）讲述了他在多名昏睡病病人身上使用新药的经历。该书后来被改编为同名电影（中译《无语问苍天》）。中文译本：《睡人》，宋伟译，《萨克斯医生讲故事》丛书，中信出版社2011年版。萨克斯的《错把妻子当帽子》（*The Man Who Mistook His Wife for a Hat*）（1985）是一本神经病学案例书，包含24个脑部神经受伤者的案例。书中，萨克斯通过案例分析和回忆录等方式深入阐述大脑的结构和功能等。中文译本：《错把妻子当帽子》，黄文涛译，《萨克斯医生讲故事》丛书，中信出版社2010年版。

述属于自己的故事，言说不能言说的秘密，医生作家有力表达了对医学话语机制的质疑和对其进行改写的尝试。因此，文学在医学领域的渗透和介入实际上是从当权话语内部发起的抵制原有话语的一场由里及外的运动。医生作家把医学凝视从病人身上内转到自身，审视工作状态中的自我，分析医疗际遇中不同主体构成的权力关系网络，以及他们之间的相互作用和影响。医生书写从一开始便有着很强烈的内省性。这是医生作家对职业身份建构和维系过程的审慎自省，更是对现代生物医学权力运行体制的深刻反思。

本书的研究对象就是活跃于美国"叙事转向"运动中的医生作家及其作品。为了讨论方便，我把当代医生作家作品称为"医生书写"（Physician Writing），以别于另外一个说法——"医生叙事"（Physician Narratives）。卡伦曾著文把医疗情景中的叙事书写分为五类：

1）医学虚构叙事，如医生作家写的小说和故事等。

2）面向普通读者的科普性质文章和故事，如发表于《纽约客》（*The New Yorker*）和《哈泼斯》（*Harper's*）等杂志上的医生叙事。

3）医生自传。

4）行医故事，通常发表于专业学术期刊，面向同行读者。

5）医学生的文艺习作。①

广义上的医生叙事除了以上几个文类，也可以包含病历等工作场景中所进行的书写。本书中所说的医生书写指涉的范围

———————

① Rita Charon, "Narrative Medicine: Form, Function, and Ethics", *Annals of Internal Medicine*, Vol. 134, No. 1, 2001, pp. 83–87.

较小，仅包括医生创作的虚构或者非虚构的正式出版或者发表的文学作品，如小说、故事、诗歌、自传和日记等，也即卡伦所列的前四个文类。① 本书重点关注已经在文学与医学界有着一定影响力，并且已呈现出自己独特写作风格的成熟的医生作家及其作品。

三 研究现状和研究问题

经过几十年的发展，医生作家作品数量浩繁、风格各异，水平也参差不齐，主题更是多种多样。关于医生作家作品的解读，目前人文医学界存在三种主要观点：

第一种观点认为文学与医学有着与生俱来的联系，两者的结合顺应了自然的要求。医生作家谢尔泽认为书写和外科手术一样都是在处理伤口，他把笔当成手术刀的延伸。在他看来，"在病人身上划开一个口子是为了救治病人。而最早的书写形式不也是这样吗？人们捡起一块锋利的石头在一个平整的石头上划出一些文字——这也是在制造伤口，讲述故事"②。这样一来，病人就犹如一张白纸，而医生的手术刀则成了笔。谢尔泽继续指出，"当你使用手术刀的时候，流出的是血；而当你使

---

① 因医学生所处阶段的特殊性及复杂性，其文艺习作暂时不包含在医生书写的范畴中，也不在本书的考察范围中。关于医学生的书写，人文医学学者苏珊娜·博瑞尔曾著专著分析。详见 Suzanne Poirier, *Doctors in the Making: Memoirs and Medical Education*, Iowa City, IA: U of Iowa P, 2009.

② Peter Josyph, "Wounded with Wonder: A Talk with Richard Selzer", *Studies in Short Fiction*, Vol. 27, No. 3, 1990, p. 322.

用笔的时候，流淌在纸上的便是墨水"①。书写和手术一样都是制造伤口，治病救人，不同的是，一个医治的是心灵之伤，一个医治的是肉体之伤，两者因为对"人"的关怀而有着天然的联系。在关于文学和医学的联系这个问题上，还有不少人文医学者探讨了医学的叙事本质。如凯思琳·蒙哥马利·亨特（Kathryn Montgomery Hunter）在其《医生故事》（Doctors' Stories）一书中专门研究医学知识的叙事结构，她认为，"医学从根本上讲就是叙事……而日常行医过程也是充满着故事"②。亨特举了一个例子，她把医学病历的书写过程，或者医生的诊断过程跟侦探故事联系起来。③ 医生犹如侦探一样，凭着专业的眼光梳理病人的叙事，从众多相关事件中梳理出一条条线索，凭着这些蛛丝马迹最终发现问题根源，给出尽量准确的判断。而卡伦在此观点的基础上展开，她认为"医学作为一项人类同胞向另一个同胞提供帮助和分享知识的事业，它从一开始便充满叙事关怀"④。最理想的医疗际遇实际上是一种叙事的交换，病人讲述自己的疾病经历，作为聆听者的医生，把病人的叙事转换为医学知识观照下的医学叙事，然后再回馈给病人。但是现代生物医学饱受诟病的原因在于医生回应病人叙事的方式欠缺足够的人性关怀。而当代医生书写的发展正是为了修复医患关系间的裂痕，重新摆正"人"在医疗际遇中的位置。

---

① Peter Josyph, "Wounded with Wonder: A Talk with Richard Selzer", *Studies in Short Fiction*, Vol. 27, No. 3, 1990, p. 323.

② Kathryn Montgomery Hunter, *Doctors' Stories: The Narrative Structure of Medical Knowledge*, Princeton, NJ: Princeton UP, 1991, p. 5.

③ Ibid., p. 21.

④ Rita Charon, *Narrative Medicine: Honoring the Stories of Illness*, New York: Oxford UP, 2006, p. 13.

第二种观点认为当代美国医生书写突出了文学的治疗效果。丽莎·戴得里奇（Lisa Diedrich）[①] 和卡伦[②]等人文医学学者强调书写在一定程度上满足了医生的表达诉求。通过文学再现，医生作家把自己在情感表达、人文关怀和客观、理性之间寻求平衡的挣扎过程淋漓尽致地展现出来，把被抽象化和简单化的人还原，并将其重新带回医疗际遇中。人文医学学者苏珊娜·波瑞尔（Suzanne Poirier）在其研究医学生回忆录的专著《制造中的医生》（Doctors in the Making）中指出，回忆录的书写是医学生"维护，甚至发展情感的完整性的一种途径"[③]。也就是说，在文学与医学构成的边缘地带，医学生能把之前受到压抑的情感充分表达出来，并实现自我反思。波瑞尔的这个研究结果对医生作家也同样适用。精神病专家以及作家大卫·海勒斯坦恩（David Hellerstein）在评论精神病医生书写时指出，"现代文学感性（sensibility）高度敏锐的眼光和听觉"不但能使人们从大量令人费解的医学术语中解放出来，还能在早已情感麻木的医生心中激起一阵阵波浪。[④] 海勒斯坦恩认为文学"让精神病医生，乃至所有医生向自己和他人再现他们的真实经历"，而这个经历往往

[①] Lisa Diedrich, "AIDS and Its Treatments: Two Doctors' Narratives of Healing, Desire, and Belonging", *Journal of Medical Humanities*, Vol. 26, No. 4, 2005, pp. 237–257.

[②] Rita Charon, *Narrative Medicine: Honoring the Stories of Illness*, New York: Oxford UP, 2006.

[③] Suzanne Poirier, *Doctors in the Making: Memoirs and Medical Education*, Iowa City, IA: U of Iowa P, 2009, p. 19.

[④] David Hellerstein, "Keeping Secrets, Telling Tales: The Psychiatrist as Writer", *Journal of Medical Humanities*, Vol. 18, No. 2, 1997, p. 138.

与他们这些经受过医学体制化训练的医生所期待的截然不同。① 书写成了他们诉说自己在生死苦难面前的切身经历的安全途径。虽然他们展现的不是完美的医生形象，但是他们讲述的是符合自己切身体验的、属于自己的故事。面对着各种因病、因天灾人祸而入院的形形色色的病人，医生诗人拉斐尔·坎普（Rafael Campo）这样写道："世上真实的暴行对我来说已经是见惯不怪和理所当然的了。这些是我每天一进入医院就必须要再次经历的事情，而不仅仅是形而上学的宏大语境中思考的问题，也不是更加索然无味的社会政治领域的客气的辩论。"② 对于这些医生作家来说，这些经历不是抽象的，很多时候更谈不上崇高，但是它们是具体的，也是实实在在存在着的事件。而书写能够使这种种足够在人心里激起一层浪的事件得到全方位的表征，而不仅仅是医学凝视的对象或者医学知识的载体。

人文医学者卡特琳·德·莫尔（Katrien De Moor）在研究艾滋病医生回忆录的文章中指出，这些医生作家的书写是医疗际遇中人文关怀过程的一种延续，是对在这场世纪瘟疫中不光彩地死去的、饱受社会边缘化的人们的尊重和悼念。她指出，艾滋病医生近距离地见证了"艾滋病病毒携带者的生活、特性、故事以及最终的死亡"，而他们的书写通过艺术的手法再现了这种亲密的见证，并无限延续了这种关怀的过程，她称之

---

① David Hellerstein, "Keeping Secrets, Telling Tales: The Psychiatrist as Writer", *Journal of Medical Humanities*, Vol. 18, No. 2, 1997, p. 138.

② Rafael Campo, "Like a Prayer", *The Poetry of Healing: A Doctor's Education in Empathy, Identity, and Desire*, New York: W. W. Norton & Company, 1997, p. 39.

为"文学关怀"。① 医生书写有效地延展了关怀的定义，使超越文本和时空限制的文学关怀成为可能。这种文学关怀能到达现代生物医学不能到达之境，它超越种种人为设定的、阻断沟通的藩篱，在医患之间建立起一种更朴素，但更持久、更有意义的联系。这种联系在艾滋病这样的致死性疾病面前更显难能可贵。同样，艾滋病医生诗人坎普则在其叙事中高调宣扬诗歌的作用。他认为"如果有机会的话，诗歌甚至或许能医治医学本身"②。因为诗歌能展现疾病经历的具有质感的、充满感情的另一面，其介入能弥补现代生物医学体制所欠缺的人文关怀。作为一个艾滋病专家，坎普认为在艾滋病这个世纪瘟疫面前，一个个患者相继死去，再次证明了医学并不是无所不能的，而此时诗歌或许能为困境中的医患双方带来一丝希望。

第三种观点关注医疗际遇中各种权力关系之间的相互作用，强调医生书写是对原有医学话语霸权的抵抗和修正。医学社会学家阿瑟·弗兰克（Arthur Frank）在其专著《让故事呼吸》（*Letting Stories Breathe*）中探讨了叙事在医疗际遇中的作用，他还深入分析了医学叙事排他性的后果，如边缘化其他声音等。他呼吁医学界能"包容更多（不同）的故事"③。而医生书写则是医学界迈向包容的非常重要的一步。卡伦在其影响深远的《叙事医学》一书中则强调叙事能使医生卸下冷冰冰的

---

① Katrien De Moor, "The Doctor's Role of Witness and Companion: Medical and Literary Ethics of Care in AIDS Physicians' Memoirs", *Literature and Medicine*, Vol. 22, No. 2, 2003, pp. 208 – 209.

② Rafael Campo, *The Healing Art: A Doctor's Black Bag of Poetry*, New York: W. W. Norton & Company, 2003, p. 4.

③ Arthur W. Frank, *Letting Stories Breathe: A Socio-Narratology*, Chicago, IL: U of Chicago P, 2010, p. 159.

职业外装，在文学与医学构成的自由空间反思工作中的自己，把被剥离的情感复原到医疗际遇中去，用恻隐之心去聆听、理解病人关于疾病的切身经历。① 她指出，"如果没有以复杂的叙事形式把照顾病人过程中发生的种种事件讲述出来或者写出来，（医生）不可能充分体会病人关于疾病经历的完整的、富有质感的、饱含情感的、前后联系紧密的叙事"②。唯有尊重不同声音，医疗际遇中不同主体才有对话和产生情感联系的可能，传统医学话语重科技、重理性的狭隘理念才能得到反拨，而早已缺失的人文关怀也才有回归的可能。而波瑞尔则指出，医学生的叙事曝光了其生存状况，揭露医学话语霸权的暴力运作机制，有效揭露话语权力下的体制中人所受的种种规训。③ 菲利斯·奥尔（Felice Aull）和布莱德利·路易斯（Bradley Lewis）则把医生作家比为爱德华·赛义德（Edward Said）眼中的知识分子，强调二者敢于向权力说真话的勇气。④ 奥尔和路易斯认为佛吉斯等作家的书写致力于抵制医学话语重理性、重科技和轻人文、轻情感的狭隘理念，致力于使"医学人性化"⑤。这些作家实际上承担起知识分子的社会责任，以局内人的视角，通过大胆言说来质疑甚至颠覆传统医学话语霸权对医疗际遇中的种种主体所进行的暴力规训，并在这个过程中积极

① Rita Charon, *Narrative Medicine: Honoring the Stories of Illness*, New York: Oxford UP, 2006.

② Ibid., p. 13.

③ Suzanne Poirier, *Doctors in the Making: Memoirs and Medical Education*, Iowa City, IA: U of Iowa P, 2009.

④ Felice Aull, and Bradley Lewis, "Medical Intellectuals: Resisting Medical Orientalism", *Journal of Medical Humanities*, Vol. 25, No. 2, 2004, pp. 87 – 108.

⑤ Ibid., p. 98.

寻求变革的可能。这些研究者认为文学与医学的结合是医学界具有自觉意识的医生发起的一场由里及外的改革运动。这些医生作家希望通过对医学体制中的主体的生存境况的言说，寻求抵制知识权力对人性及身体的控制的途径。

这些研究表明文学在当代语境下与医学结合的多重作用：满足书写主体的表达欲望，优化原有的医学话语体系，并在一定程度上打破了传统生物医学视野的僵化和狭隘。现有研究对文学与医学的发展具有开拓性意义，并为解读医生作家作品起了一定的导向作用。但相关研究者多为身居医学院校的人文医学者，其专业背景使其研究难免存在局限性。现有研究大多把医生书写当成案例融合到医学人文教育，尤其是职业伦理道德教育中去。现有文献虽然提到医生书写是对医学话语霸权的抵制，但是对医疗际遇中所出现的各种权力关系，以及这些权力关系所构成的错综复杂的权力网络缺乏细致深入的论述。换句话说，从话语层面来考察医生职业身份的建构的研究非常薄弱。而对于话语权力的论述非常重要，因为医生主体身份的构建和维系都离不开权力关系网络的作用。那么，医生主体是如何形成的？传统生物医学话语与受到该话语体系收编的医生主体间有什么样的关系呢？这种关系如何在医生书写中体现出来？而医生书写具体又是以什么方式去质疑，甚至改写和颠覆现有话语的？或者说，书写又是如何成为医生作家探索身份再生产的可能性的重要途径？这些问题在现有研究中还没有得到足够的重视。

另外，作为一个小众文类，医生书写的目的性很明确。医生作家跨界和破界的欲望源自医学话语的暴力运作机制所产生的种种创伤。他们希望通过言说不能言说的秘密，来表达对这种机制的质疑，并寻求重构话语和身份的可能性。他们的言说并不单纯停留在文学空间中，其影响已经蔓延到文本之外，悄然改写传统医学话语霸权的运作机制。随着文学与医学领域的发展，以及医学界对叙事及其功效的重新认识，之前受到压抑的个人情感和个体体验逐渐受到重视，之前不能言说的业界秘密也慢慢被揭露和公开讨论。医生作家通过书写表达了政治诉求，并产生实实在在的政治影响。这又带来了新的问题：医生书写所产生的这种行动力的意义何在？局限性何在？医生书写对我们理解活在种种暴力话语中的"人"的生存境况又有何启示？

四　理论框架

为了更好地回应这些问题，本书主要依托美国后结构主义哲学家朱迪斯·巴特勒（Judith Butler）① 后期主体身份建构理论，尤其是话语框架（frame）等重要论述，来诠释当代美国医生作家书写中所提出的种种关于职业身份建构和维系的问题。无论是早年的性别身份建构论述，还是"9·11"事件以后对国际关系及民族身份等话题的讨论，权力话语的暴力规范机制始终是巴特勒的核心理论策略，而且该策略也已经深深渗透到她对其他主体身份建构制度的质疑和颠覆之中。巴特勒理论的核心在于其对种种"他者"（既包括早期的性别身份的他

---

① 也有学者译为朱迪思·巴特勒、朱迪丝·巴特勒，最普遍的译名是朱迪斯·巴特勒。

者，又包括后期的民族身份的他者等）和框定"他者"的话语框架的关注，以及对话语规范所产生的暴力作用的论述。巴特勒后期对民族身份的关注实际上是对其前期关于性别身份的研究的深入和拓展，两者的交集在于话语的暴力性，其实都是关于身份建构的问题。而这个问题归根到底则是"我是谁"这个终极问题，它关系到如何定义"人"，如何面对他人等问题。而这也是当代美国医生作家作品中以医疗际遇为背景反复提出的问题。

因此，本书在巴特勒框架理论的观照下，联系福柯的权力观，把医生职业身份的构建作为身份构建制度中的一个案例来考察。从话语的层面上来讲，无论是性别身份、民族身份，还是职业身份的建构主体都要经历权力话语的暴力规范作用，并接受话语框架对其认知模式和情感反应模式的限定。医生主体在实践医学话语规范的同时，也被医学话语框架收编和管控。医学话语框架的框定作用界定了医生主体的感知范围，也决定了其行为方式，乃至其面对生死苦难时产生的道德情感反应。虽然主体逃脱不了被话语言说和规控的命运，但主体同时也在不断重复的或成功或失败的征引规范的实践中，将话语物质化。物质化的过程既维系了主体的存在，也巩固了话语的权威性。规范只有被征引了、被物质化了才具有权力，才能实践相应的话语功能。规范只有不断通过主体身体复现才能展现其权力。主体和话语实际处于互为条件、互相言说的动态关系中。巴特勒的身份建构相关理论不仅揭示了主体身份的产生过程，同时也强调了话语重构或者重新表述的可能性。虽然主体在规范的运作机制中被产生、被征服并被赋权，但主体同时也质疑，甚至改写既存的规范。而当代美国医生书写的出现正是富有自觉意识的医生作家重新认识职业身份建构和维系过程中话语的暴力运作方式，并尝试通过文字的力量从体制内部突破并重构话语框架。

五　整体研究框架

具体来说，本书希望通过分析医生职业身份的形成机制和维系机制，阐述医学话语如何对医生主体实现收编和改造塑形，论述话语框架如何框定医生主体的可见、可知、可感和可言的范畴，探讨医生作家如何通过书写突破框架的层层困围，重点讨论医生书写如何重新定义医疗际遇中的"人"，以及在此特殊条件下，人与人之间的关系。本书分四章展开讨论，具体安排如下：

绪论首先介绍整体研究背景、研究对象、研究现状，据此提出本书的主要研究问题。其次论述本书关于当代美国医生作家作品研究的切入点和创新点，提出本书的研究方法、理论框架和整体研究框架。

第一章介绍巴特勒的框架理论，联系福柯权力规训技术中关于细节规定和操练的相关论述来阐述医生主体身份的形成过程。这个漫长的职业身份建构过程将某些被话语认可的内容框入医生主体的可见、可知、可感和可言的范围，成为其认知的现实，同时也摒弃关于疾病的非理性的、主观的个人体验和情感反应。医生主体所面对的便是经过话语精心选择并且审慎安排过的"现实"。本章以外科医生理查德·谢尔泽（Richard Selzer）的短篇小说《石棺》（"Sacaphogus"）以及精神科医生塞缪尔·闪（Samuel Shem）的成名小说《上帝之家》（*The House of God*）为例来论述医学话语框架的框定作用以及框架内外之"现实"在医生主体身份形成过程中因抗衡、冲突所产生的张力。这一章中关于医生职业身份生产过程的论述为第二章阐述身份再生产的可能性做铺垫。

第二章以艾滋病专家拉斐尔·坎普（Rafael Campo）的艾滋病书写以及儿科医生克里斯·艾德里安（Chris Adrian）的小说《儿童医院》（*The Children's Hospital*）为例，进一步阐述医生作家如何通过书写扭转以及置换现有医学话语框架，重点论述二者对疾病、死亡和医学凝视的重新想象和表达。当代美国医生作家的书写在很大程度上是对职业身份再生产和对其重新赋义的阐释性写作。在医学话语权力的管控下，医生主体一方面被医学权力话语收编和塑形，另一方面也以书写的方式反思、质疑，甚至挑战传统医学话语规范，努力寻求新的话语形式。在领受话语规范的规定和背离规范、追寻内心欲望之间，医生作家淋漓尽致地再现了话语指定的界内之物与界外之物的碰撞和对抗，以及他们如何从这种身份建构过程中必然出现的冲突中看到身份再生产的契机，发现重新定义自我、认识他人的新视角。

第三章从整体层面上概括医生作家对暴力话语中的"人"的自白性书写，分析医生作家如何在书写中重新定位自我，实现与他人相遇，并呼唤新话语框架的出现。医学话语框架规训下的医生职业身份生产和再生产过程是本书考察的重点。医生职业身份的建构离不开医学话语框架的框定，但医生作家的叙事同样受到框架的限制。医生作家无法与生成并维系他们职业主体身份的种种权力规范进行彻底的割裂，他们的书写是对一种更加富有人性温情的话语框架的召唤和憧憬。医生作家的群体性出现以及遍地开花的人文医学项目充分说明了这种召唤正慢慢转变成为一种引导人们去反思并抵制医疗场景中被常规化和隐秘化的暴力行为的新型反抗策略。而对这种召唤的回应，也正转变为医生主体职业身份建构过程的一部分。

第 一 章

框架与现实

第一节 医学话语框架内外的现实

危险至极！这个成为医生或者当医生的过程。仪规化的防御机制否认希望和恐惧（的存在），就像高领衣服一样把耳朵都包住。这些医生为了生存，已经变成机器，已经和人们，和妻子、孩子、父母，和恻隐之心的温存，和爱的欢喜，一一隔离。

(Shem，*House of God*，p. 328)

美国精神科医生塞缪尔·闪 1978 年出版了《上帝之家》(*The House of God*) 这部震惊医学界的小说。该书以作者在二十世纪七十年代初期的实习经历为原型，从一个医学实习生的角度，以极度夸张和辛辣的讽刺手法再现了职业身份建构过程中医学话语权力褫夺人性的暴力运作机制，严厉抨击了职业化过程以及医疗际遇中的种种去人性化行为。在他看来，医生职业身份的建构与维系是一个"极其危险"的过程，因为它通过隔断个体与自我、与他人的联系纽带从而导致个体的机器化、工具化和异化。换句话说,闪所说的"这个成为医生的过程或者当医生的过程"的恐怖之处在于其彻底改变了医生主体对周围世界的认知模式和情感回应模式。规训权力管控下的不断重复的身体性实践使某些个体成为医学话语规范所认可的医生主体,使其在医院权力空间及其关系网络中成为一个可被理解、可被认知的、有意义的、训练有素的生命个体,并执行相应的任务。换句话说,这个经过特殊训练的个体,在建构话语规范所认可的医生身份过程中被暴力地收编于该权力话语系统中,成为该权力系统中的一员,而其可见、可知、可感和可言的范畴也被框定于一定的话语框架之中。

一 作为话语手段的框架

在《战争的框架》(*Frames of War*)一书中,巴特勒提出了独具特色的反战理论,主张以表征领域(如关于战争的报道、统计和影像等)为突破口,揭露战争的认知框架如何诠释和框定人们对战争的伦理回应以及情感反应。她认为,"我们都习惯了这种说法:定量的方法主宰了社会科学领域,而定性研究则根本不怎么'作数'(count)。然而,在生命的某些领域,数字却变得非常无力。也就是说,某种潜在的概念框架极为有效地划分着我们理解的'现实'的真相"①。计算战争所造成的生命损失的种种数字实际上只是战争行动的一部分,是一种权力当局在利益驱动下、在罔顾他者生命的思维主导下所

---

① [美]朱迪斯·巴特勒:《战争的框架》,何磊译,河南大学出版社2016年版,第21—22页。

采取的一种话语手段，并不能真正反映战争的后果。在战争框架的作用下，他者的生命并不如我们的生命有意义、有价值，前者没有受到呵护、珍视的资格，因此便不在计算的范围内，更不在被哀悼的行列中。① 巴特勒认为，"政治领域内部遍布着类似的框架，框架使我们（无法）理解他人生命，（无法）理解生命易受伤害、易遭摧残的特质，从而也（无法）理解生命受伤与逝去的现实。框架本身即属于权力的运作，它们无法单向决定表征状况，但其目的就是限制表征领域的范围"②。具体来说，"框架限定了表征与话语的界线，勾勒出不可说的外界；框架规定了霸权认可的现实与生命，塑造出不真实的幽灵形象；框架描绘出线性的现代历史进步轨迹，将异己人群斥为前现代鬼魅；框架甚至分配着合法暴力的使用权，让目标人群成为手无寸铁的靶子"③。框架受到权力的规范作用，并在其严格监督下运行，是权力建构和管控表征领域的种种手段的合集。霸权通过对表征领域管控，促使民众对他者认异和对战争的认同。巴特勒写道："尽管框定作用并不总能控制可见、可知的范围，但它仍然始终以塑造现实为目标。这就意味着，框架总是会排除、排斥某些内容，它总是会否定其他'现实'版本的真实与合法地位，摒弃一切有悖于'官方'版本的异端。"④ 框架在使一部分内容成为非法表征并对其极力摒弃的同时，也使

① ［美］朱迪斯·巴特勒：《战争的框架》，何磊译，河南大学出版社 2016 年版，第 20—22 页。
② 同上书，第 37—38 页。
③ 何磊：《生命、框架与伦理——朱迪斯·巴特勒的左翼战争批判理论》，《马克思主义与现实》2016 年第 6 期，第 165 页。
④ ［美］朱迪斯·巴特勒：《战争的框架》，何磊译，河南大学出版社 2016 年版，第 11 页。

其他一部分内容成为可表征内容，限定并阐释着所发生的事件，产生某种关于现实的框定效果。需要指出的是，框架的运作非常隐秘，民众以为自己看到了事实真相。实际上，人们仅仅是按权力所规定的方向去理解和诠释被框定过的"现实"。这种对现实真相的塑造和认知被深深打上了权力的烙印。

需要重点强调的是，跟战争场景中的杀戮或者监狱中的虐囚等赤裸裸的暴力行为不一样，医疗话语中暴力的表达方式被一系列话语手段所遮蔽而显得更为隐蔽，也更加不易被察觉。首先，医学话语规范对医生身体的塑造体现在其支配人体的精细技术，也即对细节的注重。正是这些细枝末节"规定了某种对人体进行具体的政治干预的模式，一种新的权力'微观物理学'"[①]。这些细节对动作本身做了精细的规定，分解了复杂的动作，确定话语规范的具体操作程序。一个突出的例子便是对动作的时间性控制。外科医生作家陈葆琳（Pauline Chen）在回忆其学生时代时指出，医学训练很多时候具有仪规化的特征，每个操作，如洗手和各种手术等都有特定的步骤规范，务必严格执行。[②] 谢尔泽也曾经描写过外科医生洗手的细节：

> 跟其他所有仪规一样，洗手的意义不仅仅在于实际操作价值。就跟穿着干净、宽松合身的工作服一样，这是祈愿的一种方式。不用说，指甲肯定要保持短、平整和干净。肯定不能出现会戳破皮肤的尖角。……（洗手时）取一根带尖头的小签在每个指甲下面摩擦一下。把小签丢

---

① ［法］福柯：《规训与惩罚》，刘北成、杨远婴译，生活·读书·新知三联书店2014年版，第157页。

② Pauline Chen, *Final Exam*, New York: Knopf, 2007, p.97.

掉，再取一个刚毛刷子。用洗手液和水将其湿透。一次刷一个手指，前后都刷，最后是大拇指。然后洗手背，用力在手背上画圈圈。接下来洗手心。弯曲手指头，来回摩擦。接着……来回洗手臂，一直洗到肘关节一英寸以上的位置。冲洗，然后再来一次。

(Selzer, "Letter to a Young Surgeon IV", p. 107)

从谢尔泽的描写中，我们不难发现，洗手的动作被细致分解，"身体、四肢和关节的位置都被确定下来。每个动作都规定了方向、力度和时间。动作的链接也预先规定好了。时间渗透进肉体之中，各种精心的力量控制也随之渗透进去"①。这是话语规范在其所控制的肉体中将职业身份物质化的过程。肉体的各个部位成了权力产生效应的支点，也成了规范的载体。对肉体的精细操控，尤其是对细节的规定，有效地规定了话语所期待的个体，也即产生一种精心算计和安排的理想建构。谢尔泽在讨论巫医和外科医生在仪规化行为的共通之处时提到：

洗手……是一个达到无菌要求的理性步骤，同时也是一个在神光照耀下的仪规化的行为，神使（外科医生）准备好去观看，去实施手术。这个行为跟伊斯兰教苦修道士的旋转仪式，和正统犹太教徒在祷告时的前后摇摆并不是完全不一样的。手术前外科医生穿戴上口罩、手术帽、手

---

① ［法］福柯：《规训与惩罚》，刘北成、杨远婴译，生活·读书·新知三联书店 2014 年版，第 172 页。

> 术服和手套的行为难道不也跟犹太教徒佩戴经文护符匣子
> 一样吗？如果有先知式的智慧的话，那么它最大可能是降
> 临到一个如此神圣的包装过的人身上。
>
> （Selzer，"My Brother Shaman"，*Taking the World in*
> *for Repairs*，pp. 212 – 213）

在谢尔泽看来，医生，尤其是外科医生的装备和各种相关动作规范实际上是巫医仪规的延续，是彰显得到神佑的医者的特殊身份的一种方式。因为不是所有人都能看到人体内部，并且在里面留下自己的印记。能做到这样的人，需要经历一番不寻常的经历。而这一系列不寻常的经历就是为了给获得话语权做铺垫。在话语权力体制中，话语权并不是平均分配到每个个体头上，唯有符合特定条件、拥有特定资格的个体，才有获得话语权和进行言说的可能性。话语需要对言说主体进行严格的资质限定，这种关于言说主体资格的条件设置和限定被福柯称为仪规。他认为："仪规界定言说个体所具备的资格（在对话、询问或记诵中谁必须占据什么位置且作出什么样的陈述）；界定必须伴随话语的姿势、行为、环境，以及一整套符号；最后它确定言词被假设具有或强加给的功效，其对受众的作用，以及其限制性能量的范围。"[1]张一兵对福柯的仪规论述做了如下解释："所谓的仪规，是指言说个体在进入话语场时所必须具备的某种资格和条件，

---

[1] ［法］福柯：《话语的秩序》，肖涛译，载许宝强等编《语言与翻译的政治》，中央编译出版社 2001 年版，第 15 页。中文译文有所改动。转引自张一兵《回到福柯——暴力性构序与生命治安的话语构境》，上海人民出版社 2016 年版，第 283 页。

这些资格和条件使某些人获得高高在上的话语权或权力话语。"① 也就是说，要获得话语权或话语权力，个体必须满足仪规的资质限定。张一兵进一步写道：

> 仪规通常表现为：一是言说者处于特定的位置，比如学术话语圈中的大学知名教授或者研究院首脑、文学圈层中的知名作家和评论家、演艺圈里的著名导演和明星等等，这些特殊的位置往往决定了不同话语圈层中的权力关系……二是这些具有话语权的言说者所持有的特定话语姿势、行为和特殊符码，比如大学和研究院中的教学与学术的研讨、文学界里的创作和评论、演艺场中的制作和走秀等等，无法挤入这些**特殊话语构序场**中的人们，根本不可能具有话语权……三是话语权的成立必须存在相应的受众，话语权只有在**受众的臣服和痴迷**之下才能被建构起来。
>
> （张一兵：《回到福柯——暴力性构序与生命治安的话语构境》，
> 第 283 页，加黑字体为原作者所加）

权力话语的仪规指认了某些主体，使其处于特定的位置，并拥有言说的权力以及决定不同话语圈层中各种权力关系的巨大影响力。仪规的第二个表现为掌握话语权的言说者的言行所构成的特殊话语构序场。要想在权力话语场域中占一席之地者，首先需要习得某些特定的符码，符合相应的资质限定，才能慢慢挤入这些特殊的话语构序场中。仪规的第三个表现是受

---

① 张一兵：《回到福柯——暴力性构序与生命治安的话语构境》，上海人民出版社 2016 年版，第 283 页。

众的臣服和痴迷。仪规限定了主体的身份建构，而主体的践行则将仪规物质化和身体化，并赋予其特定的权威。离开了主体践行的仪规是没有意义的。话语的权力效应正是通过处于权力关系网络中充当各个节点的个体，或者受众来实现传递和散播。在医学话语建制中，如同巫医需要做各种动作，如歌唱、舞蹈或者其他各种肢体动作来寻求和神灵沟通的途径并获得神力相助，现代外科医生在进入人体之前也需要进行一系列准备工作来满足话语对言说主体的资质限定。而洗手和穿戴各种服饰装备只是其中一部分，在这之前，他们和巫医一样，还要经历常人难以想象的身份转换过程。在这个过程中，医生主体习得医学术语，将各种医学仪规身体化和物质化，以求进入医学话语构序场中，获得普通人所得不到的种种资本或者权力。谢尔泽认为："现代外科实习医生必须经历一个长期艰苦的见习期。在这期间，基本完成意志和灵魂对这门手艺的臣服。经过几年充满谦卑和羞辱的训练后，他/她被领进一个其他人进不去的房间中。穿戴上特别的服饰，洗手，最后在敞开的人体方舟中进行着秘密的仪式。"① 长期艰苦的见习期是建构新的主体身份，实现身份转换的一个至关重要的时期。在这个过程中，医学话语对肉体的精细化操控通过宗教式的仪规化将各种动作固定下来，使之成为医生主体身份建构中一个必不可少的成分，进而使医学话语所认可的各种仪规在主体身上不断实现物质化。这个理想建构的物质化依赖于规范的强制性重复。通过不断重复话语认可的行为，同时摈弃话语贱斥的内容，主体逐

---

① Richard Selzer, "My Brother Shaman", *Taking the World in for Repairs*, New York: William Morrow and Company, Inc., 1986, p. 213.

步成为话语所宣告之人——医生。

但这并不是一个单一的简单行动。用巴特勒的话来说，这是身份的述行（the performative），是"话语生成被宣告之物的重复和征引（citational）行为"①。反复征引或者操练是主体身份建构过程中必不可少的环节，因为这是对权威的征引和重复，是规范的反复灌输。具体来说，"掌握一系列技能并不能只接受这些技能，而是需要通过自己的身体行为来对它们进行再生产，并将这些技能再生产为自己的活动。这也不是对一系列规则的简单执行，而是要在行动的过程中将这些规则具身化，以及通过具体的仪规式行动来实现对这些规则的再生产"②。正是在对职业规范的重复操练中，规范的权威不断得到征引和巩固，话语所认可的行为规范也得到不断强化和再生产的可能，最终变成身份建构过程中至关重要的仪规式行动。主体身份的建构正是建立在对这些仪规式行动的不断复现的基础之上。因而，主体身份的建构是"一个物质化过程，其最终的稳定产生了我们称为物质的边界、固定性与表层"，也即，"物质永远是被物质化而成"的。③ 医生职业身份的建构过程实际上是医生主体践行医学话语所认可的身体行为动作的过程，其间包含着对规范的反复征引和操练。

医学对细节的执着以及操练的重视有着另外一个原因，便是效率和速度。确保高效率的条件便是确定某一种姿势与全身

---

① ［美］朱迪斯·巴特勒：《身体之重》，导言，李钧鹏译，上海三联书店2011年版，第2页。

② Judith Butler, *The Psychic Life of Power: Theories in Subjection*, Stanford, CA: Stanford UP, 1998, p. 119.

③ ［美］朱迪斯·巴特勒：《身体之重》，导言，李钧鹏译，上海三联书店2011年版，第10页。

其他部位的最佳联系，"在正确地使用身体从而可能正确地使用时间时，身体的任何部位都不会闲置或无用：全身都应调动起来，支持所要求的动作。一个训练有素的身体是任何姿势甚至最细小动作的运作条件"①。医生作家谢尔泽在《致一个年轻外科医生的信 II》中不断提醒他那个正准备成为外科实习医生的收信人：

> 观察外科医生的手所进行的最细微的动作。看他怎样伸出手接住手术刀。看他的大拇指和指尖如何操作刀柄。手术刀是所有（医疗）器具中最精细的，它把外科医生手臂的神经活动（nervous current）传递到病人身体上。下刀的时候力道不够，则显得柔软、无力；力道过头，则造成伤害。（你要仔细）看外科医生如何把刀刃放到皮肤上……大师和菜鸟的区别就在于手术刀的运用之上。
>
> （Selzer，"Letter to a Young Surgeon II"，p. 46）

细微的动作往往决定了整个手术的成败。刚开始进入实习阶段的实习医生并不能立刻操刀，而是需要进行"观察和等待"②。谢尔泽再三告诫年轻医生不要操之过急，更不要妄谈民主。他认为"在筛选合适的医生进行外科手术的相关训练的过程中，民主并不是最好的社会哲学"③。年轻医生要做的是按照

---

① ［法］福柯：《规训与惩罚》，刘北成、杨远婴译，生活·读书·新知三联书店 2014 年版，第 172 页。

② Richard Selzer，"Letter to a Young Surgeon II"，*Letters to a Young Doctor*，New York：Simon & Schuster，1982，p. 46.

③ Ibid.，p. 47.

规范来，而不是按照自己的意愿来做事情。对于一个实习医生来说，"自我中心、自我尊大、自私自利"都是不应该有的情绪，而要小聪明也是不可行的，因为"手术刀就跟火一样"，看起来诱人，但是也能害人不浅。① 谢尔泽写道："成为一个外科医生的这个决定并不能像变魔法一样给你带来灵活的手法、同情心和冷静处理事情的能力。"② 这三种能力都是在对细节的深刻揣摩，对规范的严格遵守，以及大量的训练中不断培养出来的。谢尔泽举了一个打结的例子：刚开始，主刀的外科医生不会让实习医生持刀，只会让他们进行一些比较简单的操作，例如，打结和伤口缝合，但即便打结这一个看起来简单的操作，也"只有通过上万次的练习才能打好"③。外科医生阿图·葛文德（Atul Gawande）在其《阿图医生第一季》中曾经从更深层次探讨了医学培训过程中对细节的关注和反复操练：

　　西方医学中有一个占主导地位的法则：在提供医疗服务时追求机器似的完美。自从医学培训的第一天开始，（医学生们）便知道（医学）不允许错误的存在。花时间跟病人套近乎是可以的，但是每一个 X 光片都必须追踪到底，每种药的剂量也必须完全正确。不能忽略过敏史或者早前医学问题，更不能漏掉任何一个诊断。在手术室中，任何动作、时间或者每一滴血都不能被浪费掉。

　　要达到这种完美的重点在于常规化和重复：心脏手

① Richard Selzer, "Letter to a Young Surgeon II", *Letters to a Young Doctor*, New York: Simon & Schuster, 1982, p. 46.

② Ibid., p. 47.

③ Ibid., p. 49.

术、血管手术以及其他手术的存活率跟主刀医生（之前）所做过的同类手术的数量直接相关。25 年前，普通外科医生能做子宫切除术、肺癌手术，为硬化的腿部血管做分流手术。现在，每个病都有对应的专科医生，他们就着细小范围内一套固定的步骤，一次又一次地重复着。当我在手术室时，我从同事那里得到的最高程度的赞美要数："葛文德，你就是个机器。"而"机器"一词的应用并不是随便一说：人在某种情况之下确实能像机器一样运转起来。

(Gawande, *Complications*, pp. 37 – 38)

在追求机器似的完美境界的驱动下，医学话语通过细节化将各种动作分解并仪规化，然后通过长时间的反复练习来使身体按照其要求风格化。通过这一漫长的培训过程，个体按照医学话语的要求，不断抹除自己的个性，逐步被话语收编和塑形。对细节的精细规定和严格执行造就了训练有素的身体，这个身体被话语规范收编，受其控制和支配，能完全按照其规定执行一系列特殊的姿势。而这个受过规训的肉体则是"一种有效率的姿势的前提条件"[1]。这种对肉体的细致安排和操纵禁止了肉体的懒惰，提高了肉体的敏捷度，从而确保了肉体如机器一样在任何情况下都能高效运转，以达到在固定时间里利益最大化的最终目的。葛文德接着写道："通过重复，很多需要动脑思考的事情变得自动化和毫不费力，就像是开车去上班一样（轻松）。"[2] 外科医生陈葆琳也提到，这些规范化的操作，"通

---

[1] ［法］福柯：《规训与惩罚》，刘北成、杨远婴译，生活·读书·新知三联书店 2014 年版，第 172 页。

[2] Atul Gawande, *Complications*, New York：Metropolitan Books, 2002, p. 39.

过多年的训练，就像刷牙一样已成为（她）生活中的一部分"，就算在极端条件下，如极度疲劳等，也能顺利完成。① 换句话说，操练不仅仅是对职业规范的简单再现，它基于对规则的服从和内化，能为建构中的主体带来一种因为掌握符合身份要求的技术而产生的"安全感和依赖感"②。规范化操作克服了各种不利条件，使细节规范实现物质化和风格化，从而降低了出差错的概率，也提高了效率。医疗失误带来的往往是生命的丧失，任何细小的偏差都有着特别沉重的意义。谢尔泽在《来自艺术的教训》（"Lessons from the Art"）一文中描写了外科医生在手术中出现偏差所面临的巨大压力：

> 哪怕（手术刀）向两边稍微偏离一点点，便过头了，随之而来的将是如雪崩和洪水一样（的灾难）。而且，就他（外科医生）一个人（独自去面对这灾难）。无论围观手术刀口的人有多少，无论他们有多么崇拜他，怎么鼓励他，还是得由他绕绳从这个（刀口）裂隙进去，悬挂在那恐怖的地方。他害怕，因为他知道这个肚子的价值，这是无价之宝，更是无可替代的。
>
> （Selzer，"Lessons from the Art"，p. 38）

谢尔泽将外科医生的失误所带来的灾难性后果比喻为雪崩和洪水。而外科医生必须独自面对这一切，力挽狂澜。谢尔泽卸去笼罩在医生头上的光环，袒露其内心的不安和恐惧，因为

---

① Pauline Chen, *Final Exam*, New York: Knopf, 2007, p. 87.

② Damian Hodgson, "'Putting on a Professional Performance': Performativity, Subversion and Project Management", *Organization*, Vol. 12, No. 1, 2005, p. 59.

在他那锋利的手术刀下正是一个无可替代的身体部位。此刻，对于谢尔泽笔下的外科医生来说，医学凝视的焦点始终集中在这个被打开的腹腔中，而拥有这个腹腔的病人既被消声，也被隐形了。医学凝视的聚焦将有限的精力集中在尽可能小的空间中，更有利于细节规范的制定和高效执行。

在医学领域，这种规范化操练还有另一层意义，便是对医生情感反应的搁置。医疗际遇中各种鲜血淋漓、难以忍受的病痛、生离死别，乃至各种污秽物，都让普通人退避三舍。谢尔泽在《致一个年轻外科医生的信 III》中以这个年轻的外科医生在手术室中被吓晕的事情为契机，写道："你（的反应）仅仅揭示了人之常情。只有诸神们在（这些）可畏的奥秘面前不会晕倒，因为他们见惯不怪……与其说（晕倒）是懦弱的标志，不如说是内疚的一个表达方式。是看到不该看到的事物而产生的退缩。"[①] 在谢尔泽看来，人体内部是不能被常人见到的，只有外科医生因其特殊的使命而得到这样的神圣的机会。打开人体内部的外科医生在进行着神一样的工作，他们必须心存敬畏。而年轻医生因为经验不够而晕倒，则是人之常情，因为他们还没有完全进入到医学话语中去，还需要被医学建制收编、塑形。谢尔泽给年轻医生提了两个建议，其中一个便是经常到解剖室练习，他写道："只有在解剖台上你才能得到外科艺术的模型。只有在那里，你才能把人体的结构和形式内化于心，以后（手术中）遇到任何变化、异常或不可预计的情况都不会气馁或者惊讶。"[②] 不断的

① Richard Selzer, "Letter to a Young Surgeon III", *Letters to a Young Doctor*, New York: Simon & Schuster, 1982, p.55.

② Ibid., pp.57 – 58.

练习能把规范化的技术要领内化于心，成为第二自然反应；同时，操练也把医生的情感搁置起来，使其在任何情况下都能运筹帷幄，如机器一样高效运转。谢尔泽在回忆自己给一位相熟的邮递员做开腹手术时写道："这些动脉和静脉将会被夹住，被剪断，被打结和被灼烧（以止血），这些脂肪和筋膜需要被分开。这些具体的工作能让人忙起来，也能抑制住他（主刀医生）的恐惧。"① 当手术刀接触到患者皮肤的那一刻起，似乎医生便成了实践一系列动作的机器，一环扣一环，不得出错，否则将付出生命的代价。

操作动作的规范化、精细化实际上是一种精心算计的支配技术。通过一定的操练，这个肉体"可以接纳特定的、具有特殊的秩序、步骤、内在条件和结构因素的操作"②。操练是权力强加给肉体的活动，操练强化了权力在肉体上的印记，确保了肉体按照权力规范的要求自我塑形。这是一个被权力改造过的、训练有素的肉体，它能抑制某些不利于完成动作的负面因素，从而为主体提供一定的职业安全感和归属感。更重要的是，这也是权力所认可的、所渴望的肉体。借助一系列话语手段，权力最后想要得到的效果便是训练有素的、臣服的肉体，实现肉体—机器（如工厂空间和医院空间中）、肉体—武器（如军队空间中）、或肉体—工具（如工厂空间和医院空间中）的一致，以期达到权力效应的最大化。

在医学场域中，医生在很大程度上经操练过程而实现了

① Richard Selzer, "An Absence of Windows", *Confessions of A Knife*, New York: Simon & Schuster, 1979, p. 18.
② ［法］福柯：《规训与惩罚》，刘北成、杨远婴译，生活·读书·新知三联书店2014年版，第175页。

工具化和机械化，变成工具或者机器的延伸。陈葆琳认为，"对（医学操作仪规化的）热衷使我们忽略了其他更重要的事情，如医患的情感体验"①。就像谢尔泽所说的，"外科医生对大脑的各个部件了如指掌，但是他并不知道病人的梦想和回忆"②。在获得知识，以及行使随之而来的知识权力的时候，医生失去了人性中发现温情、体验温情的天然能力。这就导致了医疗际遇中人的缺失。谢尔泽在其短篇小说《怜悯之心》（"Mercy"）③ 中讲述了一位年轻医生和他的一位临终病人的故事。年轻医生信心饱满地对家属承诺能给因癌症晚期剧痛而生不如死的病人注射吗啡并使其有尊严地死去。④谢尔泽这样描述"全副武装"的年轻医生："当我（备好药品后）再回到病房的时候，我手上拿着三个装满的针筒，一个橡皮止血带，还有酒精海绵。"⑤ 年轻医生天真地以为凭借这些东西就能让他的病人安详地死去，使后者和他的家人解脱剧痛的折磨。年轻医生首先为病人注射致死剂量的吗啡，但是病人仍然不死。

① Pauline Chen, *Final Exam*, New York: Knopf, 2007, p. 97.

② Richard Selzer, "The Surgeon as Priest", *Mortal Lessons: Notes on the Art of Surgery*, New York: Simon & Schuster, 1976, p. 28.

③ Richard Selzer, "Mercy", *The Doctor Stories*, New York: Picador, 1998, pp. 142 – 146.

④ 查尔斯·舒斯特（Charles I. Schuster）在其分析谢尔泽行医理念的文中，从宗教和象征的角度分析此故事。详见 Charles I. Schuster, "Passion and Pathology: Richard Selzer's Philosophy of Doctoring", *Perspectives in Biology and Medicine*, Vol. 28, No. 1, 1984, pp. 65 – 74。相关段落分布在第71—73 页。本人在另一本专著中也曾从疼痛研究的角度深入分析过谢尔泽的这个短篇小说，详见孙杰娜《阈限·叙事——当代美国医生作家研究》，武汉大学出版社 2014 年版。

⑤ Richard Selzer, "Mercy", *The Doctor Stories*, New York: Picador, 1998, p. 144.

为了实现之前做出的承诺，年轻医生产生了掐死病人的冲动。但是就在他与病人接触的一瞬间，他感受到了生命强大的震撼力，他和病人有了连为一体的感觉。① 医疗器械的使用，强化了医生和病人的工具化联系，但却隔开了医生与病人的情感联系，依赖着器械工具的医生犹如是戴着面纱的刽子手。在发生肉体接触之前，病人对于年轻医生来说，不过是一个疼痛的集合体或者需要处理的问题。唯有除去医疗器具的干涉和阻碍，最本真的人与人的联系才能出现。年轻医生为患者的生命力所震撼而最终惶恐逃离病房。虽然充满机械化和工具化的规训过程违背自然规律，但是为了追求效率，这个操练的过程在很长一段时间中似乎也自我揭示了其存在价值，被欧美，甚至全球的医学院校奉为经典。这个关于理想医生职业形象的幻想在医学话语规训权力的保障下，被虚构而成，又在历史中通过医生个体的身体化实践不断被演绎和强化，最终呈现出自然化的假象。

在医学话语场域，细节和操练这两个规训技术有效地保证了医生主体朝着话语认可和指定的方向去实现自我塑形，通过身体的实践行为将医学话语规范具身化和物质化，不断强化所谓的理想医生职业形象，并使自己成为当初话语所命名之人。从福柯的现代权力观看来，培训和行医过程实际是现代权力，具体地说，现代医学话语霸权通过一系列禁止和职业规范对肉体的政治干预过程：肉体"被操纵、被塑造、

---

① Richard Selzer, "Mercy", *The Doctor Stories*, New York: Picador, 1998, p. 145.

被规训"，从而变得"顺从，配合，变得灵巧、强壮"。① 医学主体在医学话语操控下的形成过程是福柯关于现代社会权力规训机制的一个缩影。规训之于肉体并不是只有消极意义。因为肉体需要被驯服才能形成符合要求的劳动力，如福柯所说，"只有在它（肉体）被某种征服体制所控制时，它才能形成一种劳动力……只有在肉体既具有生产力又被驯服时，它才能变成一种有用的力量"②。而巴特勒在其《身体之重》中也提到了话语规范的生产性，她指出，"'性别'不是某个人所拥有的东西，或对某个人的静态描述：它是'某个人'得以生效的规范，使其成为文化可理知界域内有生命的个体"③。也就是说，个体的人不得不为社会建制所收编，成为其中一员，被赋予文化意义，并完成社会化过程，成为社会的一个结构性存在，成为一个文化界域中可被理解、可被指认的、有意义的存在。从这个意义上讲，权力的本质不是压制性的，而是生产性的。权力的规制力同时也是一种生产力，它持续不断地把规制性理想的相关规范篆刻在它所控制的身体之上。规训的结果便是产生了处于关系网络中的被统治话语收编、被改造的驯顺的个体。主体身份的形成过程实际上为规范的物质化过程，而这一切都离不开规训权力的暴力运作机制。福柯认为，"纪律既增强了人体的力量（从功利的经济角度看），又减弱了这些力量（从服从的政治角度看）。

---

① ［法］福柯：《规训与惩罚》，刘北成、杨远婴译，生活·读书·新知三联书店2014年版，第154页。
② 同上书，第27—28页。
③ ［美］朱迪斯·巴特勒：《身体之重》，导言，李钧鹏译，上海三联书店2011年版，第2页。

总之，它使体能脱离了肉体。一方面，它把体能变成了一种'才能'、'能力'，并竭力增强它。另一方面，它颠倒了体能的产生过程，把后者变成一种严格的征服关系"①。换句话说，权力的规训使个体掌握了生活和生产的技能，成为生产力，成为具有主体身份的个体；但它另一方面又征服了个体，使个体处于受支配的、失去自由的状态。权力能生产出自觉投入社会建构的主体。从这个意义上讲，实现医生化的这个改造过程是必须的。从医生主体被命名的那一刻开始，便被引入一个话语规定的特别的范畴之中，他/她便在社会规范以及职业规范的压力下不断重复社会或话语认可的身体行为动作，不断实现规范物质化和身体化过程，竭力成为当初被宣告之人。也就是说，漫长的培训过程，日复一日的操练使医学话语规范具身化于医生个体的肉体中，使其成为能够产出效益的、训练有素的、驯服的肉体，而这些肉体则充当着医院权力关系网络中的一个个节点。他们一方面继续接受权力的监督和控制，另一方面又对其他个体施加权力，维系着整个关系网络的动态发展。

规训的"目标不是增加人体的技能，也不是强化对人体的征服，而是要建立一种关系，要通过这种机制本身来使人体在变得更有用时也变得更顺从，或者因更顺从而变得更有用"②。纪律因此为话语"制造出驯服的、训练有序的肉体，'驯顺的'肉体"③。通过空间、时间和身体等进行精细分割和操纵，

---

① ［法］福柯：《规训与惩罚》，刘北成、杨远婴译，生活·读书·新知三联书店2014年版，第156页。

② 同上。

③ 同上。

通过层级监视、纪律以及检查的技术，[1] 权力支配和征服肉体，权力把人置于错综复杂、动态变化的关系网中，并将其纳入统治的话语中。现代权力的运作方式跟以往专制权力的粗暴和强制不一样，"在资本主义社会新的肉体控制方式中，人成为一尊自动运转的装置，这种自动运转的核心机制竟是某种自我驯服。自我驯服的基础在于对纪律的自我认同——在持续不断的训练和操作中，外部的纪律内化为自我遵循的身体化规训，社会对肉体从根本上的塑形操纵和根本支配由此实现"[2]。现代权力的运作建立在个体对纪律的认同基础上，在自由意志下个体自觉按照话语要求，通过持续不断的操练，将纪律内化以及身体化，最终实现自我顺服。巴特勒在讨论性别述行身份时提到医学询唤的问题，她认为：

> 这种询唤将婴儿从"它"转换成"她"或"他"，而在这个命名过程中，女孩被"女孩化"（girled）了，通过对性属的询唤，她被引入语言与亲缘的界域。但这个女孩的"女孩化"并未就此结束；相反，这种初始的询唤受到各种权威的重复，每隔一段时间这种被自然化了的效应就会受到增强或质疑。这种命名既是对边界的设定，又是对规范的反复灌输。
>
> （巴特勒：《身体之重》，导言，第 8 页）

个体在出生之时被话语指认为"女孩"，从此便被纳入一

---

[1] 在福柯理论中，"技术"一词不仅仅指对具体工具或者机器的操作，而是包括了对人的肉体以及其实践行为的规范和操纵。

[2] 张一兵：《回到福柯》，上海人民出版社 2016 年版，第 363 页。

系列的性别政治中，并在权力的规范下进行性别身份的述行。若干年后，女孩按照异性恋规范，与某一男子一起踏入婚姻的殿堂。在婚礼上，主婚司仪宣布二人结为夫妻之时，在司仪话语述行的作用下，女孩实现身份的转变，成为"人妻"。也就是说，"对'女孩'的命名具有传递性，它发起了强迫某种'女孩化'（girling）的过程，就此而言，'女孩'这个词或者其象征权力控制着从未完全等同于规范的，与肉体有关的（corporeally enacted）女性气质的形成"，并最终实现身份述行和话语述行的统一。① 跟女孩的"女孩化"过程相似，医生也经历了一个"医生化"的过程。在这个过程中，标志身份转变的事件便是医学院校的入学资格。入校后，医学生将收获标志着其荣誉和责任的白大褂。白大褂授予仪式（The White Coat Ceremonies，简称 WCCs）也逐渐成为全球各地医学院校入学仪式之一。据统计，北美百分之九十以上的医学院校以及药学院等都会为其新生举办这个仪式。② 穿着象征着荣誉和责任的白大褂，医学生在师长和亲朋好友的见证下宣读希波克拉底誓词（The Hippocratic Oath），③ 从此开启其医学职业生涯。跟性别话语中，将某个个体询唤为"女孩"的"初始述行"（initiatory performative）④ 相似，白大褂授予仪式也是"医生化"的

---

① ［美］朱迪斯·巴特勒：《身体之重》，李钧鹏译，上海三联书店 2011 年版，第 231 页。

② Orit Karnineli-Miller, et al., "Cloak of Compassion, or Evidence of Elitism? An Empirical Analysis of White Coat Ceremonies", *Medical Education*, Vol. 47, 2013, p. 98.

③ 也称"医师誓词"，是西方医学传统上医生在开始其行医生涯前需要宣读的誓言。希波克拉底为古希腊医者，被誉为西方"医学之父"。

④ ［美］朱迪斯·巴特勒：《身体之重》，李钧鹏译，上海三联书店 2011 年版，第 231 页。

初始述行。白大褂和誓词将普通学生个体转变为医学体制中的医（学）生主体，并开启其主体身份述行之征途。

医生主体身份建构过程中另一个具有非凡意义的事件便是从医学院校毕业并获得"医学博士"（M. D.）的头衔。无论是别人称呼、自我介绍，或者胸卡上印的"医学博士"（M. D.）标记都是某种形式的询唤（interpellation）。巴特勒在思考语言是如何塑造主体的问题时，引用了阿尔都塞（Althusser）讲的询唤的故事："某人在街上行走，身后有警察大叫：'喂，那边的人！'那人回头，认定警察叫的是自己，从此成为了被权力（为警察所象征）所召唤/塑造而出的主体（subject）。"① 这个故事揭示了主体身份"是通过语言被塑造的"，而警察的询唤便是一种具有述行性的言语行动。② 同样，"医学博士"（M. D.）是询唤也是命名，它召唤着一个持续的"医生化"过程，或者主体述行过程。

这个关于职业身份的命名界定了个体身体实践的边界（哪些可为，哪些不可为），同时也通过不断重复的塑形行为使规范不断印记在肉体之上。个体被医学话语权力收编和规训便是一个主动回应询唤，自觉被同化的过程，这个过程便是肉体和权力之间永无止境的互动，具体来说，是话语所制定的职业精神在肉体上的篆刻。而且这种篆刻离不开主体对职业规范和职业精神的认同、内化，以及最终的行为配合。多米安·霍奇森（Domian Hodgson）在运用巴特勒述行理论分析职业身份建构

---

① 转引自倪湛舸《语言·主体·性别——初探巴特勒的知识迷宫》，载朱迪斯·巴特勒《性别麻烦：女性主义与身份的颠覆》，宋素凤译，上海三联书店2009年版，第3页。

② 同上。

过程时指出，"'职业精神（professional spirit）'……要求（职业）行为与所领受的身份相符合"，是"职业良知"（prefessional consceince）或者职业意识的体现。① 职业良知对于主体身份的形成和维系有着至关重要的作用，正是在这种良知的作用下，主体自我启动了对话语服从和接受话语收编的主体化过程。个体把话语规范，或者纪律内化，变成自身的考察机制，自我监督，时刻考察自己是否偏离了话语规范，因为如果偏离了既定的角色规范，主体便会受到形式各异的惩罚。在医学话语规训权力的操控下，医生职业形象实际就是一个受到政治管控和规训实践约束的，并在历史中不断被演绎和强化的范畴。医生职业身份的建构依赖一个对医学话语所精心制定和高度认可的职业规范的反复征引过程。而个体对规范的反复实践，用巴特勒的话来说，是一种"风格/程式化的重复行动"②。这一系列重复行动将职业规范铭刻在个体身体之上，实现职业规范的物质化和身体化，同时也促使个体成为当初被命名之人。医学话语渗透式的规训权力操控并时刻监督着个体领受医生职业身份的过程。在规训权力的作用下，医生主体的认知模式和情感反应模式早已经被话语所限定。换句话说，被医学话语通过这些规训技术而收编和塑形的医生主体已经被训练成话语所认可之生产力。他们的可见、可知、可感和可言的范畴已经被无所不在的、渗透式的医学话语框架所框定和限制。

医生主体的形成脱胎于一系列暴力规范，塑形于权力掌控

---

① Damian Hodgson, "'Putting on a Professional Performance': Performativity, Subversion and Project Management", *Organization*, Vol. 12, No. 1, 2005, p. 58.

② ［美］朱迪斯·巴特勒：《性别麻烦：女性主义与身份的颠覆》，宋素风译，上海三联书店 2009 年版，第 184 页。

之下的主体化过程。看似自主的职业选择，医生职业身份的建构过程中实际充斥着无数的"不自主"因素。漫长的培训过程、严苛的规范、框架的框定效果使医生对现实的理解局限于客观理性，以及对科学技术高度依赖。医生主体一方面作为受暴者忍受各种权力规范的收编和塑形；另一方面他们也是权力效应的传递者，也即施暴者。但与战争语境中的暴力行为不一样的是，医生主体在医疗际遇中的暴力倾向主要通过愤怒等敌对情绪、冷漠和麻木等自我隔离的情感回应方式、对各种入侵性诊治操作的过度热衷等形式来表达。作为暴力规范的产物，医生主体的实践，如褫夺人性的医疗操作，既是一个以暴易暴的过程，又是一个使医患双方去人性化的过程。

在回忆去人性化的医疗教育的时候，儿科医生和作家佩里·克拉斯（Perri Klass）描述了一种可怕但又真实的情景："对（医生）来说，病人不再存在，除了作为需要解决的医学问题，作为手术台上的病腿，作为需要使之恢复正常值的糟糕透顶的检查数据。"① 受到医学话语框架塑形的医生看到的只是医学建制所允许观看和感知的东西。如医生作家迈克尔·斯坦恩（Michael Stein）的小说《白色生活》（*The White Life*）的主人公凯夫医生（Dr. Cave）写道："在病历上写下'胸痛'这一简单的描述动作就像是用了显微镜，它让我看到扩大了的形式和形状，也突出了重点。"② 医学框架自动屏蔽其他所谓影响效率和准确判断的因素。这种框定作用旨在突出重点，使医生在最短的时间里做出最正确、最干净利索的诊断，而最理想的状

① Perri Klass, *Baby Doctor*, New York: Random House, 1992, p. 19.
② Michael Stein, *The White Life*, Sag Harbor, NY: Permanent Press, 1999, p. 35.

态便是把病人抽象化、简单化和病态化为某一种病症或症候。但是凯夫医生也意识到，"如显微镜的目镜一样，它也遮挡了我看到更多东西的可能性"①。凯夫医生指的这些东西包括情感的沟通、人与人之间的互相尊重，以及活于病服和工作服下的有血有肉的病患和医生本身。但是因为现代医学话语框架的收编和框定作用将这些内容指认为所谓的"非法表征"，也即不符合话语要求的表征领域，这些内容被简单粗暴地隔绝在框架之外，导致"人"在医疗际遇中的缺席。医学话语框架的框定作用首先体现在对诊疗的客体——病人——的角色的规范之上，其次通过病历的书写将病人以及疾病现象纳入语言范畴并转化为诊治空间的内容，成为诊疗主体——医生——的工作对象。这个过程将那些被话语认可的内容框入医生主体的可见、可知、可感和可言的范围，成为其认知的现实，同时也摒弃关于疾病的非理性的、主观的个人体验和情感反应等。医生主体所面对的便是经过话语精心选择并且审慎安排过的"现实"。但是在这个"现实"中，"人"不见了。

二　"人"的缺席

英语中的"disease"和"illness"这两个词虽然翻译为汉语都是"疾病"，但是它们强调的是疾病的不同方面，"disease"指的是生理病理上脱离正常指标，是对身体非正常状况的一种描述和指认；而"illness"指的是个体关于生理病理上的某个（某些）疾病的个人化的、私密的感受。用加拿大医生

---

① Michael Stein, *The White Life*, Sag Harbor, NY: Permanent Press, 1999, p. 35.

及医学史专家杰克林·达菲因（Jacalyn Duffin）的话说，"ill-ness"是"指个体的苦难经历"，而"disease"是"建构出来的解释（个体苦难经历）的理论"①。例如，关于乳腺癌的疾病经历，咄咄逼人、锋芒毕露的美国黑人女权主义者、女同性恋者奥德莉·劳德（Audre Lorde）体验到的是二十世纪八十年代笼罩着乳腺癌的令人窒息的集体性沉默和女性，尤其是像她这样受到多重边缘化的女性所受的社会压迫。在她的自传体作品《癌症日记》（The Cancer Journals）里，劳德通过自己的切身经历号召患病的女性团结起来并实现自我赋权（self-empow-erment），"把笼罩着乳腺癌的沉默转化为语言和行动"，从而"使大家看得到彼此"的存在。② 同为乳腺癌患者和作者，已故的复旦青年教师于娟在其遗作《此生未完成》中便少了些这样的政治锋芒，但多了一些对生命的反思和体会。③ 医生诗人拉斐尔·坎普（Rafael Campo）的组诗《另类医学——周三下午 HIV 门诊》（"Alternative Medicine：Wednesday Afternoon HIV Clinic"）④ 便从不同角度描述了不同患者对艾滋病的各种体验。组诗由 10 首十节诗构成，每首诗重点描述一个艾滋病病人。

---

① Jacalyn Duffin, *History of Medicine：A Scandalously Short Introduction*, Toronto：U of Toronto P, 1999, p. 66. 转引自 Elizabeth Klaver, "A Mind-Body-Flesh Problem：The Case of Margaret Edson's *Wit*", *Contemporary Literature*, Vol. 45, No. 4, 2004, p. 661.

② Audre Lorde, *The Cancer Journals*, San Francisco, CA：Aunt Lute Books, 1980, p. 61.

③ 于娟：《此生未完成》，湖南科学技术出版社 2013 年版。

④ Rafael Campo, "Alternative Medicine：Wednesday Afternoon HIV Clinic", *Alternative Medicine*, Durham, NC：Duke UP, 2014, pp. 46 – 49. 另类医学，又称替代医学，这是一种缺乏科学验证的，通常基于宗教、迷信、传统或超自然力量的医学实践。虽然另类医学声称其医疗实践能产生疗效，但其诊治效果往往没有经过科学证明或者已经被科学否定。

虽然这些病人都受到艾滋病病毒感染，但每个人的故事各不相同，他们的说话方式也大相径庭，对疾病的体验更是多样：有忧心忡忡的妈妈，有为自己日渐消瘦的躯体而伤感的男患者，还有提前安排身后事的独居女人，有向丈夫隐瞒病情的女患者，更有期待另类医学能带来福音的患者，等等。的确，因为社会文化背景以及种种因素，不同个体对疾病的体验从来就不是一样的，就算同一个个体，也会因环境或者人生阶段的不同，而对同一个疾病有着截然不同的体验。

美国诗人露西·格雷丽（Lucy Grealy）的疾病叙事《脸的自传》（*Autobiography of a Face*）中的叙事者在 9 岁的时候患上了罕见的、高致死率的脸部肿瘤。她的半个下巴以及部分脸颊均被切除。这次治疗所造成的严重的面部畸形导致她在以后的18 年间进行了大约 30 次的面部修复手术。患病经历对于年幼的叙事者来说，带有很浓重的英雄色彩，因为她终于可以充当电视医疗剧中的女主角，救护车、鸣笛、担架还有各种复杂的手术操作都让年幼的她兴奋不已。[1] 她享受着父母和老师特别的关照，还可以名正言顺地缺课。[2] 而且病房里的小朋友会以手术的时间长度以及病情的严重程度来决定病房中的地位：手术时间越长、病情越严重者的地位便越高。格雷丽因此就成为病房里的老大。疾病或者治疗所带来的痛苦，甚至生与死的考验，对比起这些特别的待遇来说似乎变得微不足道了。但是成年以后的格雷丽因为面部的畸形和来自外界的种种歧视而产生了严重的身份危机。年幼时期的英雄情结早已被挫败感和孤独

---

[1]　Lucy Grealy, *Autobiography of a Face*, New York：Houghton Mifflin Company, 1994, p. 20.

[2]　Ibid. , p. 38.

感取代。确实，个体对"illness"的体验受到很多方面的影响，任何一个独立的因素都可以使个体的患病经历变得独一无二。

在人类之初，医学是简单而朴素的，没有立见成效的特效药，没有先进的医学器材，没有难懂的医学术语，更没有专业繁多的医院，因此也就没有多余的干预。在那个时候，疾病和诊治有着最直接、最自然的关系。正如福柯所说，"这种关系属于本能与感觉……它是自发而盲目的……它会自行衍生，从一个人传递给另一个人，从而变成一般的意识形式，每一个人都同时成为这种意识的主体和对象"①。病人生活在共享的家庭空间中，而医学经验也属于共享范畴。在福柯看来，"在成为一种知识以前，临床经验是人类与自身的一种普遍关系：那是医学的极乐时代"②。疾病被视为自然的一部分，有着自己的自然秩序，也是人与自身的一种最普通不过的关系。而临床经验则是了解疾病的自然秩序，顺其自然，不过多干预疾病的自然进程。随着医学的发展，临床认识逐步转化为医学知识，并为一部分经过专业训练的人所占有，③ 医学与人之间的最直接的关系也因此被颠覆了。这些掌握知识的个体成了拥有话语权力的诊治主体。现代生物医学在科技至上和理性至上的狭隘的认知框架的指导下，一味追求客观、理性和效率，导致医生对疾病病理和生理指标的关注程度远超其对个体体验的关注度。这样做有利于医生在最短的时间里掌握最关键的信息，挑选最合

① ［法］福柯：《临床医学的诞生》，刘北成译，译林出版社 2011 年版，第 59 页。
② 同上。
③ 医学作为一个开放的知识场域，也是在这些专业人士的探索下，不断向外扩展，不断达到新的高度。

适的机器做最全面的检查，最后提供最优化的治疗方案。医学难题一个个被攻克，很多以前的致死性疾病也被一一控制，人们的寿命也在不断延长。但是这个本该值得欢呼的进步并没有提高人们的幸福感，因为在本该是崇尚人与人互动的、以人为本的医疗际遇中，"人"似乎变得不那么重要了，患病部位或者医院床号成了他们的代名词，各种不乏入侵性和高科技的检查所得的数据利索地替代了病人关于疾病的个体体验的陈述。医疗际遇中的言语沟通则被简单粗暴地局限在一问一答中，患者只需简明扼要地提供医生觉得有关的经历即可。剩下的叙事空白由受过专门训练的专业人士，凭借机器获取的数据，进行理性分析和诊断来填补。

疾病在社会空间里的转移，其实就是从一个家庭成员、社会成员共享的空间中被转移到一个专门为患病个体所设的异质空间里，也即医院。在这个现代人造诊治空间中，医生和病人产生了前所未有的复杂关系。而医学凝视（medical gaze）在这个过程中起着不可小觑的作用。医生与病人作为独立的个体，原本并不相连，而是独立自足的主体和客体的统一体。在医疗际遇发生之前，医生处于前主体状态，而病人则处于前客体状态。医疗际遇过程中借助医学凝视产生的诊治行为把两者联系起来，使他们进入施治和受治过程，并促成各自的主体化和客体化过程。也就是说"医生一旦作为凝视者出场就升格为认识主体（施治者），病人一旦作为被凝视者出场就降格为认识客体（受治者）"①。医生因其专业素养而成为认识主体，成为观看和言说疾病的施治主

① 于奇智：《凝视之爱：福柯医学历史哲学论稿》，中央编译出版社2002年版，第65页。

体，而病人因为疾病的存在而成为受治的客体。疾病现象在医生凝视之下成为其研究对象。作为主体的医生和作为客体的病人在这场探索真理的游戏中各司其职，密切往来，互相影响。

病人（无论是谁）一旦成为诊治的客体便不再是原来意义上的个体。这个个体需要自动放弃自由的权利，进入医学凝视的视域，成为被观看、被言说、被诊治的对象，并受到特别护理和关注。在这个过程中，病人所处的地点也发生相应的变化：从原来的居住空间中被转移到现代诊治空间——医院。病人一旦进入医院便开始承受诊治和疾病带来的双重痛苦。相对于疾病以及诊治带来的身体变化，导致整个疾病经历痛苦不堪的更主要的根源是围绕疾病所产生的各种带有强烈污名化的社会文化建构。现代疾病不但是一个单纯的身体事件，更是一个社会事件，或者政治事件。首要问题便是对病人角色（the sick role）的领受。在医学话语引导下的大众想象中，疾病往往与个体责任联系起来。例如，疾病的产生很多时候是因为个体缺乏自我控制的能力。而个体的受诊过程影响了其社会生产能力，无法承担相应的社会职责，使自己成为不合格的社会成员。因此，"病人"这个标签所带来的种种联系无疑破坏了主流社会关于健康的美好幻想。社会对病人角色有着特别的规范。病人是病人角色的具身，他们背负着不同于常人的社会责任，他们首先需要放弃对自己日常生活的控制权，以重新获取对自己身体的控制权。在这个过程中，他们必须遵医嘱，才有痊愈的可能，才能返回正常的生活轨道。① 病人角色的相关规

---

① Howard Brody, *Stories of Sickness*, 2nd ed., New York: Oxford UP, 2002, pp. 57 – 58.

范驯化了病人，使其处于被照顾和被关注的状态。正如谢尔泽在书写自己的疾病经历时感慨，"病房里充满了弃权和服从的气息"①。为了胜任"病人"这一新角色，病人被迫放弃他们日常的社会地位、所有物以及个性。这种放弃有时是暂时的，有时是永远的。

现代医院在规范病人角色上也起着重要的作用。医院的一系列仪规化手续和操作，如统一的病服和住院手环等无不磨灭了个体特征。这一系列仪规使病人实现了从普通人到病人的角色转换，为接下来的诊治做准备，也开启了客体化征程。充任病人角色的个体及其疾病经历便是医院这个诊治场所及诊治机关的诊治对象和知识来源。为了便于诊治，"诊治机关构造了物质性格子（图表或形式），对其内容（病人及其疾病）进行分区凝视和护理"②。各异的病人被分配到不同的区域接受凝视。但是"诊治内容要转化为诊治机关的内容，还必须经过诊治行动使诊治内容成为实体才能实现。这一过程的结果就是把诊治内容变成形式化的内容，即使之成为诊治机关的内容，否则，诊治机关就是一个空的或荒的'空间'，就会无所指，成为一个个空盒子或空屋子"③。换句话说，为了实现诊治的目的和治愈的追求，作为能指的疾病现象和作为所指的疾病名称/理论需要统一起来，而这个过程需要医学凝视和理性语言，尤其是医学术语和病历的书写的有效结合。

凭借着医学凝视和理性的语言，临床医学经验深度重组了

---

① Richard Selzer, *Raising the Dead*, New York: Whittle Books, 1994, p. 64.
② 于奇智：《凝视之爱：福柯医学历史哲学论稿》，中央编译出版社 2002 年版，第 69 页。
③ 同上。

接近个人的方式，在医生和病人间建立起一种独特的对话方式。福柯认为：

> 临床经验在西方历史上第一次使具体的个人向理性的语言敞开，这是处于人与自己、语言与物的关系中的重大事件。临床经验很快就被接受，被当作是一种目视与一个面孔、或一种扫视与一个沉默的躯体之间简单的、不经过概念的对质；这是一种先于任何话语的、免除任何语言负担的接触，通过这种接触，两个活人"陷入"一种常见的却又不对等的处境。
>
> （福柯：《临床医学的诞生》，前言，第7页）

福柯的论述强调了医患之间的密切关系，更指出了二者之间不均衡的力量交互。在拥有医学凝视权力和言说权力的医生主体的对立面是被观看、被言说和被转化为诊治对象的病人。病人一旦进入医院，走进诊室，出现在医生面前，就标志着其作为医学认识主体的客体对象的建立。这个客体对象将面临着话语更直接、更强大的管控和改造。霍华德·布鲁迪（Howard Brody）曾指出病人角色的矛盾性。一方面，充任病人角色代表着个体摆脱正常社会责任的束缚；另一方面，充任病人角色并不意味着消极和悲观。① 实际上，病人的正常社会责任并没有消失，只是为另一种责任——恢复健康状态，或者重回健康状态所做的不懈努力所替代。而在背负起这个

---

① Howard Brody, *Stories of Sickness*, 2nd ed., New York: Oxford UP, 2002, p. 98.

话语强加于身的社会责任的同时，病人不可避免地成了话语的构建物，他们必须用实际行动实践新的角色规范。医学社会学家阿瑟·弗兰克（Arthur Frank）在阿尔都塞关于意识形态的询唤理论的观照下，指出医学话语如何通过询唤为个体制造出新的客体身份。弗兰克强调医学话语在重新定义个体以及把个体从健康人转变为病人的影响，他指出："意识形态通过把个人自我定义和体制定义混合起来来制造（医学活动的）对象。被询唤就是被鼓励，甚至被逼迫把自己想象为询唤机构，如医学体制，所设想的个体。"① 也就是成为积极配合治疗、顺从乐观的诊治对象。为了得到优质的医疗服务，牺牲自己的隐私、话语权等似乎无可厚非。的确，个体的社会属性以及现代疾病的非自然本质决定了医学凝视的必要性。为了治病，病人需要把自己的痛苦在凝视者面前展示出来，并最终变成凝视者的经验和知识，成为造福社会群体、推动医学进步的知识储备。福柯在讨论法国十八世纪末十九世纪初出现的教学医院时指出，病人"被要求成为一种目视的对象，一个相对的对象，因为需要从他身上辨识的东西是被用于增进其他人的认识"② 。病人及其经验成了临床医学认知的对象和知识来源，也是医学不断进步的一个不可或缺的推动力。但是福柯同时指出："如果是为了认识而观看，为了教学而展示，这难道不是一种沉默的暴力吗？当一个病人之体需

---

① Arthur W. Frank, "Enacting Illness Stories: When, What, and Why", *Stories and Their Limits: Narrative Approaches to Bioethics*, edited by Hilde Lindemann Nelson, New York: Routledge, 1997, p. 33.

② ［法］福柯：《临床医学的诞生》，刘北成译，译林出版社 2011 年版，第 93 页。

要安慰而不是展示时，这种暴力越是沉默不就越发显得过分吗？难道痛苦也能成为一种景观吗？"① 病人的痛苦被置于医学凝视的暴力之下，成为展示的内容和讨论的对象。从医学话语的角度来看，病人的痛苦提供的便是一场视觉盛宴。但是，话语对病人的管控不仅仅停留在凝视层次。话语最终需要将病人和疾病现象纳入语言的统治范畴，而达到这一目的主要通过病历的书写来实现。

现代医学在使个性各异的病人统一化的同时，也把他们抽象化、观念化为一个个疾病，询唤机制更是严重地剥夺了个体的声音。医学凝视把原本可见、不可述的疾病现象通过言说及书写的方式转换为诊治内容，继而丰富了医院这一密闭空间的内容，促进其发展。医院场域最重要的书写活动莫过于病历的书写。医学凝视使健康人转变为医治对象，而书写则通过语言活动，使病人变成疾病或者变成能够无限繁殖并在其他病人身上再次出现的病理事实，使具体的个人变成抽象的概念。在言语和凝视的共同作用下，疾病逐步向凝视者和书写者展示了自己的真实本质，并最终形成一种或者多种文本形式。病历的书写是医学尝试在文字的层面上捕捉疾病过程的历史，使疾病现象的存在屈服于医学语言的统治，并最终把可见的但不可述的疾病现象提高为可述的、可读解的事物。福柯认为，"疾病底下的深渊就是疾病本身，它出现在语言之光下"，变成可述的、可读解的现象。② 精神科医生塞谬尔·闪（Samuel Shem）在其成名小说《上帝之家》（*The*

---

① ［法］福柯：《临床医学的诞生》，刘北成译，译林出版社 2011 年版，第93—94 页。

② 同上书，第218 页。

House of God）里便以一个极端的例子来展示医学系统如何通过语言把病人抽象化。故事里的胖子医生（The Fat Man）带着下级医生查房时，病人往往是缺席的，替代他们在场的是记录着他们病程进展的小卡片。胖子认为，世界上"没有一个人的医疗情况（复杂到）不能在这张 3 英寸×5 英寸的索引卡中展示"[①]。胖子查房时不看病人，而是翻卡片，翻到谁的卡片，谁的管床医生就要向胖子汇报其情况。一张卡片代表一个病人，而正是这个卡片上的文字把形形色色的病人转化为医院空间的诊治内容。儿科医生作家佩里·克拉斯（Perri Klass）在《一个并非完全善意的规程》（*A Not Entirely Benign Procedure*）中回忆了自己的医学培训过程，她这么评论医学术语："医学术语一个最重要的作用就是帮助医生跟病人保持一定的距离。通过将病人的痛苦和问题转换为一种病人讲不了的语言，我想，从某个意义上讲，这是我们把这些痛苦和问题纳入我们的管辖范围，同时也减低它们在情感上（对我们）的冲击的办法。"[②] 医学术语将疾病，以及随之而来的各种令人痛苦、不安，甚至恐惧的症状独立开来，冠以外行人看不懂的专业名词，将之纳入医学话语之中，成为医生凝视和言说的对象和材料。在这个过程中，医学话语通过医学术语的应用将有着各异背景和多彩个性的病人话语化和抽象化为某种病征或者病名，在剥夺个体特性的同时也以提高工作效率之名拉大了医生跟苦痛（病人?）的情感距离。而

---

① Samuel Shem, *The House of God*, 1978, New York: Bantam Dell, 2003, p. 30.

② Perri Klass, *A Not Entirely Benign Procedure: Four Years as a Medical Student*, New York: New American Library, 1987, p. 76.

这个通过病历形式将病人纳入医学话语体制中的做法无疑加剧了医疗际遇中的愈演愈烈的非人性化趋势。

医学凝视深入疾病内部、人体内部，再通过语言使其变成可述的、可读解的现象。在临床医学话语中，因为解剖学大大提高了死亡和疾病的可见性，"可见者与可陈述者之间具有永恒而客观的对应关系"①，可见的便是可述的。因此，"疾病与多少世纪以来难解难分的那种恶之形而上学分道扬镳了；它在死亡的可见性中找到了使它的内容得以实证地充分显示的形式……从死亡的角度看，疾病就变得可以被彻底读解，能够向语言和目视的权威解析毫无保留地开放"②。个体的病症也在可见、可述的情况下被转化为医院空间的诊治内容。个体病人从而完成了抽象化和概念化的转换过程。最突出的例子便是病历的书写。虽然病历在整个诊治过程中起着重大作用，G. 托马斯·考瑟（G. Thomas Couser）在分析疾病叙事的文章中指出，"病历报告使个体和他们的故事转化为一个个病历"，医生诊治病人的过程实际上便是一个非人性化的病历化过程（encasement）。③ 病历化是受过专业训练的医生把病人纳入其理论体系的一种办法，是一个从个体到集体、从个别到普遍、从具体到抽象的转换过程。充斥着医学

---

① ［法］福柯：《临床医学的诞生》，刘北成译，译林出版社 2011 年版，第 219 页。

② 同上。

③ G. Thomas Couser, *Vulnerable Subjects*: *Ethics and Life Writing*, Ithaca, NY: Cornell UP, 2004, p. 95. 考瑟在书中呼吁医学界重新认识病人的叙事，恢复个体声音和个体关于疾病经历应有的地位，他倡议通过书写，或者讲故事的方式实现"去病历化"（disencasement），使有血有肉的个体重新回到医疗场景。最后还以医生作家奥利弗·萨克斯（Oliver Sacks）的书写为例子，论述去病历化的重要性及实践意义。

术语的医学病历在语言结构的层面上维护医生的职业特权，并"用准确的句法和艰深的语义习惯来设法操作和支配事物"①。在医疗际遇中，掌握医疗理论和知识的个体是处于主体地位的医生。但是，"在临床医学中，描述并不意味着把隐藏的或看不见的事物置于没有直接接触它们的那些人可以理解的范围之内；它的真正意义在于使被人们熟视无睹的事物说话，而这种言语只有进入真正言语之门的人才能理解"②。因此，掌握知识和技能的医生和没有理论知识的病人的言谈出现了断裂，分别滑向权力的两端。医生因为掌握着知识，成了发号施令的言说者；而病人则自然而然成了被消声的、被剥夺话语权的被言说者。

医疗际遇中这种对医生叙事的赋权与病人叙事的夺权，正是建立于知识权力之上的医学话语霸权的具体呈现。病人的叙事，因其非理性和非医学化而被传统生物医学贱斥为"他者"的叙事。研究疾病叙事的著名医学社会学家阿瑟·弗兰克（Arthur Frank）认为叙事这一语言实践充满排他性，也即对"我们的故事"（our stories）和"你们的故事"（your stories）的严格区分和不公正的赋权。③ 在他看来，"故事的讲述能很明显而且很容易地把*我们*和*他们*分开来，我们有名字，可以指认；他们的存在则依托于一个与我们不同的、理由也不充分的意见，他们仅仅作为我们的对立面而存在"④。

---

① ［法］福柯：《临床医学的诞生》，刘北成译，译林出版社 2011 年版，第 128 页。

② 同上。

③ Arthur Frank, *Letting Stories Breathe*：*A Socio-Narratology*，Chicago，IL：U of Chicago P，2010，p. 159.

④ Ibid.，斜体字为原书作者所加。

这样一来，不同的故事便不仅仅是内容的不同，而是含有评判意义的等级分类和充满敌意的权力对抗。医疗际遇中，医生关于病人疾病的叙事集中体现在病历之上。在医生眼中，病历是基于专业技术手段收集的数据，经过专业分析后整理而成，是医学语言对零散、非理性和表面现象的梳理和高度概括，也最具权威性、条理性和理性，因而是诊治疾病最有用的信息。换句话说，病历的书写是医生通过医学语言对疾病现象的捕捉，从而使其屈服于医学语言的统治，并最终把可见的、纷繁杂乱的疾病现象提高为可述的、可读解的事物。经过这一个医学话语权力支撑下的语言行动，医生把疾病现象转化为诊治空间（如医院、诊室）的诊治内容。而这也是传统医学话语体制下占主导地位的诊治内容。处在权力体制中绝对弱势的另一端的便是被病态化和抽象化的患者关于疾病的个体体验。在医学话语霸权的统治下，患者的叙事则往往被认为是杂乱无章的感性经验，对治病并无直接功效，因而在很长一段时间中被贱斥于医生主体的认知框架之外，被迫处于消声状态，在医疗际遇中得不到真正意义上的承认。

更大的问题在于，对医生叙事的推崇和对患者叙事的打压在传统生物医学话语那里已经得到体制化的保障。这实际上是医学话语无所不在的权力作用下的结果。而医学话语霸权的实践有赖于医学凝视的运作。关于医学凝视的运作机制，福柯在其《临床医学的诞生》①一书中提供了详尽的解释。他追溯了古典分类医学如何发展到症状医学，再发展到临床医学，讨论

---

① ［法］福柯：《临床医学的诞生》，刘北成译，译林出版社2011年版。

了医学凝视在此过程中如何逐步增权益能。[①] 古典分类医学学者对疾病有着最朴素和最本真的认识，他们认为"疾病具有与生俱来的、与社会空间无关的形式和时序"[②]。他们强调的是疾病的超验性，诊疗主要依托于描绘疾病种属关系的表格和图像。患者的身体，以及患者所处的社会空间根本得不到古典医学的正视。随后的症状医学改变了这种超越病人身体进行诊治的做法。对于症状医学的支持者来说，疾病不再是超然于身体实体的存在。对疾病和身体两者之间关系的关注，使症状医学逐步摆脱古典分类医学那种简单朴素的种属归类，并把疾病置于人体这个复杂的和多变的空间里来考察。此时，病人个体的动作、状态等其他种种身体表现和身体变化都受到医学凝视的作用及医生的精细感知，身体和疾病的关系在这种由医学凝视所构成的微妙的权力关系网中得到重新审视。[③] 但是由于技术条件所限，症状医学者所能感知到的往往只是外在的、能轻易被察觉的症状，他们对于人体内部的奥妙所知甚少。古典分类医学和症状医学带来的是较为朴素和自然的诊疗实践和诊疗场所（如居家治疗等）。

但是临床医学的出现在诊疗手段和诊疗场所方面带来了翻天覆地的变化。临床医学在尸体解剖技术以及其他技术的帮助下大大提高了身体，尤其是死亡的可见性。人体内部在解剖刀的作用下全面向医学凝视开放。以前解不开的谜题一个个被解

---

① 这三个历史阶段也代表了西方医学历史上三次空间化，也即治疗场景的空间变化。详见孙杰娜《异托邦中的异托邦：当代美国医生书写中的空间叙事》，《社会科学研究》2016 年第 1 期，第 183—189 页。

② ［法］福柯：《临床医学的诞生》，刘北成译，译林出版社 2011 年版，第 17 页。

③ 同上书，第 16 页。

开，疑难杂症也相继被攻克。随着其力量和影响范围越来越强大，医学逐步超越身体的范畴，蔓延到公共空间，成为政治权力规范和监视个体以及整个社会的手段或者工具。而现代医院的诞生更凸显了医学话语霸权的集中化和体制化。在福柯看来，现代医院的出现"揭示了一个群体为了保护自身而如何实行排斥措施、建立救助方式以及对贫困和死亡的恐惧做出反应等等的方式"①。在政治权力的背书下，医生的目光"不再是随便任何一个观察者的目视，而是一种得到某种制度支持和肯定的……目视，这种医生被赋予了决定和干预的权力"②。福柯看到的医学不再是一种消极存在的、单纯的知识汇合体。经由医学凝视而得到的医生叙事也已超越身体事件（身体行为、生理现象或病理现象）的范畴，并广延、深延到政治范畴，最后通过政治权力的管控措施而对人们的生活产生实实在在的影响。例如，在爆发高危传染病时期对某些个体的指认和强制隔离，或者介入个人的私生活等。其实，只要能保证药到病除，把话语权拱手相让于妙手回春的医生或者无所不能的医学似乎也能为人们所接受。但是在自然环境恶化、生存压力变大、基因技术干涉程度加大、技术化程度变高的当代社会，疾病往往来得比以前更凶猛，而且慢性病也变多，很多以前的致死性疾病也慢慢变成慢性病，如癌症和艾滋病等，药到病除在当代语境下似乎并不是那么容易实现。在过度医疗化的当代社会，人从出生到死亡都离不开医院。从病人的身体，到所谓健康人的身体，乃至整个社会空间都在医学凝视的掌控之中，都被纳入

---

① ［法］福柯：《临床医学的诞生》，刘北成译，译林出版社2011年版，第16页。

② 同上书，第97—98页。

医生编织的叙事中，同时也受到其背后多种权力机制的规范和约束。

这种得到体制化保障的叙事排他性不公正地边缘化了病人的叙事，使病人关于疾病的切身体验处于不可见、不可感、不可知，更不可言的状态中。医生的叙事虽然得到推崇，但医生更多的是作为一个权力运作的工具或者霸权话语的传声筒而存在。这个也是当代美国医生作家所要表达的关于自身生存状况的一个重要观点。在把病人抽象化、简单化和病态化为某些病症或者症候的过程中，现代生物医学体制也把医生简单粗暴地工具化、机械化和异化了。在追求高效的同时，现代生物医学体制把医疗际遇变成冷冰冰的机械沟通，原本应该存在的人文关怀现在似乎成了一种奢侈，或者是一种对医疗霸权的背叛。医生诗人拉斐尔·坎普（Rafael Campo）在回忆自己和患了艾滋病的朋友加里（Gary）的友谊时写道：当病危的加里渴望他的陪伴和关注的时候，他为了自己的事业而对其视而不见。因为那时坎普的事业正处在转折点，有可能得到晋升，他迫切希望"表现出强有力的样子，（因为）'强有力'是科室人员专门用来形容住院医生最需要具备的那种镇定自若的能力的一个词，传达的是至高无上的尊重"[1]。为了给医院同事制造这样的印象，坎普无视加里一次又一次的呼唤。奄奄一息的加里最终来到坎普所在的医院进行最后的抢救，坎普还是不敢公开他们之间的关系。因为他曾经被才华横溢和特立独行的加

① Rafael Campo, "Fifteen Minutes after Gary Died", *The Poetry of Healing: A Doctor's Education in Empathy, Identity, and Desire*, New York: W. W. Norton & Company, 1997, p. 152.

里所吸引并深受他的影响，面对这样一个他欣赏的人，他无法掩饰自己对即将到来的死亡的恐惧，更无法坦然面对好友即将死去而自己却无能为力的事实。在重理性、重科技的传统狭隘认知框架的影响下，情感的表达和人文关怀似乎都被贴上了无能和低效的标签。想必那时的坎普深深懂得，平时苦心经营的"强有力"形象如果遭遇如此强烈的情感冲击，必将破碎一地，无法收拾，所以年轻的他选择躲在医学话语的保护壳之下。外科医生作家理查德·谢尔泽（Richard Selzer）将这种压制情感所采取的措施和乌龟的壳联系起来，他写道：

> 将自己置身于紧实的盔甲中是动物的本能，（这盔甲）在限制活动的同时也提供保护。乌龟的壳便是它的堡垒和隐身处，然而，这壳还会导致翻背的乌龟在沙地中（无果地）扭动。同样的道理，外科医生也会因他的共情和同情而变得无能。他不能哭泣。当他切开肉体之时，他自己不能流血。这需要下很大的功夫……但是这种对情感的压制会让人透不过气来。如果能哭泣或者哀伤的话，将会容易很多，因为你知道在那精准对称到让人喜爱的世界下面，正下方，包含的全是灾难，全是骚乱。
>
> （Selzer, "The Knife", p. 101）

在承认医生面对生死苦难时的种种情感反应的同时，谢尔泽通过乌龟壳的例子形象地指出了医疗际遇中医生压制情感表达的利弊。情感的克制能隔离医生个体与痛苦的距离，确保各种复杂的诊治程序能按照医学话语所规定的细节规范去完成；但这种克制同时也限制了个体的切身体验，剥夺了人性中某些自然朴素的东西。而这种缺失也正是谢尔泽以及其他医生作家的焦虑根源所在。在医疗场景，专注于细节规范的种种操作程序和对机器的依赖把个体的情感从工作中强行剥离出来，在医生和病人面前竖起一道情感的隔离墙，抑制了前者对死亡的恐惧，从而有效提高工作效率。① 在消费主义和技术化盛行的年代，医院提供的不是关怀，更多的是产品式的医疗服务，因而效率显得格外重要。正如陈葆琳在其回忆录中所写，作为医学生的她也渴望这样的训练，"我发现自己向往学习更多的操作——抽血、缝合伤口、插管——所有那些通过练习不但能达到完美，还能麻木我的本能反应的操作……正是那种和病人共有的脆弱感（vulnerability）让（学生时代的）我觉得自己完全不称职"②。医生职业身份的构建也正是通过这样一个长年累月、对规范反复征引的述行过程慢慢形成的。在此过程中，医疗话语霸权的规训通过主体不断重复的身体实践，也即操练，而得到内化，成为其职业身份的基础。主体身份也是在对这些规范细节的领受过程中形成的。医学话语所规定和认可的各种细节规范自有其存在和发展的原因和理由，医生作家作为医学体制中人，他们在职业身份形成过程中不断通过身体实践将细节规范物质化，使之成为自我身份的一部分。但是他们同时也担心医学话语体制所锻造的这个保护壳是不是也会让他们成为翻背的乌龟，痛苦挣扎却无法自救。

---

① Pauline Chen, *Final Exam*, New York：Knopf, 2007, p. 8.
② Ibid. , pp. 45 – 46.

三 又虚又实的文学异托邦①

在医疗话语框架的暴力收编和强力扼制下，医生作家从书写中看到了逃脱束缚和打破框架的希望。因为书写使他们看到了被框定的现实之外的情感因素和人文关怀，迫使他们重新思考医疗际遇中人与人之间的关系、人与权力系统的关系等。医生作家对医疗场景的文学再现实际上是借助文学的手段，建构了福柯空间理论中的异托邦。福柯强调现代空间是各种权力关系和异质元素相互作用、动态发展的场所，是由各种权力网络关系构成的复合体，是一种相对而言的位置/定位关系。② 而异托邦（heterotopia）便是这些权力网络中某些特定关系的集合所指定的特别的位置。福柯指出："在所有的文化，所有的文明中可能也有真实的场所——确实存在并且在社会的建立中形成——这些真实的场所像反场所的东西，一种的确实现了的乌托邦，在这些乌托邦中，真正的场所，所有能够在文化内部被找到的其他真正的场所是被表现出来的，有争议的，同时又是被颠倒的。这种场所在所有场所以外，即使实际上有可能指出它们的位置。"③ 异托邦作为一种另类空间，具有普遍性，它存在于每个文明和社会中。它的存在展示了一个一直被边缘化的非理性空间结构。这个空间被暴力、死亡、疯癫、狂欢等种种非理性元素占据着。

① 本人在之前发表的文章中曾论及此话题，当前内容已经过大幅度改动和删减。详见孙杰娜《异托邦中的异托邦：当代美国医生书写中的空间叙事》，《社会科学研究》2016 年第 1 期，第 183—189 页。

② ［法］福柯：《另类空间》，王喆译，《世界哲学》2006 年第 6 期，第 52—57 页。

③ 同上书，第 54 页。

按照福柯的设想，异托邦具有现实和虚拟想象多重性质：有些异托邦在现实社会中有明确的、可以指认的位置，如监狱、公墓、殖民地和医院等；有些异托邦在现实中并不以实体存在，如当今的网络空间及诗学空间。这些与现实社会异质的空间结构，无论有无实体存在，都是现代社会中不可忽略的存在，因为它们抵制了理性世界的抑制，构成了边缘地带与权力中心抗衡的基础。

福柯举了镜子的例子来阐释异托邦的现实和虚拟多重性质，重点分析了异托邦和乌托邦的联系。在他看来，镜子是居于异托邦和乌托邦之间混杂的、居间的过渡性经验地带，同时具有两者的特点。一方面，虽然观看主体看到了自己在镜子里的影像，但镜子中产生的影像（包括我和我所在的场所）并不真实存在，这样一来，"一个非真实的我出现在一个非真实的场所"[1]，这是镜子的乌托邦性质。另一方面，"在镜子确实存在的范围内，在我占据的地方，镜子有一种反作用的范围内，这也是一个异托邦"[2]。镜子首先是一个实体存在，它占据着一个可以指认的空间位置。另外，镜子的镜像功能如实地反映了观看主体所占据的空间位置，而主体自己也知道自己与镜子中的我的关系。福柯认为："正是从镜子开始，我发现自己并不在我所在的地方，因为我在那边看到了自己。从这个可以说由镜子另一端的虚拟的空间深处投向我的目光开始，我回到了自己这里，开始把目光投向我

---

[1] 张锦：《福柯的"异托邦"思想研究》，北京大学出版社 2016 年版，第 130 页。

[2] ［法］福柯：《另类空间》，王喆译，《世界哲学》2006 年第 6 期，第 54 页。

自己，并在我身处的地方重新构成自己。"① 我真实存在于镜子外的空间中，镜子中的我是虚拟的、不在场的我。在照镜子过程中，"我通过注视那个我不在的地方——镜中的地方，然后回到我自身和我所处的位所，我回到这个位所，而此前的观视使我可以重组这个真实位所的我自己，同时，重新思考这个位所"②。这个从"不在场"到"在场"的自我意识转换，实际上是观看主体的目光从虚拟的我转向现实的我的复杂过程。此时，"镜子像异托邦一样发挥作用，因为当我照镜子时，镜子使我所占据的地方既绝对真实，同围绕该地方的整个空间接触，同时又绝对不真实，因为为了使自己被感觉到，它必须通过这个虚拟的、在那边的空间点"③。镜子的异托邦功能把现实世界和虚拟世界连接起来，那个镜子中虚拟的我使我意识到存在于现实空间的真实的我。通过镜子的关联和镜像功能，我意识到我处在现实与虚拟世界共同构成的关系网络中，同时我也在观视、认识和反思过程中，在这两个世界交叉形成的权力空间定位自己和认识自己。而这个认识自我或者意识到自我存在的过程，其实也是一个受到所处社会文化语境影响的自我身份重构的过程。④

医生作家正是通过文学的镜子作用，把医疗场景再现出

① ［法］福柯：《另类空间》，王喆译，《世界哲学》2006 年第 6 期，第 54 页。

② 张锦：《福柯的"异托邦"思想研究》，北京大学出版社 2016 年版，第 131 页。

③ ［法］福柯：《另类空间》，王喆译，《世界哲学》2006 年第 6 期，第 54 页。

④ 赵福生：《Heterotopia："差异地点"还是"异托邦"?》，《理论探讨》2010 年第 1 期，第 48 页。

来，重构自己在生死苦难面前的切身经历和感想，反思现代医学建制对人的规训。医生书写的情节、人物等都能在其现实生活中找到原型，与现实经验、真实空间有着直接的对应关系。就如谢尔泽在《致未来的医生作家》（"To a Would-Be Doctor-Writer"）的信中对一位喜欢写作的医学生所说的：不要以为故事写得好"就有借口放弃病房，全心写作。作家需要扎根于现实世界中"①。在他看来，"虽然作家能用任何素材写故事，但是你（作为医学生）尤其有优势。每天在医院你有大把机会见到（故事中的）主人公或者看着剧情发展"②。关于生死苦难的切身经历、形形色色的病人所呈现的人生百态都是医生作家最好不过的写作素材。另外，在书写/阅读的过程中，医生作家变成镜子前面的观视主体，在看到自己的同时，也意识到自己在镜子中的不在场，同时也看到医学体制的框定效果。

　　医生书写是一个既真实又虚幻的，同时具有乌托邦和异托邦特点的居间经验地带。说其真实，是因为故事反映的是医生作家的切身经历。医生书写往往具有很强的自传性。自传性突出表现在其对医疗场景的再现，或者征引。正如艾滋病专家皮特·塞尔温（Peter Selwyn）在其回忆录的序言中写道，作为一个艾滋病医生，"我参与了超过一千个艾滋病病毒携带者的诊疗，而且在大概十年的时间（1981—1992）里，他们是我唯一的病人。这个经历从根本上改变了我，我的人生现在已经跟这些病人的音容笑貌和故事紧紧相连，尤其是那几百个已经死去

---

① Richard Selzer, "To a Would-Be Doctor-Writer", *Literature and Medicine*, Vol. 1, 1982, p. 55.

② Ibid., p. 57.

的病人。这是他们的故事，也是我的故事"①。塞尔温以二十世纪八十年代在艾滋病这场世纪瘟疫刚爆发之际在纽约市医治艾滋病病毒携带者的经历为基础，把艾滋病污名化和自杀污名化联系起来，坦诚面对父亲在其幼年时自杀身亡的家庭历史，以此深刻地揭示了被社会污名化的人生百态。医生作家关于生死苦难的切身经历是其进行文学创作的原始材料。在文学空间中，医生作家通过对现实经历的反复征引来讲述属于他们自己的故事。这个故事或许与医学话语所认可并推崇的宏大叙事不尽一致，但是它是最能反映他们的切身经历的文字。从这些文字中，我们也能从一个更真实的角度去体验生死苦难面前不平凡的人生。

但是医生书写同时也具有虚幻的特点。说其虚幻，是因为只有在文学与医学这两个不同学科的交叉空间中，医生作家才能跳出医学话语的框架，看到框架之外的内容，并让自我淋漓尽致地表现出来。外科医生作家谢尔泽认为，"在手术室，医者和患者都需要被麻醉。患者通过麻醉减轻疼痛，医者通过（精神的）麻醉来抑制正常人（面对血淋淋的人体内脏器官）所产生的情感反应，从而使手术顺利进行。因而当外科医生剖开患者身体时，他自己不会流血"②。为了使医疗活动顺利进行，医者的情感需要受到抑制。在艾滋病专家塞尔温看来，笼罩着艾滋病的沉默必须被打破："为了悼念那些受这场罪孽深重的瘟疫所折磨的，或在这场瘟疫中死去的所有被（公众所）忽视的男人、女人和孩子，并（使他们）受到关注，（我们需

---

① Peter Selwyn, "Introduction", *Surviving the Fall*, New Haven, CT: Yale UP, p. xvii.

② Richard Selzer, *Diary*, New Haven, CT: Yale UP, 2011, p. 140.

要讲述）艾滋病的相关历史和（病人们）的故事。统计数据中
（死亡和染病）的人是眼泪被抹除掉的人。"①那一串串数据只
能片面地反映艾滋病的肆虐程度，关于艾滋病病毒携带者以及
其他受到艾滋病影响的人们的生活却被人为地遮盖掉，无法进
入表征系统，因此也无法得到公众的正视，理解、承认和尊重
更是无从谈起。所以，塞尔温的书写也是为了展现医疗场景中
各种有血有肉的人，包括他自己，也包括他接触过的无数被人
遗忘的病人。谢尔泽和其他医生作家纷纷肯定这些情感反应的
重要性，同时深信书写能使医生逃离医学话语框架的框定，使
被抑制的正常情感复原，从而使被工具化的医者在文学与医学
的交叉空间重新建构一个新的完整的自我。谢尔泽在其日记中
写道："只有医生作家没有被麻醉（并变得麻木不仁）。他看
到一切，也不过滤掉任何东西。"②在谢尔泽眼中，这也是他呈
现自我内心世界的一种方式："就跟病人把他们（的身体）暴
露于我眼前一样，我也（通过书写）暴露于他们面前。我们是
平等的。"③需要指出的是，观视者不仅仅有医生书写的读者，
还有医生作家自己。医生作家书写/阅读的过程中，既意识到
了自己的在场，也看到自己在镜子那端的缺席。这个"在场"
与"缺席"的意识转换过程实为医生作家这个观视主体在虚拟
的我和现实的我之间转换的复杂过程。文学的镜子异托邦功能
将现实的医疗场景和虚拟的感官世界连接起来。存在于镜子中

①　Peter Selwyn, "Introduction", *Surviving the Fall*, New Haven, CT: Yale UP, p. xviii.
②　Richard Selzer, *Diary*, New Haven, CT: Yale UP, 2011, p. 140.
③　Richard Selzer, "To a Would-Be Doctor-Writer", *Literature and Medicine*, Vol. 1, 1982, p. 56.

那个有着七情六欲的、非理性的我使我意识到存在于现实空间中崇尚科学理性的我。正是借助文学的关联和镜像功能，医生作家意识到了自己处于或虚或实的位置，或者错综复杂的关系网络中。

医生作家往往以现实的工作场景和切身经历为摹仿对象，通过医疗场景的文本再建构，打破可见与不可见、可知与不可知、可言与不可言等之间的重重壁垒，希冀重建一个新的共同感知世界，使医学建制中原先不可见、不可知、不可言的内容变成可见、可知和可言的内容。通过对现实世界、切身行医经历的征引和重复，当代美国医生书写建构了一个折射前者，但又不同于前者的文学世界，并不断挑战原有医学建制的构序，积极参与对可见与不可见、可感与不可感，以及可言与不可言的划分。医生书写打破了原有医学建制中关于感知经验的分配秩序，解放了被等级森严和纪律严明的医疗建制所抑制的有血有肉、有情有爱的医生。在对现实的征引过程中，医生作家调用了职业身份的特权，以一个局内人的视角去审慎考察和严厉抨击医学建制。医生身份的形成依赖医学话语的规训作用，而医生作家的抵制是建制内部的抵制，它还是受到医学话语权力的作用。但是这种抵制或许是使医生身份产生新的意指的可能性所在。然而，医生作家们深知，突破框架的限制不容易，行医过程的文学再现也一样不容易。谢尔泽曾经说过，他不可能从患者身体中切出"一小片肝，一个脑回，然后（直接）粘贴到纸上去"①，

① Richard Selzer, "The Exact Location of the Soul", *The Exact Location of the Soul*, New York: Picador, 2001, p. 16.

他需要用词语重新建构这些材料和这个复杂的过程。在调用医生身份的特权进行观察和征引的同时，医生作家利用语言的表现力和创造力建构了一个文学异托邦世界，并在制造和观视过程中实现了多种视角的转换，凸显了医学话语框架的运作机制。而正是这样一个动态发展的观视和反思过程拓展了医生作家可见、可感、可知和可言的范畴，为他们提供了重新在医学话语权力网络中定位自己和认识自己的可能性。

第二节　框架内外的渗透：评谢尔泽的《石棺》中理想与现实的断裂与连接

医生职业身份的建构过程是医学建制对个体身体的打磨和塑形过程。不但医学培训过程如此，维系职业身份的漫长过程也是身体通过不断重复某些行为动作而实现身体风格化的述行过程。现代西方医疗建制的种种规训在将病人病态化和抽象化的同时，也将医生工具化和理想化了。为了使被硬生生剥离掉的情感回到医疗场景中去，医生作家把医学凝视内转到工作状态中的自我，通过文字的载体再现当时缺失的，或者被搁置起来的，但本该在场的各种情感反应。但医生主体身份的建构远非一个简单的，或者一蹴而就的过程。漫长而艰难的培训使医学生完成身份的转变，从一个个普通的年轻人变成一个个能独当一面治病救人的医生。人文医学学者苏珊娜·波瑞尔（Suzanne Poirier）曾经指出，"医学教育经常被认为是一个启蒙过程、社会化过程或者职业化过程"，但是根据她对医学生的回忆录研究，她发现，这实际上是一个"影响更深远的转化过程，这个过程已经深入到被启蒙者的身体"。[1] 她称之为"具身化（embodiment）"[2]。她通过医学生回忆录中出现的种种身体隐喻，尤其是对记忆，以及触觉、视觉、听觉和嗅觉等感觉的描写，强调了医学教育过程的具身化特征。身体是承载医学话语规训作用的载体，也是各种权力关系相互抗衡的空间。波瑞尔发现医学生的回忆录中充斥着各种各样的身体隐喻，如有的医学生这样回忆自己的培训生涯："我的第一批病人中的每一个人都一直存在我的记忆中。就像榔头打在薄薄的金属片上留下的印记一样。经历过这个过程的我并不是变得更好或者更坏，而是跟原来不一样了——彻底不一样了。"[3] 还有医学生对白大褂的味道念念不忘："我关于雅可比（医院）印象最深刻的是我那宽大的白大褂的味道……（这）说明了（医院）洗衣房洗衣液储量少，消毒水太多。"[4] 波瑞尔总结，在医学生关于培训生涯的文学再现中，"最常见的是视觉表征，例如解剖课上或者尸检室异常苍白的、等待解剖的尸体，急诊室中汹涌的红色鲜血和露出的白骨……深夜医院似有鬼魂萦绕的、可怕的

---

[1] Suzanne Poirier, "Medical Education and the Embodied Physician", *Literature and Medicine*, Vol. 25, No. 2, 2006, p. 522.

[2] Ibid., p. 525.

[3] Dorothy Greenbaum, and Deidre S. Laiken, *Lovestrong: A Woman Doctor's True Story of Marriage and Medicine*, New York: Times Books, 1984, p. 128. 转引自 Suzanne Poirier, "Medical Education and the Embodied Physician", *Literature and Medicine*, Vol. 25, No. 2, 2006, p. 528.

[4] Fitzhugh Mullan, *White Coat, Clenched Fist: The Political Education of an American Physician*, New York: Macmillan, 1976, p. 71. 转引自 Suzanne Poirier, "Medical Education and the Embodied Physician", *Literature and Medicine*, Vol. 25, No. 2, 2006, p. 527.

走廊和隧道"①。培训过程不仅仅在认知层面上产生变化，而且所有的一切都被身体记录下来了，并在身体上产生这样那样的反应。这些身体部位和各种知觉在医学生回忆录中的再现，有效地彰显了医学培训的具身化过程。而这个过程带来的不只是社会化和职业化，更是医学话语规范对医学生身体的塑形。

医生书写再现了身体践行医学规训话语的种种规范的过程，以及伴随这些行为而产生的种种身体体验，如感官体验、情感反应等。正是在对这些被医学建制抹除的身体体验的重新认识中，医生作家主动走下神坛，抹除掉白大褂带来的英雄光环，突破医学话语框架的框定效果，真实展示维系职业身份过程中本该在场的种种体验。医生作家处于医学与文学两个学科的交叉地带，通过文学创作建构了这样一个与医学话语权力中心抗衡的文学空间，反思了医学建制对肉体的暴力规训。医学话语框架内外的两种截然不同的"现实"，或者确切地说，医学建制的理想模式与医生主体的切身经历之间的裂隙为医生作家的书写提供了一种特别的张力。

在当代美国医生作家群体中，对医生主体的心路历程关注得最细致的医生作家要数外科医生理查德·谢尔泽（Richard Selzer）。谢尔泽1928年出生于美国纽约州的一个小镇，其父亲为全科医生，并在家执业。谢尔泽就在见证、伴随父亲行医的过程中慢慢长大。从医学院毕业后，谢尔泽入伍参军，开始为期两年的军旅生涯。1960年进入耶鲁大学医学

---

① Suzanne Poirier, "Medical Education and the Embodied Physician", *Literature and Medicine*, Vol. 25, No. 2, 2006, pp. 523 – 524.

院，先后成为该院实习医生、住院医生和外科学教授，一直在此工作到 1985 年退休。他的写作生涯始于二十世纪七十年代。那个时候他已经四十多岁了，正如他自己说的，"我写作起步晚，就跟长智齿一样"①。白天是医学院的教授和医院的外科医生，凌晨则笔耕不辍。退休后，更是全身心投入他的写作事业。谢尔泽偏好钢笔书写，在他看来，书写是外科手术的自然延伸：

> 无论是在书写还是在外科手术中，你手中都需要握着一个差不多大小的工具。使用手术刀（在病人身上划开一个口子），血便流出来。使用钢笔，墨水留在纸上。对我来说，用钢笔将（各个）词缝合（suture）起来成为句子是最自然不过的了。而且，这样的书写方式还带来一种和词语的亲近感，这种感觉很妙，仿佛这个词是从你的身体而来，如分泌物一样从你的指尖流淌而出。

> （Selzer，"Introduction"，*The Doctor Stories*，p. 11）

谢尔泽深信医学和文学有着与生俱来的联系，它们各自以不同的方式关怀人间疾苦。他曾写道，"乍一看来，似乎外科手术和书写风马牛不相及，但我不这么认为……外科医生通过缝合身体组织使有病的或者受伤的身体完好；作家把词串成句子来创造人类经验的新篇章。外科手术就像短篇小说一样。你切开身体，在里面搜寻好一阵子，然后缝合起来。这里有开

---

① Richard Selzer，"Introduction"，*The Doctor Stories*，New York：Picador，1998，p. 11.

头、中间部分和结尾"①。外科手术治疗肉体之伤，而书写则能
抚慰心灵之伤。如罗伯特·里海·戴维斯（Robert Leigh Davis）
在评论谢尔泽书写时指出，"写作，对于谢尔泽来说，是一种
康复和修复的工具——是从混乱中梳理出条理的方式，是去除
不确定性、使连续性和共同经验回归的方式"②。现代医学话语
建制所产生的非人性化后果的一个突出表现便是对医患双方共
同经验的贬低和否定。在客观理性和高效的职业规范的管控
下，医生主体习惯于简单粗暴地将病人关于疾病的切身经历纳
入医学话语的范畴，将病人病态化和抽象化，同时也强行封锁
自己的情感和对同胞的关怀，呈现出一副职业化的虚假形象。
对于谢尔泽以及其他美国医生作家来说，写作为戳穿这种表
象，展现医生主体最真实的切身经历提供了一个安全可行的途
径。书写有效地再现了医生主体所亲身经历的种种扣人心弦的
医疗场景，使早已缺席的情感反应和人文关怀在人与人构成的
医疗际遇中回归。这种回归引领着医生主体到达前所未至的境
地，在这里，客观理性和高效等职业规范将被暂时搁置，医生
主体可以慢下来，坦诚面对各种恶疾所带来的惊魂未定，从情
感上消化和理解这种普通人不经常看到的震撼人心的画面及其
背后的每一个故事，细细领会并理解生死苦难面前的种种人生
百态。通过书写，走下神坛的医生主体在体验生命脆弱的同
时，也感叹生命的神奇力量，以全新的角度去体会生命的意

---

①　Richard Selzer, "The Pen and the Scalpel", *New York Times Magazine*, 21 August 1988, p. 31. 转引自 Robert Leigh Davis, "The Art of Suture: Richard Selzer and Medical Narrative", *Literature and Medicine*, Vol. 12, No. 2, 1993, p. 178.

②　Robert Leigh Davis, "The Art of Suture: Richard Selzer and Medical Narrative", *Literature and Medicine*, Vol. 12, No. 2, 1993, p. 178.

义，在寻找与病人的共同经验的回归的基础上重新建构医疗际遇中人与人之间更加有意义的联系。从这个角度来讲，书写有效地延展了医生主体可视、可感、可知和可言的范畴，使被贱斥在医学话语框架之外的建构性外在进入表征领域，得到正视，乃至承认。可以说，书写引领着医生进入一个医学霸权话语所禁止的但又确实存在的地域，通过对这个被贱斥的地域的文学再现，谢尔泽等医生作家在某种程度上软化并暖化了硬邦邦、冷冰冰的医学建制，这或许是修复现代生物医学所带来的非人性化后果的一个有益的尝试或者出路。

为了更好地体现文学的康复和修复功能，谢尔泽通过突出医疗际遇中的身体参与性，从多维角度充分展示了医生不同寻常的体内探险经历。通过文学镜子的观视和镜像功能，谢尔泽重新回到医学建制作用下的医疗场景中。不同的是，这一次，他并没有被医学建制麻醉，他看到了医学框架外的所谓"非法内容"。正如福柯所写，在照镜子过程中，"我通过注视那个我不在的地方——镜中的地方，然后回到我自身和我所处的位所，我回到这个位所，而此前的观视使我可以重组这个真实位所的我自己，同时，重新思考这个位所"①。通过文学手法，谢尔泽重构了医疗际遇，也观视了自己在医疗话语权力所构成的权力关系网络中的位所，竭力复原被抑制的情感，并再次全身心体验他与病人之间的联系。但是，意识到文学虚构性的医生作家并没有沉迷于此，而是把目光转向现实中的自我。而就在这种反复观视和反思过程中，医生作家重新思考了自己在现实

---

① 张锦：《福柯的"异托邦"思想研究》，北京大学出版社 2016 年版，第 131 页。

境况中所占据的位所，发现自己并不是医学话语规训所塑造的工具化的人，发现了标榜客观理性、英雄般的职业形象与自己的切身经历有巨大的出入，从而对自己的生存境况有了一个新的认识。谢尔泽在文学与医学构成的异托邦地带中再现了一个个卸下职业外装的医生。这些医生用感官细腻地感知周围世界，更用心灵去仔细体验人与人彼此相连而构成的亲密地带。此时此地的情感在场映照了彼时彼地的现实医疗际遇中的人文缺失，或者情感的抑制。医学话语所建构的理想的医生形象与医生主体的切身经历产生了裂隙与缺口。谢尔泽系列书写中重点关注的便是这种理想与现实间的断裂以及处于断裂层的人的生存状况。而在谢尔泽的书写中，这种理想与现实间的冲突最突出的表现就是对控制权的占有欲望以及失去控制权后的落魄。崇尚客观、理性和高效的现代医学建制按照英雄般、上帝般的形象去改造和塑造医生，目的便是使后者在医疗际遇中享有绝对的话语权。但是，多年的行医经历使具有高度自觉意识的谢尔泽深知这只是一个权力支撑下的幻想。而他便在占有控制权与失去控制权两者构成的平衡木间小心翼翼地行走，用心品味个中滋味。

一 理想身份的再现

谢尔泽的短篇小说《石棺》（"Sarcophagus"）便是一个突出例子。这个故事从一个主刀医生的第一人称视角展开叙事。主刀医生带领麻醉师、助理住院医师、医学生和护士等人为一个患有晚期弥漫性胃癌的病人实施手术。但病人因胃癌侵蚀了大动脉，术中大出血，主刀医生意识到情况的不可修复性，便决定终止给氧以及输血，最终病人死在手术台上。谢尔泽在故事中一如既往地凭借着外科医生的独特视角和细致入微的观察，完整地再现了整个手术过程的触目惊心以及这个过程对主刀医生的心灵冲击。更主要的是，谢尔泽利用文字的力量，把这种震撼力完美地传达给读者。故事开头很平静，高潮部分围绕病人大出血以及医护人员的反应展开描写，结尾又回归表面的平静，只是结尾的平静跟开头的平静不太一样。手术开始前，运筹帷幄的主刀医生有条不紊地介绍了当天手术室里的医护人员，包括他们的家庭背景、职业背景和当天的职责，他对同事的欣赏之情洋溢于表。但是对于他自己的介绍，则是非常简单干脆地宣告"我是（那个）外科医生"①。相对于其他人的详尽冗长的介绍，这个简洁得有点异乎寻常的自我介绍透露着叙事者的自信和从容，似乎从他的那一句"我是（那个）外科医生"，读者便会明白他肩上所负的责任，也会相信他的能力。在其他文章中，谢尔泽也曾做过类似的，但又更加明确的宣告：

> 我是一名外科医生。我从不在病体百态前退缩：避开鲜血，或者其他随疾病而来的排出物——痰、脓、呕吐物，甚至那些神秘又恐怖的、充满肉感的肿瘤。在我看来，它们就是血、疾病和痰等等，仅此而已。我接触它们是为了摧毁它们。但我没想太多。我见过很多，已经见惯不怪了。

（Selzer, *Mortal Lessons*, p. 156）

---

① Richard Selzer, "Sarcophagus", *The Doctor Stories*, New York: Picador, 1998, p. 176.

　　谢尔泽在这段话中用简洁有力的文字描写了一个英雄般的医生形象。他在同胞的生死苦难面前，毫不畏惧，勇往直前。在身体这个神奇的探险之地，医生是有着多年经验的老手。现代医学建制崇尚客观、理性和高效等品质，并按照英雄般、上帝般的形象去改造和塑造医生，使后者在医疗际遇中享有绝对的话语权，成为观看者、言说者和行动者。跟其他医生作家一样，谢尔泽的书写无不透露着职业的自豪感。在他看来，外科医生践行着神职人员的职责，能到达普通人不能到达之境，看到常人看不到的世间百态，扭转着常人所不能扭转的局面，改写着无数人、无数家庭的命运。谢尔泽曾写了一篇名为《作为神职人员的外科医生》（"The Surgeon as Priest"）的文章。在他眼中，外科医生履行着神职人员般的职责，手术室是他的神殿，而手术台则是他的圣坛，"手术则是一场用肉体和鲜血进行的弥撒（Mass）"①。外科医生跟身体和血打交道，主持世俗的生死相关事务。谢尔泽认为，

　　　　医学是……宗教的一个分支。医生作为治愈者（healer）的前身便是那降魔除妖的神职人员。对我来说，将疾病的根源从妖魔鬼怪转移到病毒是一个我能驾驭的跨越。同样轻而易举的是从念符咒到开处方的转变。据我所知，不同的疾病对应着不同的符咒。就神秘性来说，那些古老病人眼中的这些符咒跟（现代）家庭医生经常显得玄虚的配方比并不逊色。这种（诊治过程的）神秘性过去就有，

① Richard Selzer, "The Surgeon as Priest", *Mortal Lessons: Notes on the Art of Surgery*, New York: Simon & Schuster, 1976, p.26.

> 现在还有。神职人员作为驱魔者的同时，也是占卜人（di-
> viner），通过领受神意，他能在发病之前先发制人，而这
> 种想法也已变成了预防医学。
>
> （Selzer，"Liver"，p. 64）

对于谢尔泽来说，医生，尤其是外科医生的身份以及这个身份所规定的种种职责跟神职人员有着种种天然的联系，都因神秘性而使执业人士显得与众不同，只不过神职人员用符咒降魔除妖，医生则通过开处方、开刀来控制种种病毒和病变进程。从某种意义上讲，无论是神职人员还是医生都属于福柯所指认的"话语社团"。话语社团在特定人群中"保证或制造话语，但其目的是令话语在一封闭的空间中流传。且根据严格的规则来分配它们，言说主体却不会因此种分配而被剥夺了权力"①。张一兵认为，"每一种话语权的出现都得伴随相应的内部受众群的存在，话语权力线正是通过在受众中的传递和传播制造出某个'封闭的空间'，从而能在其中行使特殊的话语主权"②。无论是神职人员还是医生，都是某种意义上的话语权占有者，主持着各自身份所指认的相关事务，在各自体制的权力链条中作为一个至关重要的节点传递着权力效应，并且通过这种权力的传递和传播制造出教会和医院这些封闭的权力空间。这些话语体制中人，掌握的是秘密话语权，也即"在一种特定

---

① ［法］福柯：《话语的秩序》，肖涛译，载许宝强等编《语言与翻译中的政治》，中央编译出版社2001年版，第15页。转引自张一兵《回到福柯——暴力性构序与生命治安的话语构境》，上海人民出版社2016年版，第283页。

② 张一兵：《回到福柯——暴力性构序与生命治安的话语构境》，上海人民出版社2016年版，第283—284页。

的话语圈层中，话语的原创者制定和建构某种话语塑形与构序的特殊方法和技能，它使得这一话语仪规和效用能够在圈内……随时被激活和建构"①。而且位于这些特殊话语构序场之外的个体，也即外人，"根本无法进入这种封闭的话语社团"②。而无法挤入特殊话语构序场的个体，自然没有话语权。谢尔泽深知自己作为医学话语构序场的主体，掌握着常人所不能得到的话语权力，影响着医疗际遇的方方面面，干涉着生命的进程。他一方面为自己或者他的叙事者能成为话语社团中拥有较大言说权力的主体而自豪，也为自己职业的神圣性质暗自窃喜；另一方面，作为一个具有高度自觉意识的医生作家，谢尔泽深知医学话语权威的建构性和医生神圣形象背后所掩盖的种种心酸和虚伪，他为医生以及医学的局限性感到惶恐和焦虑。因为有很多时候，病人身体并不是被动地接受外科医生的宰割或者探险，身体的深渊足以把医生淹没。

二　失去控制权的战争

《石棺》开头让人印象深刻的平静传递的是医生叙事者满满的从容和自信。但是这种平静很快便被病人出乎意料的大出血打破。血的意象充斥着整个故事。读者遭遇的是一个个鲜血淋漓的场景。受到癌细胞侵蚀的主动脉不受控制地喷涌出来的鲜血，充满了整个癌变的胃部，染红了止血的纱布和医生的双手，就连站在旁边观看的医学生罗伊（Roy）也不例外。罗伊是谢尔泽带的一个医学生，这是他实习阶段的

---

① 张一兵：《回到福柯——暴力性构序与生命治安的话语构境》，上海人民出版社 2016 年版，第 284 页。
② 同上。

第一场手术。谢尔泽写道：病人的"鲜血流遍整个北美大陆……他（罗伊）的手术服和手套，甚至他的口罩都被鲜血溅到了。现在他接受了（血的）洗礼，而我则是他的施礼者"①。罗伊受到病人鲜血的洗礼，标志着他职业化过程的开始。而叙事者充当着几重身份，首先是洗礼仪式的施礼者，又是治病救人的医生，还是导致大出血的行动者。而他手中的手术刀，既是一个疗伤工具，更是一个具有杀伤力的、能带来流血事件的武器。在文学史上，医生是文学作品中的常见人物，他们要么是悬壶济世的天使，要么是冷酷无情的恶魔。但是谢尔泽笔下的医生人物往往"既不是天使般的，也不是魔鬼般的。他们展现了普通人的弱点与优点，但他们自始至终都是专业人士：他们的工作渗透着并影响着他们的经历"②。谢尔泽深知人体的奥妙不是现代医学能够穷尽的，心怀对生命的敬畏，他写道，"身体隐秘的内部构造犹如（希腊神话中）美杜莎的头一样，看一眼就能使冒昧越界之人变瞎"③。医生，尤其是外科医生因知识权力而得到进入人体内部的特权，看似有着神一般的英雄光环，但实际只是医学话语霸权支撑起来，并苦苦维系着的一个炫目外表。谢尔泽深感，就算知道自己"只不过是搅和了同胞的生活，自己所行的善与所做的恶相差无几"，医生"至少要继

---

① Richard Selzer, "Sarcophagus", *The Doctor Stories*, New York：Picador, 1998, p. 178.

② Peter W. Graham, "A Mirror for Medicine：Richard Selzer, Michael Crichton, and Walker Percy", *Perspectives in Biology and Medicine*, Vol. 24, No. 2, 1981, p. 231.

③ Richard Selzer, "The Surgeon as Priest", *Mortal Lessons：Notes on the Art of Surgery*, New York：Simon & Schuster, 1976, p. 24.

第一章 框架与现实 / 87

续假装并没有什么可怕的，死神不会降临，只要人们信任他的权威。但是当他的病患都离去了，他便把自己关在黑乎乎的办公室中，（为自己对其他生命的所作所为）吓出一身冷汗"。① 谢尔泽以及他笔下的医生人物没有足够的底气再佯装下去。

谢尔泽在抒发他的豪言壮语的同时，也深深意识到"人体里还有我没有走过的路，还有我没有到过的密室。但不是因为缺乏技术或者学识浅薄而被拒之门外"②。尽管谢尔泽笔下的医生人物（或者他自己？）内心往往有强大的控制疾病、身体乃至病人的欲望，但总是事与愿违，生命总是充满难以探究的奥秘和难以预料的变化。《石棺》中的主刀医生便进入了一个他出不来的密室。谢尔泽入木三分地再现了当时失控的大出血场面：③

　　　　我在（病人体内的）血池中一次又一次尝试使用粗丝缝线，希望能用我的手术缝针勾起些许组织来缝合主动脉上的裂口，以此止血。但是根本找不到（可用的）组织。手术缝针每一次穿过的都是（遍布整个胃部的）肿瘤。我

────────────

① Richard Selzer, "The Exact Location of the Soul", *The Exact Location of the Soul*, New York：Picador, 2001, p. 18.

② Richard Selzer, *Mortal Lessons：Notes on the Art of Surgery*, New York：Simon & Schuster, 1976, p. 156.

③ 此时的谢尔泽不仅仅是个外科医生，他更是一个作家。他利用极具诗意的语言将整个手术过程中最惊险的部分再现出来。这些段落中，谢尔泽省略掉很多手术细节的描写，因此理解起来比较费劲。他这么做一方面是为了不影响语言效果，另一方面可能是因为他默认他的读者一般都有医学背景，期待读者自己填充省略掉的内容。本书作者在美国佛罗里达大学访学期间已经多次咨询过相关医学专业人士，但翻译起来难度还是比较大。

停下来，把胃放回（原位）。现在（用纱布）将胃的里里
外外包起来，犹如筑起一道（止血的）防护墙。出血被控
制住了。我们等着。慢慢地，有些东西在这里积聚起来，
组织成型。之前模糊的和没有形状的东西现在开始展现自
己了。突然，我知道这是什么了。我已经无计可施了。

我还能要什么工具呢？用什么器具能止住这大出血
呢？手术刀？这里根本没有地方可下刀。止血钳？哪里
可以放止血钳的钳子呢？剪刀？钳子？没用的。能对付
这深红色把戏的器具还没有被发明出来。就算给我（其
他行业的工具，如）灵巧的铁镐或锉刀，都没用……我
想，矿工的灯（或许有用），（起码）可以投来一束勇敢
的光。

(Selzer, "Sarcophagus", pp. 179 – 180)

叙事者经过一番抗争后，发现已经到了无计可施的地步。
他最终决定面对现实，中断氧气和血液供给，看着病人死去。
或许从传统的现代医学建制来看，主刀医生的做法颇有争
议。① 现代生物医学建制里有一系列根深蒂固、影响深远的
隐喻，这些隐喻在很大程度上决定了人们对医学的想象和表
述。朱迪·Z. 西格尔（Judy Z. Segal）在其专著《健康以及
医学的修辞法》（*Health and the Rhetoric of Medicine*）中提到关
于医学的种种隐喻。在她看来，最主要的有三种，分别是机
械隐喻（machinery metaphors）、战争隐喻（war metaphors）和

———————

① 主刀医生的做法从医学伦理的角度上有比较大的争议，因此也经常被医学
院当成教案讨论。但本书的着眼点并不在医学伦理，而是谢尔泽作为一个医生作家
如何用文字再现医疗际遇，如何在控制权的占有与失去中反思身份建构的问题。

商业隐喻（business metaphors）。① 在这三个最流行的隐喻中，战争隐喻影响力最大，并已经成了现代西方医学中"一个体制化的存在"②，深刻影响着人们关于医学种种的想象。③ "医学就是战争"（Medicine is war）这个隐喻实际上不但使复杂的过程简单化，而且还将之系统化了。这是一个自成一体的完整系统。乔治·莱考夫（George Lakoff）和马克·约翰逊（Mark Johnsen）在其影响深远的著作《我们赖以生存的隐喻》（*Metaphors We Live By*）一书中强调了隐喻的这种系统化功能。在他们看来，"隐喻蕴涵（metaphorical entailments）能够标识出隐喻概念一个前后连贯的系统，以及与之对应的关于这些概念的表达法"④。常见的表达法如"病毒入侵"、"受到病毒攻击"、"人体的防御机制"、"抗癌"、"抗癌之战"（the war against cancer）、某人与癌症抗争多少年，某人战胜病魔等。在战争隐喻影响下的医学建制中，医生是将军/战士，病人是战士，药品和机器是对付敌人的武器，病人身体则是战场，疾病是敌人。⑤

---

① Judy Z. Segal, *Health and the Rhetoric of Medicine*, Carbondale, IL: Southern Illinois UP, 2005, p.120.

② Scott Montgomery, "Codes and Combat in Biomedical Discourse", *Science as Culture*, Vol.2, No.3, 1991, p.342.

③ 医学的战争隐喻化实际早已存在，但到了十九世纪末期才开始盛行起来。在法国微生物学家和化学家路易·巴斯德（Louis Pasteur）倡导的疾病细菌学说（Germ Theory）的影响下，疾病的自生说受到严重打击。疾病被看成是细菌等有害生物对人体的入侵。战争隐喻便日益成为医学建制的主流语言，并构建了大众关于医学的种种想象。

④ George Lakoff and Mark Johnson, *Metaphors We Live By*, Chicago, IL: U of Chicago P, 1980, p.9.

⑤ 值得一提的是，当医生以床号或者疾病名称指涉病人的时候，病人便直接被简化为某种疾病的载体，以及医疗斗争中的敌人。详见后文分析。

因此，借助着体系化的隐喻表达法，战争隐喻把医学有效地变成一个战争权力系统。首先从医生角度上看，既然医学就是战争，那么医生便是指挥战斗的将军或者参加战斗的战士，医学的培养过程便跟军事培训过程联系起来。军事培训使普通人变成战士，而医学培训则使普通人变成战士般的医生。犹如在等级鲜明的部队中一样，上级医生必须当机立断、运筹帷幄、承担所有责任；下级医生要听从上级医生的指示，接受其监督和评价。而处于权力金字塔最底部的病人则要积极向上、遵医嘱。能不能及时做出有利于战斗的判断和指示，能不能严格服从安排，是决定这个权力体系中各个岗位能否顺利运行、取得最后成功的重要条件。同时，为了取胜，战斗中会采用各种各样杀伤力强大的武器，而有的时候这些武器不仅伤敌，还伤了自己。其次，从病人角度来看，因为自身的种种原因，受到病毒入侵，需要跟病毒进行一场决斗。有的时候靠自身的免疫防御能力能够战胜病毒；但更多时候，需要请求外援——医生。外援一到，尤其是进入到医院环境中，病人便会被要求放弃自主权，等待执行医嘱。在医生的带领下，病人与病毒一战到底，最后的结果不外乎以下三种：战胜、战死和两败俱伤。在与当代盛行的重型疾病，如癌症和艾滋病等的战斗中，战死的不在少数，战胜的寥寥无几，两败俱伤的情况居多。最后只能与疾病进行持久战。战争隐喻塑造了医疗际遇中每个个体的角色以及个体的自我角色定位。

但是，将疾病当成敌人，并不是最糟糕的情况。儿科医生佩里·克拉斯（Perri Klass）曾就医学话语体制中的战争隐喻做如下评论：

　　如果说我们在战斗，那么谁是敌人呢？当然敌人就是
疾病。就算这不是你最喜欢的隐喻，这是我们思考医学的
常见方法。为了病人的身体，我们与这些致命性的东西搏
斗。病人成了战场，当他们被动地躺在病床上的时候，病
变大军和现代医学光芒万丈的军队正一决雌雄。仍然有一
些好医生，他们似乎是这样想的，他们把疾病当成自己个
人的敌人，利用不可遏制的愤怒和乐于奉献的精神与之搏
斗。真正的问题在于，很多时候病人成了疾病的化身，从
而莫名其妙地变成了敌人。

（Klass，*A Not Entirely Benign Procedure*，p. 27）

　　将病人和疾病混淆，将病人当成是疾病的化身，是医生工
作压力和痛苦生活的根源。此时，病人便从受到迫害的、需要
救助的平民变为医疗斗争中的敌人，或者疾病的同伙。在这种
富有敌对性质的语境下，似乎任何暴力性、入侵性的治疗都不
为过。而为了获得最终的胜利，任何牺牲似乎都是有道理和有
意义的。这种战争模式的定位割裂了人与人之间的本真联系，
也使个体沦为针锋相对的战争机器。

　　故事中，主刀医生面对病人大出血的做法无疑有悖于传统
医学话语所推崇的战争隐喻。面对同事的质疑，主刀医生在止
血无果的情况下，果断中止输血和给氧需要莫大的勇气。除了
要面对家属可能提出的质疑和可能产生的种种纠纷，主刀医生
更大的障碍或许来自对自我的挑战。通过多年身体的风格化和
对医生身份的述行，主刀医生对医学话语有着高度的认同感，
也已经将这些话语规范通过不断重复的身体实践行为物质化和
实践化。这个有悖于传统身份述行的决定是主刀医生在人体内

部探险的穷途末路中做出的最后选择。主动放弃控制权的行为透露的是主刀医生对生命的敬畏和对自己、对医学有限性的痛苦而真实的认知。从病人那让人恐惧的血泊中，他看到的是医学话语霸权苦心经营的关于绝对权力主体的幻影，而他必须将这个幻影戳破。

三 绝对权力主体的幻影

巴特勒在其反战论述中，多次强调生命共有的脆弱特质（precariousness），后来在《战争的框架》一书中还将此概念与脆弱处境（precarity）进行区分。她认为：

> 脆弱特质（precariousness）和脆弱处境（precarity）乃是两个交叉概念。究其定义，生命本身就脆弱不安：外力与事故随时可使生命陨灭，生命的存续与发展没有十足的保障。这正是生命的特质之一，而我们也无法想象不脆弱的生命，除非是幻想中的生命，尤其是军队幻想的生命。政治制度（包括经济制度与社会制度）的作用就是用来处理生命的各类需求，如果这些需求无法得到满足，生命将随时面临死亡之虞。而脆弱处境指的则是某种政治境况：某些人群无法受到社会经济网络的支持，因而更加面临着伤害、暴力与死亡的威胁……脆弱处境还可以指另外一种政治境况：国家的暴行将某些人群的脆弱特质无限放大，但他们别无选择，只能依赖国家保障自身安全。换言之，他们需要国家来保障自身安全，但国家恰恰是威胁安全的罪魁祸首。

（巴特勒：《战争的框架》，第 74 页）

　　按照巴特勒的说法，脆弱特质是所有生命与生俱来的特征，是生命的内在属性；而脆弱处境则是一种人为的政治后果，是霸权运作而强加给生命的不安现状。暴力的出现往往是暴力主体，或者巴特勒所说的"绝对权力主体"①，罔顾生命共享的脆弱特质。绝对权力主体在"否认自身具有与生俱来的脆弱特质"的同时，"还试图伤害他人，使之成为脆弱而不堪一击的对象，由此脆弱不安成为他人的特质与生存状况"。② 绝对权力主体"试图将受到侵犯的可能转移给他人"，从而否认本身的脆弱特质，但这仅仅是一种假象，也即"施加暴力的主体本身不可能受到暴力侵扰"。③ 巴特勒多次强调承认自身的脆弱特质，并理解脆弱不安的生命以及人类所共同面临的不安处境的重要性。在她看来，这是重新认识生命，打破以暴易暴的恶性循环，以及突破霸权框架的框定效果的可能出路。④ 基于对生命所共享的脆弱特质的体认，巴特勒所提出的非暴力主张认为，"回应该主张的'我'并不是什么'自我'，而是一个同他人息息相关的存在：我同他人共处在错综复杂的依存关系之中，该处境无法改变。我们的生命同样地脆弱，我们彼此唇齿相依。我的情感受到他们的影响与塑造，而这些从来都不是我个人的选择"⑤。也就是说，"我"始终是处于社会语境中的"我"，"我"时刻暴露于外部世界的暴力威胁之中，也暴露在"我"与他人的关系之中，而"我"同他人基于生命所共享的

---

　　① ［美］朱迪斯·巴特勒：《战争的框架》，何磊译，河南大学出版社 2016 年版，第 294 页。

　　② 同上。

　　③ 同上书，第 294—295 页。

　　④ 同上书，第 295—296 页。

　　⑤ 同上书，第 298 页。

脆弱特质之上的、不以个人意志为转移的联系是我们都无法规避的生存状态。而当这种人与人之间暴露于彼此的、唇齿相依的关系一旦遭到否认与拒斥时，也就意味着划分生命种类的种种不公和暴力的出现。因为正是在这种潜在的话语框架中，有些生命被视为可理解的、值得呵护和珍视的生命，而另外一些生命则被视为不可理解的、不值得呵护的、不值得珍视的，甚至无意义的，而被贱斥的生命受到的伤害或者这些生命的逝去也就得不到理解，更不用说承认和哀悼了。

　　巴特勒关于绝对权力主体的论述对我们理解被医学话语收编的医生主体有着启示意义。医学话语框架对医生主体的收编与塑形过程否认了其脆弱特质，或者通过身份的述行引导医生主体自我否认其脆弱特质，并在漫长的培训过程中管控并抑制其正常的情感反应。最突出的表现是去人性化的培训和仪规化（ritualization）的工作规程。美国医生和作家撒燕特尼·达斯谷朴塔（Sayantani DasGupta）在评论医学领域对医生身体性（corporeality）的忽略与抵制的文章中曾指出，"医学教育的（种种）仪规增强了……（医疗领域中）所有医生的去身体性（disembodiment），使对医生的知识教育凌驾于医生身体现实之上"[1]。达斯谷朴塔接下来举了一个例子来诠释之前所提到的去身体性："经典的例子便是24小时以上的过夜值班制度，（当班的）这段时间里，吃喝拉撒睡和洗澡等身体最基本的诉求都被排在医务职责之后。"[2] 儿科医生

---

[1]　Sayantani DasGupta, "Reading Bodies, Writing Bodies: Self-Reflection and Cultural Criticism in a Narrative Medicine Curriculum", *Literature and Medicine*, Vol. 22, No. 2, 2003, p. 244.

[2]　Ibid.

克里斯·艾德里安（Chris Adrian）在其医学幻想小说《儿童医院》（*The Children's Hospital*）中这样描述其主人公杰玛（Jemma）连续当值的感觉："前面 12 个钟头都还好。第 15 个钟头昏昏欲睡，但第 16 个钟头到第 23 个钟头还行。第 24 个钟头开始变成行尸走肉了，最艰难的时刻是第二天一早，第 25 个钟头，她几乎忘了自己姓什么了。如果长时间不动的话，她很可能站着就睡着了。"① 问题是，这才只是杰玛当值时间的三分之二。而且在这期间，她还要执行来自上级医生的各种复杂艰难甚至荒诞的任务，并接受其严厉苛刻的监督，最后还要忍受入职时间早的护士的训斥。在这个过程中，比疲惫感杀伤力更强的是主体身份建构初期的无能感和无助感。的确，医学话语在塑造英雄式的医生形象背后隐藏的是对生命共享的脆弱特质的最大限度弱化，甚至忽略不计。而当基本的身体诉求都得不到满足的时候，情感和其他更高层次的追求显然成了一种奢侈。

正是在这种偏狭理念的影响下，医生主体与人性、人情等一切不能以理性和客观来衡量和处理的东西隔离开来。医生诗人拉斐尔·坎普（Rafael Campo）在回忆自己当实习医生的经历时提到："经过一段时间（的磨炼），我的心被逐渐从'我'中挤出，我抱怨自己无法为我在医院里度过的无数个漫长而又缺水的钟头哭泣。"② 但是自我抱怨似乎也无济于事。因为作为医生主体的年轻坎普深知自己在某种程度上已经变得麻木不仁

---

① Chris Adrian, *The Children's Hospital*, New York: Grove Press, 2006, p. 208.

② Rafael Campo, "The Desire to Heal", *The Poetry of Healing: A Doctor's Education in Empathy, Identity, and Desire.* New York: W. W. Norton & Company, 1997, p. 28.

了，尽管也有被触动的时候，"但我太忙了，忙到无法去仔细想想我的感受；我的工作不是去感受什么，而是去触诊（palpate）；不是去爱，而是去诊断"①。医疗话语希望打造一种具有绝对权力的医学主体：这种主体否认与生俱来的脆弱特质，宣称自己强大无比，能做到如机器般准确和高效。同时，这种主体自认不可能受到他人的侵扰，并将脆弱特质最大限度地投射到他者身上，使其处于脆弱不安的处境中。②潜在的医学话语框架深深地影响着医生主体的认知思维和情感回应方式，使医生主体成了治病的工具或者机器。他们惧怕医疗际遇中人与人之间本真的联系，同时也想方设法隔断这种联系。似乎只有这样才能维持自己的高高在上、权力无边的形象。坎普这样写道：

> 作为旧金山（医院）病房里一个新实习医生，我也同样被艾滋病病毒所造成的恐惧感折磨着，我所见到的每一个（被此病毒折磨得）瘦弱不堪的身体似乎可能就是将来的我。我在他们的脸上一次又一次地看到了我自己的面容，深颜色的肤色、胡子和自嘲。那个时候我根本无法喜欢我的病人，相反地，我恨他们。因为他们提醒了我，我（跟他们）没什么区别，尽管我掌握着医学知识，但我不是所向无敌的。我那经过无数次排练的、已经内化了的自

---

① Rafael Campo, "The Desire to Heal", *The Poetry of Healing: A Doctor's Education in Empathy, Identity, and Desire.* New York: W. W. Norton & Company, 1997, p. 30.

② ［美］朱迪斯·巴特勒：《战争的框架》，何磊译，河南大学出版社 2016 年版，第 294 页。

我憎恨决定了我对他们的情感态度。

(Campo，"The Desire to Heal"，p. 28)①

　　艾滋病最早被发现存在于男同性恋群体中的这一事实使艾滋病自一开始便与男同性恋群体，以及大众想象中的同性恋仇视情绪捆绑在一起。面对高传染性的、背负社会污名的致死性疾病，对自己的同性恋性取向万分焦虑的坎普不但要经历职业身份建构过程中的体制暴力，还要遭遇一段特别的心路历程。他害怕艾滋病给人体带来的毁灭性后果，更加担心关于艾滋病的种种污名化文化建构将超乎他的承受范围。内心极度的恐惧在高压的工作环境下逐步发酵，演变为对自己同性恋取向的憎恨。如果说医学话语的武装使他在病人面前拥有更大的话语权，那么他的性取向在很大程度上正慢慢消解和侵蚀他这种得来不易的言说权力。因为坎普的性取向在时刻提醒他与他的病人并没有太大的区别。那些遭受疾病重创、面目全非的垂死病人或许就是他的将来。年少的坎普因恐惧而否认这种联系的存在，否认他与病人共享的脆弱特质。他最终选择憎恨他所诊治的病人，以此来拉开彼此间的距离，苦苦维系着一个拥有绝对权力的、不受干扰的主体形象。而这也是医学话语霸权所期望看到的一个结果。

　　与此同时，在知识权力造成的两极分化的协同作用下，医

---

　　① 坎普在引言中提到的旧金山是二十世纪八十年代艾滋病这个世纪瘟疫爆发前期的重灾区之一。那个时候人们对艾滋病仅有初步的了解，认为这是一个在男同性恋群体中传播的、杀伤力极强的致死性疾病。坎普作为一名男同性恋者，很自然地在他所诊治的患者中看到了自己的将来。关于艾滋病及它在大众想象中与男同性恋群体的捆绑的详细论述，以及坎普见证这场世纪瘟疫的心路历程，详见本书第二章第一节。

学话语霸权无限扩大病人的脆弱特质，使病人在某种程度上失去了人性，在医疗际遇中处于脆弱不安的处境，各种基本权利受到搁置或者诉求得不到有效的满足。在战争隐喻的影响下，医疗际遇中的各个主体经过抽象化和去人性化要么成为战斗的机器，要么成为战斗的场所。儿科医生和作家佩里·克拉斯（Perri Klass）认为医疗场景的这种去人性化对医生的伤害远比对病人的伤害大：

> 医院剥夺了病人的大部分的个性，它们理所当然地也能剥夺了医生的（个性）。当你逼自己去照顾病人的时候，当你为他们的病情细节担忧的时候，如果你没有给自己一点时间去（跟他们）进行（医疗际遇）以外的、更基本的接触，那么你对自己的伤害远比你对病人的伤害要大。最终，病人由一个并不认得他（的个性）的医生诊治；而医生或许已经不具备这种认知能力了。一个是冒着被暂时性剥夺个性的风险，另一个则是永久性的。
>
> （Klass，*Baby Doctor*，pp. 19 – 20）

克拉斯所担心的这种永久性伤害跟医生无止境的身份述行过程息息相关。在漫长而严厉的培训过程中，医生主体不断通过身体行为动作对医学话语规范进行反复征引，在将其物质化和身体化的同时也将其内化为自我身份的不可或缺的一部分。最终的结果便是这些被剥夺了认知和尊重个体个性的能力的主体逐步变成符合医疗建制所要求的行为执行者。这个职业身份的述行过程或许能提高工作效率，但却牺牲掉更多更重要的东西。例如，在高效理性的狭隘观念的影响下，死亡在医学建制里则变成了医学无能、医学不能控制和战胜病魔的象征。陈葆琳在谈到医生对死亡的隐晦态度以及由此导致的临终关怀的欠缺时指出，死亡对于医生/医学生来说，并不是"一个自然事件"，"我们不但学会了逃避它，还学会了如何把它理解成失误、技术不精和判断不准的后果"。① 医生往往选择通过行动，甚至暴力来驱赶死亡所带来的恐惧感。医生诗人拉斐尔·坎普（Rafael Campo）在其回忆录中曾经提到，"死亡就是一个不受欢迎的、不可原谅的（但又看不见的）混蛋东西，需要尽全力将它打倒"②。很多时候，死亡便成了医生主体最大的敌人。

从传统医学建制的角度来看，谢尔泽故事中的主刀医生并没有竭尽全力、不惜一切代价去跟死亡做斗争，他的行动无疑类似于主动请和、休战，甚至不惜"割地赔款"。这多少带着不光彩的成分。他的这个关于中止手术的决定有悖于传统医生身份述行的相关仪规，是对医学话语霸权苦心建构的绝对权力主体的挑战和颠覆。或许，主刀医生经过一番斗争后，意识到死亡的必然，不想再做无谓的牺牲，最终决定放弃。对病人死亡的接受揭示了主刀医生对控制权的主动放弃，这是他在病人体内探险的穷途末路中做出的不得已的选择。这个有悖于传统医学话语规范的异乎寻常的行为彰显了主刀医生在血淋淋的事实中看到了他与病人共享的生命的脆弱特质，意识到他以及在他背后给他力量/权力的医学建制并

---

① Pauline Chen, *Final Exam: A Surgeon's Reflections on Mortality*, New York: Knopf, 2007, p. 95.

② Rafael Campo, "Fifteen Minutes after Gary Died", *The Poetry of Healing: A Doctor's Education in Empathy, Identity, and Desire*, New York: W. W. Norton & Company, 1997, p. 152.

非无所不能、无坚不摧。正是因为承认生命的脆弱特质，主刀医生及时终止对生命进程、疾病进程所做的不必要的干涉。这是走下神坛后的主刀医生对生命的敬畏，更是对自己、对医学有限性的痛苦而真实的认知。

但是，谢尔泽并没有让故事就此结束。因为要质疑并颠覆一个曾经得到高度自我认同并早已经内化于身的规范并不是一件简单的事情；从一个绝对权力主体向普通人滑落/回归更不是一个容易的过程。谢尔泽故事中主刀医生必定要经历一系列后续事件才能实现成长。病人死后，一切逐渐回归平静，主刀医生吩咐下级医生缝合伤口，他自己则带着实习生罗伊准备接待家属。在褪去沾满病人鲜血的手术衣后，他们换上干净的白大褂，似乎与满目疮痍的手术台隔开了一段距离，这个距离足以让主刀医生重新有了控制的幻想。从主刀医生对控制权的欲罢不能的反复过程中，谢尔泽也无限地拓展了叙事的言说空间。

四 从事件失控到叙事失控

在去接待病人家属的路上，主刀医生重新恢复了理智，"搭电梯到家属等待的那层楼的时间里，我是理智的。我知道这个男人的身体凭借着其细胞的智慧已经激发了我的手术刀的杀伤力，平躺在手术台上只求这最后一刀。一刹那间，我知道这并不是谋杀，而是怜悯。今晚，手术刀不是刺客，而是时间善意的镰刀"[1]。这种理智支撑着主刀医生冷静详细地为病人家

---

[1] Richard Selzer, "Sarcophagus", *The Doctor Stories*, New York: Picador, 1998, p. 181.

属讲述手术过程。当最后确认病人已死的时候，家属们因情绪失控而导致行为失控，主刀医生便再一次调动医生身份的特权，指示他们服用安定药片，使场面又回归到可控状态。关于术中和术后技术处理上的事情，作为一个文学学者，我不敢妄加评论。而且仅凭医生作家一个未知真假的故事来评判主刀医生，似乎也不妥当。必须强调的是，谢尔泽的书写不是为了探讨医学学术问题，而是带领读者到达一个医学所不能及之地。在主动放弃争夺控制权的战斗中，主刀医生被生命的力量所震撼，这种力量让他觉得就算全副武装、配备精良、善战的队伍也不堪一击。谢尔泽作为一个医生作家的成功之处便是没有拒绝疾病或者生命中这种超脱控制的力量。谢尔泽"重视那些超脱和干扰控制的东西的价值，这是那些不能被完全诊治、缝合、理解或封死的东西的价值"[1]。心怀对生命的深深敬畏，谢尔泽小心翼翼地反思着自己的切身经历，他体验过医学的发展带来的欢欣，更深知医学并非无所不能，因为在奥妙无穷的人体面前，医学蕴含着太多的不确定性和局限性。他希望通过书写能更好地发掘这种难以驯服、令人不安、促人思考的东西。他的书写记录着当时失控的大出血场面，再现了主刀医生山穷水尽的处境。但是他的书写并不能使失去控制的场面重新回到原来的平静状态。谢尔泽的叙事失控体现在他的叙事往往没有给人完整的感觉，开头的从容不迫到最后往往变成窘迫不堪。

当主刀医生再次回到手术室，他好不容易重新找回的自信与从容又被彻底摧毁。谢尔泽描写道，"到处是血。有一种野

---

[1] Robert Leigh Davis, "The Art of Suture: Richard Selzer and Medical Narrative", *Literature and Medicine*, Vol. 12, No. 2, 1993, p. 181.

性的味道，似乎有只狐狸来过。其他人正围着手术台忙着。他们有着大难过后的沉默"①。也就在此时，主刀医生才认真地、全面地察看病人的尸体。第一次见到病人的身体的时候，也就是手术前和手术中，主刀医生并没有对之平等看待。正如谢尔泽在故事开头所说的，"今晚有 6 个人在这里奋战。不，应该是 7 个。还有那个平躺在手术台上的人也在战斗。但是我们并不承认他的努力。我们只顾我们自己的"②。这是医疗话语框架对病人的生命的暂时忽略。主刀医生对生命的感知和理解受到了医疗话语的框定，病人对于故事开头的主刀医生来说，只不过是一个工作的对象，是疾病的载体，连名字都没有。病人死之前身体的种种表现说明了他在死亡线上的抗争，而这种抗争，让主刀医生感到"恐怖"③。见证了生命的强大能量，自我尊大的医生不得不从医学话语为他准备好的保护壳中出来，仔细看看这个使人震撼不已的病人：

> 手术台上的那个男人看起来不仅仅是死人。他似乎已经超越死亡了，他到了一个能表达情感的地步——谴责和嘲笑。我端详着他。他已经谢了一大半的顶。剩下的几小撮头发也……染过颜色。就算是在现在，这些头发也被梳得整整齐齐，呈锯齿状。他的上唇处有一把长条黑色胡子。曾经，他也帅气过。

（Selzer，"Sarcophagus"，p. 183）

---

① Richard Selzer， "Sarcophagus"，*The Doctor Stories*，New York：Picador，1998，p. 183.

② Ibid.，p. 176.

③ Ibid.，p. 184.

　　主刀医生终于将病人从疾病的载体转换为实实在在的、有历史的（死）人。主刀医生努力地想从现场掌握的信息来拼凑起他的过往经历和性格特点等。他意识到，这不是一个任他宰割和处置的身体。这个身体，虽然已经死亡，但也有着独特的能量，让人敬畏。随后，众人齐心协力将尸体从手术台挪到担架上。就在此时，主刀医生再一次接触到病人的身体。谢尔泽写道，"我的手碰到了他的肩膀。冷冰冰的。我打了一个寒战，似乎他身上有虱子"①。在众多医生作品中，高傲冷酷的医生叙事者总是在跟病人产生肢体接触后才碰撞出情感的火花。医生诗人拉斐尔·坎普（Rafael Campo）曾著文书写自己与一个"可恶的"艾滋病病人的故事。② 这个麻烦难缠、可怜又可恨的病人使年轻的医生有违职业伦理道德地盼望着他死去，好让自己解脱。但是因为一次意外，坎普被这个病人曾使用过的针头扎了。这次意外使坎普意识到自己可能染上艾滋病的危险处境，同时也意识到自己的脆弱性。这种脆弱性使他与病人有了共通点，也产生了共鸣，并最终对病人的种种行为有了更富有爱心的认识和理解。肢体接触击碎了职业外装冷冰冰的外表和人为建立起来的种种隔阂，使医生意识到自己的身体性和脆弱性，同时也看到了医疗际遇中人与人之间最朴素、最本真的联系。

　　但是《石棺》中的主刀医生拒绝这种联系。在主刀医生看来，手术台上的"他（死去的病人）已经成了我不愿意触摸的

---

① Richard Selzer, "Sarcophagus", *The Doctor Stories*, New York: Picador, 1998, p. 183.

② Rafael Campo, "Like A Prayer", *The Poetry of Healing*, New York: W. W. Norton & Company, 1997, pp. 34 - 62.

某些东西"①。对于这个他曾经亲密接触的身体，主刀医生不愿再有进一步的肢体接触，或许对他来说这是无能与失败的象征。通过拒绝进一步的肢体接触，主刀医生希望能划清跟病人的界限，希望能维持自己高高在上的、上帝般的形象。在他看来，病人的身体经过一阵搏斗后，正在嘲笑他的自我尊大，他的无能。而这种只有他自己才感受得到的嘲笑与轻蔑迫使他仓促应对护士们关于家属的种种询问，匆匆甩了一句"这些事情不要来烦我"②，便带着医学实习生仓皇逃离病房。他似乎不愿意让其他人觉察到自己的落魄与迷茫，因为这对于他来说无异于一场已经失利的战斗。谢尔泽在《致一个年轻外科医生的信I》中提到："你已经选择了在救护车声、传呼机的叫声、心脏监护仪的叫声中度过余生。在急诊当班听到救护车的呼叫声时就像是听到正在蓄势待发的暴风雨，或者一步步逼近的战斗……经过这么多年，这个声音至今还让我（吓得）颤抖。"③面对步步逼近的战争或者一片狼藉的战后场面，就算惧怕，也只能强撑英勇。此刻，他不能在战场般的手术室里表现出他懦弱的一面。

但是，当他与罗伊到了衣帽间，他再也藏不住了：

"快点！"我对罗伊说。我们走到衣帽间，一起坐在长凳上。我们点起了烟。

---

① Richard Selzer, "Sarcophagus", *The Doctor Stories*, New York：Picador, 1998，p. 183.

② Ibid.，p. 184.

③ Richard Selzer, "Letter to a Young Surgeon I", *Letters to a Young Doctor*, New York：Simon & Schuster, 1982，p. 41.

"感觉怎样呢？"我问他。

"当你把那些血块捞出来的时候，我感觉我自己要昏厥（swoon）① 了。"

听到（"昏厥"）这个词，我愣了一下。这个词很少见，对于当时的情况也太文雅了。此时，我感觉到了自己对他的好感。

"但是（你）控制住了。"

"是的，我使劲让自己不晕倒。但是，几乎（要晕了）……"

"好啦。"我说。我也不知道我在说什么。我希望他明白我是想说些什么。

"你呢？"他问我。现在的学生都很勇敢。

"太恐怖了，他就是死不了。"

我希望他说当时退出是对的，我已把我能做的所有事情做到最好。但是他一个字都没有说。

（Selzer，"Sarcophagus"，p. 184）

主刀医生褪去了原来高高在上、信心满满的光辉外表，渴望着处于医学权力金字塔底层的医学实习生的肯定，彻底暴露了内心的迟疑和困惑。但是，故事并没有就此结束。主刀医生洗漱完毕后又一次来到手术室。这是他第三次进入手术室。与前面两次不同的是，手术室已经清理完毕，相关人

---

① "Swoon"这个词在日常用语中比较少见，更常见的表达法是"pass out"、"faint"，或者"black out"等。

员已经撤离，病人尸体也已被拉走，"已经没有战斗的痕迹了"①。但是，"我闭上眼睛，我又一次看到了那个男人巨大的灰色身体，就像一头白色的被放过血的公牛。他肚子上的刀口缝线犹如象形文字。这些奇怪的、不可翻译的符号已经把今晚所发生的一切都隐藏起来，使我看不见"②。无论多么复杂的手术，终究要告一段落，术后的缝线与清理现场给手术画上一个或完美或不完美的句号。这个胃癌手术也不例外，主刀医生经历了失控的身体事件，调用了医生身份的特权迫使流血事件终止，场面逐渐回归平静，只是付出了沉重的代价——病人的生命。但是，病人身体上的缝线和洁白如新的手术台只是一个众望所归的宁静表象，并不能如主刀医生希望的那样，有效地掩藏在这个狭小空间所发生的一切。谢尔泽的叙事记录着失控的过程，记录着主刀医生渴望重新夺回控制权的努力，记录着主刀医生不得不放弃控制权的内心挣扎，但是谢尔泽的叙事能否为主刀医生找回控制权呢？答案是否定的。作者以"石棺"为题，似乎是想衬托主刀医生逃离事发现场的幼稚愿望。石棺与一般棺材不同，通常都是显露在外，并没有被掩埋，时刻向生者昭示着自己的存在。故事中的病人身体对主刀医生的震撼并没有随着病人的死去而消失。相反，谢尔泽的书写使其化身为一具石棺，永远安置在手术台之上，时刻向人们彰显生命的原始力量，震撼着被科技和知识暂时蒙蔽的狂妄的内心。

---

① Richard Selzer, "Sarcophagus", *The Doctor Stories*, New York: Picador, 1998, p. 185.

② Ibid.

五　占有和失去控制权之间的可能性

谢尔泽作为一个医生作家的意义正在于他能自由地在占有控制权和失去控制权两者中间活动。戴维斯在评论谢尔泽的作品曾经提到：

> 他拒绝解构叙事闭合性，也拒绝在恐怖的患难经历中的杂乱不堪的异质性。但他也彻底拒绝对他故事里的矛盾轻描淡写，或者制造出一个直线式的、没有冲突的告白。在这样的张力下，谢尔泽探索了一种书写身体的手法，这种手法能同时增强和缓解身体的陌生感（strangeness），恢复并破坏其连贯性。这种书写能同时实现（叙事）闭合和抵制叙事闭合。
>
> （Davis，"The Art of Suture"，p. 184）

戴维斯接着以谢尔泽的短篇小说《亚历克西斯·圣马丁》（"Alexis St. Martin"）① 为例来阐述这个观点。谢尔泽的故事围绕威廉·比尔蒙特（William Beaumont）医生和一个名为亚历克西斯·圣马丁（Alexis St. Martin）的加拿大护林员展开。圣马丁因意外事故腹部受重伤。虽然保住性命，但是其胃部仍显露在外。比尔蒙特医生在医治圣马丁的过程中，还开展了一系列实验，两个人也因此发展了一段不同寻常的同性情谊。比尔蒙特医生陷入了一个两难的处境，一方面，作为情人的他希望

---

① Richard Selzer, "Alexis St. Martin", *Confessions of a Knife*, New York: Simon and Schuster, 1979, pp. 116 – 132.

圣马丁能痊愈；另一方面，作为科学家的他暗地里希望马丁的伤口不得痊愈，能继续成为他研究的对象。在戴维斯看来，比尔蒙特的两难处境也是医生作家谢尔泽的处境：既想给故事一个连贯完整的情节，又不想让故事结束。[①] 叙事发展的完整性代表着作者对叙事过程的控制。但很多情况下，因为书写对象是千变万化、无穷深邃的身体，如同医生无法控制整个诊疗过程一样，医生作家似乎也控制不了叙事的进程。所以，谢尔泽的书写仿佛是一个个关于控制权的戏剧。虽然有取得控制权而显从容镇定的时候，但更多的时候都是失去控制权后的反思。戴维斯认为，"谢尔泽不同寻常之处在于他直面这种冲突的能力，他使情欲、非理性和反形式主义的冲动回归医学领域的能力，他使人想起了技术控制的有限性"[②]。通过对医学话语框架之外的内容的承认和文学再现，谢尔泽强调了医学的有限性，也带领着读者进入到一个个医学所不能到达的境地。

谢尔泽在谈到外科手术和书写的联系时曾多次表示，当医生在病人身上划口子的时候，自己身上也出现了一道口子。不同的是，病人身体上的口子需要缝合，而医生身上的口子不能缝合，这个口子是促使其思考和反思的窗口，唯有这个口子存在，医生作家才有书写的动力和材料。或许，谢尔泽故事里的不确定性正是医生作家自觉反思的文本见证。生命不灭，反思不止。《石棺》也好，《亚历克西斯·圣马丁》也好，"谢尔泽的故事就是要打破宁静。它们不以宁静或者平静结尾。它们不恢复被打破的平衡。它们没有治愈任何东西。相反，谢尔泽把

---

① Robert Leigh Davis, "The Art of Suture: Richard Selzer and Medical Narrative", *Literature and Medicine*, Vol. 12, No. 2, 1993, p. 184.

② Ibid. , p. 185.

叙事和医学的有限性在这些不能被完全处理好、不能被简单地、完全缝合的东西之前暴露出来"①。谢尔泽并不回避矛盾，也不想粉饰太平，通过暴露别人不敢暴露之地，言说别人不敢言说的秘密，谢尔泽善于抓住医疗际遇中某一个震撼人心的刹那，然后将之放大化和细腻化，并在此过程中重新反思医学的固有思维，挑战医学话语框架的框定作用，抒发对生命的感慨。受伤的身体或者无法诊治的疾病暴露了医学的不足，但是，正是这种不完美性或者不确定性揭示了生命的复杂性。如戴维斯所说，"谢尔泽通过将文本暴露于这样的复杂性之下，维系了一个尚未结束的并一直发展着的当下的不确定性——（犹如病后）恢复期的不确定性"②。其实，"对谢尔泽来说，医学不是（简单的）独白，更不是连贯的，……相反，它被冲突矛盾和医生的无能……扰乱，（并因此而变得）有活力"③。虽然医学建制竭力制造拥有至高无上权力的医生主体，期望通过这些主体对人体/社会实现全面的监控，但是谢尔泽认为医学并不能完全控制奥妙无穷的人体。相反，正是人体与医学的冲突，以及医生的自我认知使医生有望摆脱自我尊大的狭隘理念，走下神坛，重新承认并理解人与人共享的脆弱特质，从而建构更有意义的人与人之间的关系。

谢尔泽曾经指出，外表看上去"精准对称到让人喜爱的世界的下面，正下方，包含的全是灾难，全是骚乱"④。医生因为

---

① Robert Leigh Davis, "The Art of Suture: Richard Selzer and Medical Narrative", *Literature and Medicine*, Vol. 12, No. 2, 1993, p. 190.

② Ibid. , p. 181.

③ Ibid. , p. 185.

④ Richard Selzer, "The Knife", *Mortal Lessons: Notes on the Art of Surgery*, New York: Simon & Schuster, 1976, p. 101.

职业的缘故，经常能看到常人看不到的、掩盖于表象之下的灾难和骚乱。对于谢尔泽来说，"医生/作家是有福之人，因为他整天行走于故事之中。有的时候他会被（莫名的冲动）驱使着拿起铅笔，将之记录下来。但是，他必须看好手中的笔，它会燃烧起来，在记录的同时也把他的手指烧伤"①。但是谢尔泽并不惧怕这种被自己手中的器具烧伤的可能性。神有足够的能力保护自己不会受到伤害，所以这种受伤的可能性说明了谢尔泽看到了自身的肉体性，以及随之而来的脆弱性。这种脆弱特质使谢尔泽的医生叙事者看到了自己与病人最本真的联系。谢尔泽用艺术的手法细腻地再现了医疗际遇的所见所闻所感，用诗人的眼光品味他在疾病苦难面前的切身经历，并进入了单凭科学技术和知识所不能及之地——医疗际遇中人的内心世界，哪怕这种种内心世界并不如医学话语所标榜的那样有序、崇高或者神圣。谢尔泽的故事里记录了形形色色的病人，有残疾的、有畸形的、有垂死的、有忍受剧痛折磨的、有死里逃生的，还有死于手术台上的等。这些病人的遭遇或者抗争，迫使谢尔泽笔下的医生人物突破原有框架的局限，重新定义可见、可感、可知和可言的范畴。对谢尔泽来说，诊疗过程充满神奇，也充满波折，医生的身体性体验贯穿整个探险过程，也唯有充分利用身体的感官去体验这个过程才能体认人体的奥妙，才能突破医学框架的框定作用，并在对被贱斥于医学话语框架之外的"非法"表征物的承认和文学再现行为中，最终看到普遍意义上的生命的脆弱特质。

---

① Richard Selzer, "A Worm from my Notebook", *Taking the World in for Repairs*, New York: William Morrow and Company, Inc., 1986, p. 153.

六　谢尔泽的文学空间

跟医学追求的客观理性和自制力不同的是，文学是一个能让人敞开心扉的地方。谢尔泽坦言，"在英语语言的应用上我的乐趣在于多，而不在于少，就是那种所谓的高谈阔论之后的畅快（full-throated ease）。这可能跟几十年来使用手术刀时的克制有关。现在，在我手中的是笔，我要让它尽情发挥"①。的确，谢尔泽的书写别具一格，他是当代美国医生书写中不能绕过的一个里程碑式的人物。当代美国医生作家作品以写实为主，一般都是记录日常工作中震撼内心的事件，来龙去脉以及事件结果清晰可循。谢尔泽的作品也以医院场景和医疗际遇为基础。但跟其他医生书写很不一样的地方在于其作品的不确定性和诡异性。谢尔泽的故事往往是其自身经历和想象的糅合，而且通常以非当代、非美国的场景为背景，通常没有明确的结尾，且寓意深刻。谢尔泽偏好幽默和怪诞的写作风格，他说他在自己身上看到了"一个被恐怖场景吓得目瞪口呆的目击者，还有一个致力于虏获读者兴趣的写书人"②。因为他相信无论是书写也好、讲故事也好，其首要目的都是吸引人。只有吸引了读者，才有可能传递自己的思想。因此，他的故事既是医生的故事，也是诗人的故事。他写道，"当主题是关于人体，包括它的产生过程、工作原理以及它的毛病，我依事实说话。但是在其他时候，我悄悄地背叛了事实，而转向了诗学"，希望通过诗意的眼光来追寻真理，那是被事实覆盖着的真理。③ 美国《文学与医学》　（*Literature and*

---

① Richard Selzer, "Introduction", *The Doctor Stories*, New York: Picador, 1998, p. 14.

② Ibid., p. 15.

③ Ibid.

Medicine）杂志的主编卡瑟琳·贝琳（Catherine Belling）曾这样评价谢尔泽，他"对文学与医学领域最大的贡献在于……为人体器官和部位建构了一种诗意的语言"，在此之前，这些人体器官或者部位仅出现于外科教科书和病理学领域，或者偶尔出现在战争故事中，战火肢解了人体，使器官暴露于外，让人一想到便打寒战。[①] 的确，就连解释人体各个部位功能的时候，谢尔泽仍然拒绝平铺直叙。

他这样描写骨头：

> 肉体的其他地方都是短暂存在的，犹如放在架子上那些洗好的衣物。思考骨头（的命运）便是思考人类的命运。骨头是地球的纪念物，当肉体其他成分早已化掉、渗出或瓦解时，这是唯一留存的东西。它能保存上百万年。就算那个时候将它从地里挖出来，它仍能为人类学家提供……信息，暗示诗人从仅存的点滴联想到无穷。
>
> （Selzer，"Bone"，p. 54）

如果说骨头是地球的纪念物，那么皮肤便是个体"回忆的器官……凝视皮肤便是激活过去"[②]：

> 在这里，就在这臂弯，松弛的皮肤组成的横向皱纹，也就是在这里，她（叙事者的爱人）的后脑曾经栖息于

---

① Catherine Belling, "In Memoriam Richard Selzer (1928 – 2016)", *Literature and Medicine*, Vol. 34, No. 2, 2016, p. 239.

② Richard Selzer, *Mortal Lessons: Notes on the Art of Surgery*, New York: Simon & Schuster, 1976, p. 115.

此。从她那茂密的、乌黑发亮的头发中，我看到了自己。

……

再看这里，我脸上的疤痕意味着兄弟情断。

皮肤上铭刻着（过去的）所有：曾经的我，我的所作所为。但是，所有的老故事，现在不知怎么地已被净化过了，洗褪陈腐，冲掉平庸，绽放着空前的光彩，比故事发生之时还精彩。

(Selzer, "Skin", p. 115)

在他那外科医生和作家的双重视角下，人体各个部位都是充满诗意和故事的。谢尔泽的书写往往以医学场景为基础，以医学事实为切入口，关注医学建制规训作用下的人生百态，深入发掘医疗际遇中人与人之间情感碰撞所产生的火花，感叹生命的奥妙，反思医学的有限性。谢尔泽的文笔非常细腻，他从触觉、视觉和听觉等不同感官角度向读者展示了一个富有诗学情怀的外科医生关于生死苦难的切身经历以及这些经历对他所产生的震撼。

在写给一个年轻外科医生的系列信件中，谢尔泽以长者的淡定和阅历娓娓道来，通过种种细节描写和隐喻一步步揭开外科手术的神秘面纱，安抚刚入行而焦虑不堪的年轻医生。[1] 按照谢尔泽一贯的写作风格，这个年轻医生以及他们

---

[1] 医生诗人杰克·库里亨（Jack Coulehan）将谢尔泽的系列书信归到老人/前辈对新人/后辈所讲警戒故事系列，跟 C. S. 路易斯（C. S. Lewis）的《地狱来鸿》(*The Screwtape Letters*，又译《大榔头写给蠢木的煽情书》)）有共通之处：路易斯的著作里是大鬼对小鬼的训诫，而谢尔泽的故事则是老医生对新医生的指导。详见 Jack Coulehan, "Annotation to Richard Selzer's *Letters to a Young Doctor*", *Literature*, *Arts*, *Medicine Database*, 12 Apr. 2004, medhum. med. nyu. edu/view/1078. Accessed 26 June 2016.

之间的书信往来的真实性有待商榷。这个年轻医生可能是现实存在的，也可能是谢尔泽虚构出来的，或者是他对现实存在的某个年轻医生进行艺术处理而成，甚至还可能是年轻时代的谢尔泽。具体是哪一种情况，我们不得而知。从字里行间我们能确定的是，谢尔泽热爱着自己的职业，并且希望他的这种经过历练而毫不消减的热情能感染读者，包括他信中的那个年轻医生。医学建制的规训高调宣扬了诊治过程的仪规化和工具化，以此追求高效和客观理性。但是在谢尔泽眼中，外科手术就是一个探险过程，时而曲径通幽，时而悬崖峭壁，时而豺狼虎豹，时而深山老林，其中的酸甜苦辣只有经历过的人才懂。手术过程也是一个与病人血肉交融、心灵相通的过程。医生在病人体内作业，切掉/置换/修复某些器官，并留下他的印记。而病人在医生那里也留下了自己的印记。谢尔泽写道，"缝合了（敞开）的腹部，医生把他的（探险）梦留在病人体内。而腹部中的器官也从来没有被完全忘却。它们已经组成了医生的过去。这些器官给他带来某些知识，偷偷告诉了他某些秘密，而他将会把这些秘密传予他人"①。这个获取知识的探险过程在谢尔泽笔下变得引人入胜：

> 　　一旦进入（病人体内），条条血管就像条条红色的河流一样，等待（医生/探险家去）涉水或者截流；每个器官就像大山一样，等待（医生/探险家去）绕过或者攀登。

---

　　① Richard Selzer, "Letter to a Young Surgeon IV", *Letters to a Young Doctor*, New York: Simon & Schuster, 1982, pp. 111 – 112.

外科医生就像是在神秘又美丽的大地上的背包客。他能感觉到，一个巨大的引擎在脚下振动着，一股暖风在他的头上吹着。这片土地并不比他刚离开的那片逊色，这里也有着所有种种的善与恶。一股私密的暖流把他包起来。那是一种来自他那早已忘却的母亲的子宫的湿暖。他没有回头看（腹腔）外部的变化。从他进入那一刻起，他便被完全吸引住了。他迷恋这片土地（topophilia），在这里他的视野变了。他看到了巨大的滴水洞，悬崖峭壁，崇山峻岭。粉红色的、鲜肉色的和褐红色的生物在它们各自的床上打盹儿。这些生物都是友好的；外科医生触之如至宝。而且（腹腔）还散发着缓缓而来的味道。在远处出现了一个犹如铺满碎石头的、不平的灰色凹坑。先是一个，又来一个，然后再来一个，多到眼睛应接不暇。这些正是地狱的平原。

　　……

　　刚开始，那声音好似已经消退。只留下一大片沉寂。一会儿的工夫，经由秘密通道和深在底部振动着的引擎，血哗哗地流淌着，打破这一片沉寂。外科医生感受到了（心脏的）收缩与舒张，不过这不是他自己的，而是从大地传来的一种韵律。远处的风一进一出吹着，挂在侧腹的精致布品也一紧一松地动着。但是过了一会儿，又有其他声音了——低声耳语、咯咯笑声、喃喃细语、滴答声纷纷越过可听阈限而来。

　　　　　　（Selzer，"Letter to a Young Surgeon IV"，pp. 109 – 110）

谢尔泽通过触觉、视觉、嗅觉和听觉把外科医生打开病人腹腔后的所感、所见和所闻诗意地再现出来。对于外科医生来说，身体的内部器官是有温度的、有生命的存在。虽然看过无数人的腹腔，每次开腔手术对于外科医生来说都是一次新的探险历程，他被人体内部深深吸引住，不能自拔。谢尔泽曾经把手术室称为"血腥的密室"，但是正是在这里，"火花从人体干枯的躯壳迸发出来"①。虽然"大部分没有被人注意到，顷刻即灭"，还好"时不时有一些火花联合起来变成火苗，并在正在观看的那个人的脑海中燃烧着"②。谢尔泽便是捕捉这些零星火苗的那个细致入微的观看者。他褪去了冷冰冰的职业外套，拒绝成为工具的衍生，暂时搁置医学建制塑造而成的感官体验，肆意地使自己的感官回归最本真的状态，凭着探险者的好奇心，默默体验着这片肉体土地与自己与生俱来的、真真切切的联系。正如谢尔泽所写，"这是外科医生多年以来梦寐以求的地方，他在脑海中构想过、想象过所有关于它的奇迹。现在他就在这里。跟诗人充满虚构和幻想的旅行不一样的是，这是真的"③。所有这些探险奇遇都不是外科医生虚构的，而是在他生命历程中留下印记的切身经历。犹如一个好奇的背包客，外科医生借助手术刀的魔力，来到一个他梦寐以求的地方。在这里，他看到了河流般的血管、大山状的器官，体验到如引擎般振动的心脏，在体内的湿暖和血腥味中，和着身体各个器官运作所奏出的乐章，他找到曾经苦苦追寻的目标，并全身心

---

① Richard Selzer, "An Absence of Windows", *Confessions of A Knife*, New York: Simon & Schuster, 1979, p. 16.

② Ibid.

③ Richard Selzer, "Letter to a Young Surgeon IV", *Letters to a Young Doctor*, New York: Simon & Schuster, 1982, p. 110.

投入。

　　通过探险旅途这个隐喻，谢尔泽把自己的从医经历，尤其是在疾病苦难面前的点滴感想精彩又细腻地再现出来。探险意味着对各种可能性的包容态度，更确切地说，谢尔泽欣赏并寻求各种可能性的出现。医疗际遇中控制权的失去会使习惯于运筹帷幄的外科医生感到焦虑不安，但他并不抗拒这种情感状态。相反，他希望借助文学的镜子异托邦作用来发掘占有控制权和失去控制权两个极端之间的张力，反思在医学话语规制性理想和错综复杂的现实经历的裂缝中挣扎的医生主体的生存境况。作为一个具有自觉意识的外科医生，谢尔泽在为自己的职业自豪的同时，也深深体会到医学话语所推崇的偏狭理念的局限性以及这种局限性对医生主体和医疗际遇中所有人造成的创伤。谢尔泽希望通过文字的表现力，探索解读疾病苦难和感悟身体奥妙的全新视角，重新建构一个个更真实的、有人情味的医疗际遇，使被硬生生剥离开来的情感和人文关怀实现回归。正是在对医疗际遇的文学再现过程中，谢尔泽延展了医生主体可视、可感、可知和可言的范围，使被贱斥在医学话语框架之外的建构性外在有可能进入表征领域，受到承认。

第三节　框架内外的并置：评闪的《上帝之家》中的漫画式人物

　　医生作家的书写是对其切身经历的文学再现，也是在文学场域中对现实的征引。谢尔泽通过跌宕起伏的故事和精彩细腻的描写，在文学构成的异托邦世界中展现了医学话语框架的运作过程，以及这个过程中医生主体如何游离于框架内外，彰显了框架的偏狭限定，稍带滞后性地再次体验了医疗际遇中的点点滴滴。另一种常见的征引方式便是对场景的夸张化处理，在讽刺和揶揄中医生作家揭露和抨击潜在的医学话语框架如何影响着医生主体的认知思维和情感回应模式，充分地把框架中人的种种身不由己展示出来。在对美国医疗建制的抵制中，哈佛医学院精神科医生塞缪尔·闪（Samuel Shem，原名 Stephen Bergman）1978 年出版的震惊医学界的讽刺小说《上帝之家》（*The House of God*）是一个里程碑式的作品。该书以作者在二十世纪七十年代初期的实习经历为原型，通过夸张讽刺的手法讲述了主人公罗伊·巴适（Roy Basch）在全国最负盛名的贝斯特医学院（Best Medical School，简称 BMS）毕业之后，和其他几个实习医生（interns）在一家名为"上帝之家"（The House of God）的医院实习的过程中种种既滑稽荒诞又痛苦不堪的经历。[①] 这里有令人窒息的等级制度，一心追求名利的上级医生，高强度的工作，众多治不好、死不了又推不掉的老年病人，陆续死去的年轻病人，同事的自杀，错综复杂的性关系等等。巴适以及其他实习医生处于医学话语权力金字塔的底层，受到来自话语高层的种种压迫，承受着巨大的工作压力，精神、心理受到极大冲击。其中一个名为波茨（Potts）的年轻同事一直处于压抑状态，在医院高压的工作环境下，最后因病

---

① 该书具有一定的自传因子，该书作者为哈佛医学院的精神科医生。而 BMS 在现实中可能对应的是哈佛医学院（Harvard Medical School，简称 HMS），而上帝之家对应的是哈佛医学院附属贝斯以色列医院（Beth Israel Hospital），现为贝斯以色列女执事医疗中心（Beth Israel Deaconess Medical Center）的一部分，位于麻省波士顿。书中主人公的父亲跟作者的父亲一样都是牙科医生。除此之外，书中还有不少作者的影子。

人之死而内疚到跳楼自杀。波茨的自杀彻底地搅乱了巴适本已经不稳定的内心世界。正如巴适所说，"自从波茨死后，我们所有人（实习医生）都变成行尸走肉，我们害怕（变得跟波茨一样），我们麻木不仁，我们被惊吓到不敢哭"①。他压抑自己对死去的同事、对活着的还有已经死去的病人的情感，封闭自我，变得冷漠无情，暴露施虐倾向，更是把自己当成治病救人的机器或工具，甚至还偷偷为病人实施安乐死。这充满孤独、无助、彷徨、极度劳累的一年把原本对医生职业充满热情、满怀希望的巴适彻底摧毁。

　　而本书也是从巴适经历过这一难忘的一年后在巴黎度假时进行的反思开始，全书采用倒叙手法，从巴适的视角大胆披露了二十世纪六七十年代美国医学实习生的生存境况，直面和谴责医学培训过程的种种去人性化行为。正如约翰·厄普代克（John Updike）在1995年版的《上帝之家》的序言中说的，这是"打破你对医院的所有（美好、正面的）幻想的书；跟《第22条军规》（Catch–22）对军队生活的揭露一样，该书揭露了医学培训生活——如同闹剧般，一群轻率粗心的人在腐败和陈腐的上级的管控下朝着模糊的目标痛苦前行"②。像塞缪尔·闪这样对医生进行辛辣讽刺在文学史上并不少见。如纳撒尼尔·霍桑（Nathaniel Hawthorne）的《红字》（The Scarlet Letter）里复仇心切的医生罗杰·奇灵渥斯（Roger Chillingworth）

① Samuel Shem, *The House of God*, 1978, New York: Bantam Dell, 2003, p. 328.

② John Updike, "Introduction", *The House of God*, by Samuel Shem, New York: Bantam Dell, 2003, p. xiii.

的冷酷无情和狠毒邪恶。[①] 但是闪讽刺医生的目的跟前人并不一样。前人塑造反面医生形象很多时候是为了披露人性的某些弱点或者阴暗面。但是这些都不是闪主要的攻击对象，他讽刺和批判的是医学职业本身及其去人性化的培训过程，他思考的是体制化的培训如何把一个个普普通通的年轻人变成机械式、工具化、技术化的现代西方医学执业者，以及由此所带来的种种后果。他有力地抨击了医疗系统中的权力运作机制，淋漓尽致地展示了医学话语对人性的压迫。闪在该书中提到的种种问题，在当时的医学界可以说都是讳莫如深的话题。因此，这本小说的出版震惊了整个医学界。当时老一派的医生纷纷认为该小说是对医学界的挑衅和攻击，而作者更是不受业内老派人士或者医学院的待见。[②] 但是后来随着医学界重理性重技术和轻人文轻情感的狭隘理念所带来的弊端日渐突出，《上帝之家》逐步得到平反，成为美国乃至西方医学院校医学生和医院医生的必读书目。该书被著名医学杂志《柳叶刀》（*The Lancet*）评为二十世纪两本最重要的医学小说之一，被翻译成三十余种语言，销量逾200万本。

《上帝之家》之所以有这么强大和经久不衰的影响力，很大程度上是因为它言说了不可言说的秘密，冲击了业界内外的人们对医学体制的美好憧憬和愿望。通过对医学话语的暴力运作机制的文学再现，该书将医学话语框架所遮蔽的、受到体制中心贱斥的内容淋漓尽致地呈现在人们面前。为了达到揭露的

[①] Nathaniel Hawthorne, *The Scarlet Letter*, New York: Bantam Books, 1980.

[②] Samuel Shem, "Samuel Shem, 34 Years After 'The House of God'", *The Atlantic*, 28 Nov. 2012, https://www.theatlantic.com/health/archive/2012/11/samuel-shem-34-years-after-the-house-of-god/265675/. Accessed 5 April, 2017.

效果，闪大量运用漫画式的夸张和讽刺手法。这一点主要体现在他所塑造的种种人物形象之上。他通过勾勒人物形象的外貌特征，或者其习惯用语和习惯性动作来突出该人物的某一方面特点。以此特点为基础，极夸张手法之所能，塑造出如食量惊人、玩世不恭、行为滑稽荒诞但又懂医善医的胖子医生（The Fat Man）和刻薄无情、雷厉风行的乔医生（Jo）等形象鲜明的人物。通过对这些人物的揶揄，揭发医学界丑闻，列举现代医院种种"怪现象"，暴露了巴适以及其他实习医生在现代医院这个由各种权力关系构成的诊治空间中的生存危机以及身份焦虑感，达到对医学体制的深刻揭露。

一　框架内外：身份的认同和认异

在受训过程中，巴适所遭遇的形形色色人物，以及种种或荒诞或恐怖的事情是其产生身份认同以及认异的直接因素。胖子和乔实际代表了两种截然不同的职业主体。乔作为书中唯一的女性医生，是传统医学话语规范的具身，她客观冷静，尽其所能抢救所有的病人，对所有可能出现的问题没有丝毫怠慢。她同时也要求下级医生做到如此。巴适等人第一次见到乔便被她的干练和理智震慑住了："她站在我们面前，两腿张开，两手叉腰，犹如一位船长。"在巴适看来，

> 这个矮小苗条的女人扎着一束黑头发，凸下巴，黑眼圈，皮带上别着一个特别的套子，装着一个两英寸厚的黑环笔记本。这是她对那本3000页纸厚的《内科医学原理》的手抄本。如果说这本书不在她脑中，便在她的腰部。她说起话来有点怪里怪气，单调乏味，毫无感情色彩。如果不是事

实的东西，她是不会去处理的。她也没有一点幽默感。

(Shem, The House of God, p. 86)

在见到乔的那一刻，巴适便已经感觉到乔跟胖子全然不同的作风："我心里开始感到恐惧。我们如何在她手下活下去呢？她（的做法）跟胖子所教全然不同。她会把我们累死的。"① 正如乔自己说的，"我从来不袖手旁观。我是医生，我提供医疗服务"②。乔代表的是传统医学建制里的英雄医生。"医生"这一称谓和命名，代表的是客观理性原则指导下的高效行动和全力抢救。袖手旁观，甚至见死不救有违医生的职业精神。对于大部分病人，乔首先要求下级医生为他们做尽可能全面的检测，虽然有的检测明显就不需要做。检测之后，便是施加各种入侵性治疗，利用科学和知识最大限度地干涉疾病进程。经过种种检测以及入侵性治疗无效之后，乔以及医院的高层还推崇尸检。他们有的时候甚至违背病人或家属的意愿，打着对知识的追求以及精益求精的精神之旗号，强行对尸体进行最后的解剖。乔以及医院的高层的这些英雄主义行为是现代医院这个经历漫长历史逐步发展起来的诊治空间里各种权力规范运作的必然结果。

医生书写区别于其他文类的最大特点在于对医院的描写。医院的隐喻意义被最大限度地弱化或者去除。医院成了一个充满张力的权力空间。《上帝之家》中的胖子医生、乔医生以及巴适等各自职业身份的建构，他们之间所形成的错综复杂的关系以及他们之间的种种冲突都离不开医院这个背景。

---

① Samuel Shem, The House of God, 1978, New York: Bantam Dell, 2003, p. 87.
② Ibid., p. 88.

在这个错综复杂的空间中，来自各个主体的力量互相抗衡又相辅相成。离开医院这个权力空间以及其中盘根错节的权力关系，《上帝之家》中各种人物形象便会变得索然无味，很多情节也会变得不可理解。因为医院是医生主体身份形成过程中一个必不可少的场所，也是现代医学话语实践其权力的平台。

空间问题是福柯权力理论体系中的一个重要部分。在1967年举行的一次建筑研讨会上，福柯发表了题为《另类空间》的演讲，全面地追溯了空间理念发展的历史。① 中世纪的等级定位空间是一个由森严等级制度划分的场所的集合，如神圣空间和世俗空间的划分等。而伽利略的发现使人类意识到一个"无限的，并且是无限宽广的空间"，也即广延性空间。② 福柯的空间观有别于古典哲学和经典物理学的空间概念。他认为现代空间概念的关键词是"位置"，"位置由在点和元素间邻近的关系确定……而我们的空间是在位置关系的形式下获得的"③。空间不是静止不变的，也不是单一或者同一的。空间是各种关系以及各种异质元素互相作用的场所，或者说是一个动态发展的由各种关系构成的权力网络的复合体，是权力运作的场所和基础。而如何在这些权力网络中找到自己的位置便通常是现代焦虑感的根源。从某种程度上来讲，医生主体身份的建构其实也是在医院的权力网络中定位的漫长过程。医院是现代文明的产物，也是西方医学三次空

---

① ［法］福柯：《另类空间》，王喆译，《世界哲学》2006年第6期，第52—57页。
② 同上书，第53页。
③ 同上。

间化的演变结果。福柯关于医院空间的论述集中出现于其著作《临床医学的诞生》中。书中，福柯梳理了西方医学发展的轨迹，重点讲述西方医学如何从古典分类医学发展到症状医学再到临床医学。与这三个时期相对应的是西方医学的三次空间化，[①] 也是治疗场景的空间变化。

第一次空间化中，分类医学把疾病"从浓密的肉体中抽取出来"，并赋予疾病"一种组织，并被划进科、属、种的等级系列"[②]。分类医学的诊断和治疗依托于描绘疾病种属关系的表格和图像。这些"图像不仅与事物相似，而且各种图像彼此相似。把一种疾病与另一种疾病区分开的距离，只能用它们的相似程度来衡量，而无须考虑系谱的逻辑——时间差异"[③]。也就是说，分类凝视关注的只是表面的差异和形式上的相似。这是对疾病最朴素和最本真的认识，因为分类医学者认为，"疾病具有与生俱来的、与社会空间无关的形式和时序"[④]。在他们看来，诊治疾病犹如养育动植物一样，遵循着与生俱来的某些自然法则，如植物何时何地以何种方式开花、凋谢和结果一样，疾病也是由理性秩序严格管控着，有着自然的一般秩序，是可以被理解的，并不神秘。[⑤] 正因为疾病是一种自然的秩序，而这种秩序"不过是生命世界的

---

① 关于西方医学的三次空间化，本人在之前发表的文章中曾论及此话题。当前章节是对之前文章的深度扩展。详见孙杰娜《异托邦中的异托邦：当代美国医生书写中的空间叙事》，《社会科学研究》2016 年第 1 期，第 183—189 页。

② ［法］福柯：《临床医学的诞生》，刘北成译，译林出版社 2011 年版，第 2 页。

③ 同上书，第 5 页。

④ 同上书，第 17 页。

⑤ 同上。

一个'复写'：都是由同样的结构支配着，具有同样的分工形式，同样的布局"①。在分类医学凝视看来，"生命的合理性与威胁着它的东西的合理性完全同一。它们的关系不是自然与反自然的关系。相反，因为二者具有同样的自然秩序，因此二者相互契合，相互重叠。人们在疾病中辨认生命，因为对疾病的认识正是建立在生命的法则上"②。疾病是生命正常的组成部分，它与生命共享相同的法则，并且遵循这个法则理性地、有序地发展。

至于疾病发生的场所——人体，和影响疾病展现自我的社会空间则不在分类医学者考虑的范围内。人体空间或者社会空间甚至被认为是阻碍疾病在医学凝视前展露其真正性质的负面因素，或者反自然状态。基于此，分类医学把人体和社会因素等搁置起来，尽最大的可能排除一切因病人"本人的体质、年龄、生活方式以及一系列相对这种（疾病的）核心本质而显得很偶然的事件等极其众多的困扰形式"③，把不受干扰的疾病的核心本质呈现给医生凝视，并"使疾病的理念构型……变成一种具体的、不受干扰的形式，最终整合成一幅静止的、无时间差异的、没有密度和秘密的图像"④。因此分类医学所产生的是"没有深度的投影空间、一个只有重合而没有发展的空间"⑤。实际上就是一个有序的同质的族谱式平面。为了看清疾病的本质，医学必须抹去个体以及属于他的某些独特色彩。这是分类医学把病人抽象化

---

① ［法］福柯：《临床医学的诞生》，刘北成译，译林出版社 2011 年版，第 6 页。
② 同上书，第6—7页。
③ 同上书，第 7 页。
④ 同上书，第 8 页。
⑤ 同上书，第 5 页。

的结果，同时也创造了一个理想化了的空间。正如福柯所说的：

> 分类思想给自己提供了一个基本空间。疾病知识存在于这个空间里，因为这个空间把它构造成一个自然种类；但是它又总是显得与那个空间不协调，因为它体现在现实的病人身上，呈现给预先武装起来的医生的观察目光。这幅画面的精致平面空间既是其起源，又是其最终结果：它从根本上使一种理性而确定的医学知识成为可能，而医学知识必须不断地穿越避开人们视线的东西而逼近它。因此，医学的任务之一便是回归自己特有的状况，但是要循着这样一条路径，在这条路径上它必须抹掉自己的每一个脚印，因为它为了达到自己的目标，不仅要抹去它所凭借的这种东西，而且要抹去这种干预本身。因此造成医学凝视的奇特性质；它陷入一种无限的螺旋循环中。它投射在疾病中可见的东西上——但是病人是起点，而病人在展示出这种可见因素时也在掩盖它。因此，为了求得认识，必须辨识。而且，这种目视①在不断前进的时候也在倒退，因为只有让疾病在它的所有现象、它的自然状态中胜出和实现自己，目视才能看到疾病的真相。

> （福柯：《临床医学的诞生》，第8—9页）

分类医学从错综复杂的多维立体空间中划分出一个平面

---

① 本书在引用刘北成所译的《临床医学的诞生》时遵循原书译法——"医学目视"，或"目视"，其他场合均采用更加普遍的译法"医学凝视"，或"凝视"。

空间。但是这个平面空间并非单纯地存在，而是时刻与病人主体、身体和社会空间等多种干扰因素抗衡。医学的任务便是通过医学凝视拨开多种干扰因素的迷雾，观察到疾病的核心本质，联系已被理解的疾病布局，对疾病进行治疗。分类医学者主张，"疾病的自然场合就是生命的自然场合——家庭：温馨而自发的照料、亲情的表露以及对康复的共同愿望，有助于自然对疾病的斗争，并能使疾病展露其真相"①。医生观察疾病，但是不粗暴干涉疾病进程，而是顺其自然，使之按照自然的法则展露自己的本质。正是由于对疾病的这种朴素和本真的认识，"分类医学对于疾病来说就意味着一种自由的空间化，没有特许的区域，也没有医院环境施加的强制——在其诞生和发展的场所自发地分化，而这种场所应该反过来又成为疾病自我消除的自然场合"②。这个自然场合，或者说是疾病的原生土壤便是家庭。这是一个最自然，也最自由的社会空间。

在医学的第二次空间化中，个体的地位得到正视，疾病也不再是超然于身体实体的存在。对患者身体的关注使医学逐步"摆脱集体医疗结构，摆脱任何分类目光以及医院经验本身"③。医学凝视不再单独指向系列或者群体，也不可能再忽略个体的存在，更不可能简单地把个体抽象化，而是需要敏锐感知个体个性的能力，并把理解个人当成一个重要任务。病人的自述和生活史等成了诊断的重要依据。因此，"医生和病人被

① ［法］福柯：《临床医学的诞生》，刘北成译，译林出版社 2011 年版，第18 页。
② 同上书，第19 页。
③ 同上书，第16 页。

卷入一种前所未有的亲密关系中，被绑在一起。医生是因一种更专注、更持久、更有穿透力的目视而导致的，病人是因虽然沉默但不可替代的特质而导致的，这些特质在他身上泄露出——既揭示又变换——秩序井然的各种疾病形式"①。医生和病人的关系变得更加微妙和复杂。为了还原疾病在人体这个动态空间所体现出来的厚度，或者是复杂度，医生通过医学凝视的作用和对身体变化等的精细感知，重新审视人与疾病的关系，关注了以前分类医学凝视所摒弃的具体患者的动作、姿态和其他种种表现。② 病人虽然处于被医学凝视观察和言说的地位，但是他是疾病具体化的实体载体，他的存在影响到了疾病的病程、症状表现和治疗方案等，起着不可取代的作用。第二次空间化实际上把疾病置于人体这个神秘的空间中，并确定了医生、病人和疾病所构成的复杂权力网络。但此时医生对人体内部空间的了解仍有限，医学凝视仍然停留在人体表面，无法进入人体内部空间。第二次空间化带来的还是比较朴素和本真的医疗实践和机构。

与前两次空间化相比，第三次空间化使医学产生了巨大的变化。随着医学的发展，尤其是解剖学的发展，医学凝视进入到了一个前所未至的人体内部空间，也颠覆了以往的医学经验。对分类医学来说，死亡是疾病自生自灭的一种结果，它意味着生命的终点，也意味着医学任务的终结。而解剖学大大提高了死亡以及身体的可见性，"医学目视以自身为轴心，从死亡那里索取对生命与疾病的说明，从死亡的最终静止中索取对

---

① [法] 福柯：《临床医学的诞生》，刘北成译，译林出版社 2011 年版，第 16 页。
② 同上。

生命和疾病的时间与运动的说明"①。为了更好地了解疾病的本质，医生需要以最终结果（死亡）为出发点，打开人体内部空间，使之成为揭示生命、分析疾病的最佳场域。这是医学认识论的一次重要转向。于奇智在《凝视之爱：福柯医学历史哲学论稿》一书中提到，

> 病理解剖学把本应废弃的尸体转化成了认识的对象，这得益于死亡对人自身的威胁。解剖自己的死亡载体"尸体"使死亡呈现在可见场、可读场和可述场而成为可见者、可读者和可述者，就是说，解剖学把空间、语言、死亡、凝视（注视、注目）、阅读和陈述结合起来，与此同时，疾病也在这种关系中获得了自己的位置和形式，从而摆脱了旧观念的束缚。

（于奇智：《凝视之爱：福柯医学历史哲学论稿》，第54页）

借助解剖学，临床医学重新认识了死亡，"死亡具有了作为一种经验的独特性质和根本价值"②。此外，临床医学还凸显了死亡的哲学价值："站在作为生命和疾病终点与极限的死亡高度凝视生命和疾病，这赋予了死亡绝对的分析、诠释和认识地位。"③ 而疾病也在医学凝视面前呈现更强的可视性和可述性。

---

① ［法］福柯：《临床医学的诞生》，刘北成译，译林出版社2011年版，第164页。
② 同上。
③ 于奇智：《凝视之爱：福柯医学历史哲学论稿》，中央编译出版社2002年版，第55页。

第三次空间化颠覆了前两次空间化所产生的医疗实践和医疗机构，促使了现代医院的出现。福柯对第三次空间化，尤其是现代医院的产生持比较苛刻的评判态度。他认为，第三次空间化实际上是"在一个特定社会圈定一种疾病，对其进行医学干涉，将其封闭起来，并划分出封闭的，特殊的区域，或者按照最有利的方式将其毫无遗漏地分配给各个治疗中心"①。医学的第三次空间化有力地"揭示了一个群体为了保护自身而如何实行排斥措施、建立救助方式以及对贫困和死亡的恐惧做出反应等等的方式"②。医院的出现，实际上是社会面对种类越来越多和杀伤力越来越大的疾病所采取的一种自我保护措施。疾病的第三次空间化"富有浓厚的政治色彩，因为它绝不仅仅是医疗问题，而且集中体现了政治、经济、社会的综合问题，甚至形成了与前面两种空间化相对抗的医疗实践和医疗结构，具有更强的制度功能"③。

疾病本来是自然的生理现象，但是随着社会的发展，疾病所处的社会空间也随之变得复杂起来："疾病与社会互相作用、互相交织、互相迭合；疾病获得了社会涵义，不再那么自然；社会也具有疾病内容，面临疾病带来的危机。在一定意义上讲，它们都从简单走向了复杂而成为复合体。"④ 在各种关系的相互作用下，新疾病出现，既有的疾病也可能产生变异或者并发症等，疾病不可避免地变得多样化了，而且更加复杂，更加

---

① ［法］福柯：《临床医学的诞生》，刘北成译，译林出版社 2011 年版，第 16 页。
② 同上。
③ 于奇智：《凝视之爱：福柯医学历史哲学论稿》，中央编译出版社 2002 年版，第 27 页。
④ 同上。

不自然。之前的医疗经验在这些现代疾病面前显得严重不足和不合理。另外，因为各种现代化技术的介入，以及现代医学对数据、影像等的过分依赖，居家治疗似乎已经不太现实。疾病也逐步从最原始和最自然的家庭环境转移到医院这个复杂无比的现代人造场所中去。但是，"疾病被移植到那里后，就可能丧失其基本特性"，因为"在这个各种疾病混杂的邋遢花园里，与其他疾病的接触会改变原先疾病的性质，使之变得更难解读"[①]。也就是说，原本是出于保护目的而实行的隔离政策，却因为各种疾病的交叉汇集，加上种种人为因素，使疾病变得更易于传播，并无限地繁殖，同时疾病也会不断改变其本质，从而变得更加扑朔迷离。

现代社会中，疾病早已经失去了分类医学时期的单纯性，"疾病不再是分散在人体表面各处的、由可以统计和观察的共时性和连续性联结在一起的一组性质；它是一组形式和变形、形象和偶发症状，是一组错位的、被破坏的或者被改变的因素，能够按照可以一步步探寻的地理来组合成系列"[②]。虽然"医学之眼在深入身体、进入其体积内、绕过或翻腾其堆块、侵入其深处时，必须循序渐进地从纵横两个方面观察展现在它面前的疾病"[③]，但是"医院医生看到的只是暧昧不明、被改变的疾病，各种畸形的病态"[④]。另外，随着疾病的多样化和复杂化，以及解剖学的蓬勃发展，过去医学经验中作为完整个体的病人到了临

---

① ［法］福柯：《临床医学的诞生》，刘北成译，译林出版社 2011 年版，第18 页。
② 同上书，第 153 页。
③ 同上书，第 152—153 页。
④ 同上书，第 18 页。

床医学阶段已经被分解为各个器官和组织，病人的地位显著下降。① 病人一旦进入医院，便成为训练有素的医学凝视的对象，成为被观察、被言说的对象，成为医学知识的来源。在现代医院这个充满张力的密闭空间中，因诊治的迫切性和必要性，病人和医生与原来的身份发生决裂，各自产生了新的自我，从而成为医学话语权力链条上传递权力效应的节点。

在《上帝之家》中，乔及其追随者和其上司在典型的现代医院中运作权力的直接后果便是使那些年老的、精神错乱的、疾痛缠身的老年病人，也就是上帝之家里所谓的"古默人"（Gomers），② 永远不能寿终正寝，而那些挣扎在死亡线上的年

① 陈勇：《从病人话语到医生话语——英国近代医患关系的历史考察》，《史学集刊》2010 年第 6 期，第 3—9 页。陈勇在该文中提到英国社会学家朱森（N. D. Jewson）划分了 1770—1870 年间西欧医学发展的三个阶段："18 世纪后三十年的'床边医学'（Bedside Medicine），大体以苏格兰爱丁堡大学为中心；19 世纪头三十年的'医院医学'（Hospital Medicine），以法国巴黎的医院学校为中心；19 世纪中叶的'实验室医学'（Laboratory Medicine），以德国的大学为中心。朱森认为，医院的兴起使整个医疗行业发生了重大改观。法国大革命后巴黎医院的改革，形成了新的医院医学，理学检查和病理解剖在医疗中占据中心地位，床边医学时期十分注重的病人自述和生活史，不再是诊断和解释疾病发生原因的重要依据。理学检查可以发现病因，病历解剖可以证实身体组织的病变。过去整体而又具有个性的'病人'（sick-man），到了医院医学阶段已经化约为各个器官与组织。再到 19 世纪实验室在德国兴起，疾病的诊断解释更是化约为细胞和生化反应的微观层次，病人的自述和治疗想法在就诊过程中已完全无足轻重，病人的地位进一步显著下降，医生完全掌握了医疗的话语权和处置权。"（陈勇，第 4 页）详见 N. D. Jewson, "The Disappearance of the Sick-Man from Medical Cosmology, 1770 – 1870," *Sociology*, Vol. 10, No. 2, 1976, pp. 225 – 244.

② "Gomer"为"Get out of my emergency room"（从我的急诊室滚出去）的首字母缩写词。在《上帝之家》中，这是对那些年老的、精神错乱的、顽疾缠身的老年病人的含有贬义的称呼，意指这些一时半会儿死不了但又推脱不掉的老年病人占据着并浪费了大量的医疗资源。如胖子所说，"古默人不是可爱的老年人……他们是已经失去作为人的基本特点的人。他们想死，但我们不让他们死。我们的诊治对他们来说是一种残忍的做法。而他们通过拼命抵制我们的救治，对我们来说也很残忍。他们伤害我们，我们也在伤害他们"。详见 Samuel Shem, *The House of God*, 1978, New York: Bantam Dell, 2003, p. 29.

轻人则不能有尊严地死去，他们往往都是在经历各种入侵式治疗无效后痛苦地死去。死后还要经过尸检这一环节，始终无法摆脱医学凝视的干预和医学话语的管控。如果说乔及她的支持者的做法是英雄主义情结在现代医院场域得到践行的最好的例子，那么巴适的另一个指导老师——外号为胖子、食量惊人的高级住院医生（senior resident）则完全处于另外一个极端。胖子渴望的是第一、二次医学空间化所产生的自然淳朴的医学观的回归，并以他独特的方式来质疑现代医院的权力关系网络。胖子看似玩世不恭，藐视既成规定，但是他是医院里真正关心病人和处于权力体制底层的实习生的人。为了这些天真年轻的实习生能在这个残酷的体制和严峻的现实环境中生存下来，胖子主创了 13 条"上帝之家法则"（Laws of the House of God）：

1. 古默人不会死。

2. 古默人会掉到地上。

3. 出现心脏病发的情况时，首先量你自己的脉搏。

4. 病人才是有病的那个人。

5. （养老院的）空床位是最重要的。

6. 有一个 14 号的大针头和一个足够强壮的手臂就没有我们进不了的身体腔洞。

7. 年龄＋尿素氮值＝利尿剂量（Age + Bun = Lasix dose）

8. 他们（指病人）更能伤害你。

9. 最好的入院便是一进来就死了。

10. 如果你不去量体温，就没有发烧。

11. 给我找一个只让我正常工作量翻三倍的贝斯特医

学院的学生，我去给他舔脚。

12. 如果一个放射科的住院医生和一个贝斯特医学院的学生同时在胸片上看到身体组织损伤，那么那里可能一点损伤都没有。

13. 最好的医疗便是做尽可能少的事情。

(Shem，*The House of God*，p. 381)①

胖子主创的看似荒诞无稽的若干医院律法是他行医多年的经验总结。例如第二条法则，胖子知道古默病人经常掉下床，例如病人艾娜（Ina）在过去一年中数次从床上掉下，两次摔破脑袋，胖子便为其准备了洛杉矶公羊橄榄球队的头盔。在胖子看来，为艾娜做各种各样的检测，只会让她的情况变得更加糟糕，防止摔伤的头盔对她来说才是最好的。② 最能体现他的作风的是最后一条法则，这传递了他所奉行的"少即多"的理念。闪通过夸张的手法，将胖子所推崇的"少即多"的理念发挥到极致。胖子崇尚朴素自然的医学观，他并不对病人，尤其是古默人做太多医学上的干涉治疗。反之，在居家治疗不太可能情况之下，他尽可能将这些老年病人送回原来的养老院。但是现实的情况往往是古默人一走，养老院的床位便被分配给其他有需要的人，所以很多时候胖子想退但退不回去。这也是第五条法则的关键。最后古默人只能被推到其他科室去，他称这个过程为"推走"（turf），也就是"将你的责任摆脱掉，推脱到其他科室，或者到医院外面

---

① 这些法则在书中由胖子在特定情境中提出，零星出现，书的结尾由作者整理成一个清单，以供读者阅读。

② Samuel Shem，*The House of God*，1978，New York：Bantam Dell，2003，p. 36.

去"①。例如波茨接收的一个精神错乱的腹痛病人便被胖子要求推到精神科去。这个病人叫嚣着医生都是纳粹，而他要找出谁是希特勒。胖子教波茨这样做："给精神科打电话，告诉他们关于纳粹的事情，但是不要提及腹痛，然后一转眼就推到精神科去了。"② 对于抛不出去的案例，胖子称之为"反弹"（bounce，or get turfed back）。③ 为了不让病人"反弹"回来，便需要"抛光"（buff）。胖子解释说：

> 就像为车抛光一样……你需要为古默人（的病历）抛光，这样当你把他们推到其他地方去的时候，不至于反弹回来。因为你需要一直铭记于心的是：你不是唯一一个想要推脱病人的医生。上帝之家每一个实习医生和住院医生都在想着怎么为古默人"抛光"（然后）将其"推脱"到其他地方去，想到晚上都睡不着觉。哼，楼下的外科住院医生说不定现在也在跟他的实习医生们说同样的话呢，想着怎么为古默人制造心脏病病征，然后把他们推到我们内科。
>
> （Shem，*The House of God*，p. 50）

随后，胖子还介绍了一个"抛光"利器——古默人电动病床（the electric gomer bed）。只要踩床边的脚踏板便能让床头、床尾或者床中部根据医生的需要上升或下降，使病人处于头高脚低，或者脚高头低等状态，然后便能获取制造某种

---

① Samuel Shem，*The House of God*，1978，New York：Bantam Dell，2003，p. 48.
② Ibid.
③ Ibid.，p. 50.

病征所需要的数据，记录在册，以期将病人推脱到其他科室去。① 他的这个理念似乎很适合他所诊治的老年病人，因为实习医生们发现对这些老年人做过多的检验或者治疗只会让他们的情况变得更糟糕。胖子的这个理念也同样适合于患有致死性疾病的、病入膏肓的年轻人，他的诊治能使这些年轻人免去人为延长生命的痛苦过程。但是胖子并不是一味地抵制科学技术的应用，他只是在必要的时候才用，而且颇见成效。看似荒诞、不可理喻但又有爱心的胖子却成了病人喜爱的医生。正如巴适说的，"上帝之家有一个圣诞老人，他在恐惧和痛苦中传播快乐"②。而这个圣诞老人便是胖子。在承认自己愤世嫉俗和喜欢讽刺人的同时，胖子解释了病人喜爱他的原因：

> 我有什么说什么。我让他们都觉得自己可笑。没有乐高医生那种令人讨厌的道貌岸然，也不像普策尔（Putzel）医生那样，拉着（病人）的手呜咽。（像普策尔这样）只会让病人感觉自己快要死了。我让他们觉得自己还是生活的一部分，还是某些复杂疯狂的（诊疗）计划的一部分，而不是跟疾病孤军独战。而且很多时候，尤其是在门诊，（病人所担心的）这些病根本不存在。在我这里，他们感觉自己还是人类的一分子。
>
> (Shem, *The House of God*, p. 192)

---

① Samuel Shem, *The House of God*, 1978, New York: Bantam Dell, 2003, pp. 50 – 52.
② Ibid., p. 191.

胖子的所作所为跟医学话语所建构的规制性理想医生形象有着天壤之别,在现代医院这个权力场域中也显得异常格格不入。在战争隐喻的驱动下,人们习惯于将诊疗过程想象为战场上激烈的战斗。在这个过程中,医生成了发号施令的将军,而病人则成了疾病的载体,或者更甚者,被医学话语抽象化和病态化为疾病的代名词和载体。战争隐喻切断了医患之间最本真的联系。医学话语的霸权运作机制将医生塑造为拥有绝对权力的主体,赋予其强大的身份特权以掌控整个诊疗过程,或者指挥整个战斗过程。医学话语框架将医生在生死苦难面前的情感反应视为贱斥物,将之排斥在医生认知框架之外,得不到表征,更得不到承认。在塑造医生这个强有力的主体幻影的同时,医学话语否定了生命与生俱来的脆弱特质,更通过种种权力支撑下的暴力手段将病人置于脆弱的处境中。玩世不恭和愤世嫉俗的胖子在自己的行医生涯中真切感受了医学话语权力系统中的种种不公现象,以及医学话语的霸权运作机制对人性的褫夺。他没有高人一等的姿态,更没有虚假的怜悯,而是以他自己独特的方式在医学话语权力系统中生存下来,同时也让更多人,如实习医生和病人等生存下来,不至于被他眼中这个疯狂的体制压垮。胖子种种荒诞不经但又颇见成效的做法从一个侧面揭示了医学话语体制那种荒唐的去人性化。胖子实际上是以看似荒唐的做法来抵制荒唐的权力和嘲讽现代医院对人性的践踏,并期望以此戳破医学话语苦心经营的幻影。他渴望建构医患间有意义的联系,使病人在非人性化的诊疗过程中保留些许人性的尊严,从而实现更加自然和朴素的医学观的回归。

胖子跟以乔为代表的医院话语权力的卫道士形成鲜明的对比。乔通过否定胖子的做法,来确定自己的边界,小心翼翼地

维护着自己的身份。当刚刚开始接触乔的巴适对其做法表示怀疑的时候，乔以威胁口气说，

> 首先，胖子是个疯子；第二，如果你不相信我，你大可以问医院里的其他人；第三，这是为什么他们不愿意让胖子带新来的实习医生；第四，我是这里的头儿，我提供医疗服务。你们需要知道的是，这就意味着不是不做事情，而是要做事情，做一切你所能做的事情，知道吗？
>
> （Shem，*The House of God*，p. 88）

乔对传统医生身份的认同是通过拒绝胖子所代表的他者来建构的。通过对异己因素的排斥和驱逐，权力建构了身体的疆界，而这"也是主体的第一界线"①。朱迪斯·巴特勒在讨论性别身份建构时提出，"身体的疆界以及内部和外部的区分，是通过把原来属于自己身份一部分的某物排出、将之重新评价为卑污的他者而建立起来的"②。当话语宣告某物的时候，既是一种命名手段，也是对主体边界的设定。这个行为其实也在排斥着另外一些东西。这些被排斥、被驱逐的因素因而也成为话语所宣称的卑污的他者，是危险之物。这是身份建构的排他性，是对他者的抹除。规范通过这些排他性手段划分界限，制造出一系列被贱斥于界外的"他者"。巴特勒认为，"所谓贱斥，也就是依据人类主体规范决定的各类特征，将不符合规范规定的部分排除于自身之外。这种拒斥与否认的过程产生了各

---

① ［美］朱迪斯·巴特勒：《性别麻烦：女性主义与身份的颠覆》，宋素凤译，上海三联书店 2009 年版，第 174 页。
② 同上书，第 175 页。

种幽灵与怪物般的形象"①。而这些被贱斥的内容便是被主流话语视为"非法的"、被主体视为"非我的"、遭到嫌弃的内容。正是这些内容的存在确立了主体自身与外界的差异，主体的身份界线才得以建立。身份主体通过对界内之物的认同和对界外之物的认异，在对所认同之物的物质化和身体化过程中建立并维系话语场域中的主体身份。

在重理性、重科技的现代医学话语中，情感和人文关怀就往往被贴上他者的标签，被认为是无能低效的标志。医学话语的规制性理想便是创造出英雄般、富有行动力、客观理智、高效的医生。波瑞尔曾经将这种泛滥于美国医学界的狭隘理念跟美国国家民族身份的建构联系起来。大众想象中的民族身份崇尚个人主义和开拓者精神，而这种富于英雄主义情结的民族身份建构在医疗体制中的具体表现为对独立自主、自我牺牲和客观理性等品质的推崇。② 伴随着对这些品质的吹捧的是对情感、人文关怀的贬低，最终产生的便是英雄医生的虚幻建构，这个建构从一开始便是不全面的，也是不现实的。③ 这个虚构的规制性理想经过无数代人的物质化而不断实现自然化，其权力效应也不断增强。

管制着医生职业身份建构的规范把独立自主、自我牺牲、客观理性等品质强加于受其支配的肉体之上，暴力排斥甚至抹除了那些非我的因素，将之划入他者的范畴，变成贱斥之物。

① ［美］朱迪斯·巴特勒：《战争的框架》，何磊译，河南大学出版社 2016 年版，第 243 页。
② Suzanne Poirier, *Doctors in the Making*：*Memoirs and Medical Education*，Iowa City, IA：U of Iowa P, 2009, pp. 13－14.
③ Ibid., p. 15.

需要强调的是，种种或包容或排除的规范都是权力强加于肉体的某个标准或秩序，目的是划清主体疆界。所谓的贱斥物也是主体身份建构过程中的一个有机部分。巴特勒将贱斥物称为"构成性外在"或者"建构性外在"，"因为话语的建构产物有一个'外在'（outside），但它并非一种绝对意义上的'外在'，即超出或抵制话语边界的本体意义上的（ontological）在场性（thereness）；作为一种构成性'外在'，它只能在话语的最脆弱的边界上，并作为这种边界，基于与话语的相对关系而被理解——当它能够被理解时"①。建构性外在并非独立于话语的建构物，而且它本身也是话语的建构物之一。在巴特勒看来，"在规范内部，它（指建构性外在）必须遭到驱逐，如此才能维持规范的纯洁；在规范外部，它又对框定自我的边界构成了威胁"②。从话语所框定的中心的角度看，建构性外在是受到排斥的贱斥物，但是它的存在又是维持霸权边界的前提。它跟框架的内部内容一样受到权力关系和规范的强力扼制。不同的是，它在框架的内外之间游离，它是一种在受到排斥的同时又是框架本身的组成成分的悖论性存在。而这种建构性外在的一个突出例子便是巴特勒在《战争的框架》一书中所举的战争中的不受保护、不受尊重、不堪哀悼的生命的"他者"。通过对"他者"的指认，"霸权框定下的战争试图控制、影响民众对待不同群体的情感，由此塑造出尊严不同的各类生命"③。框架

---

① ［美］朱迪斯·巴特勒：《身体之重》，导言，李钧鹏译，上海三联书店2011年版，第8—9页。

② ［美］朱迪斯·巴特勒：《战争的框架》，何磊译，河南大学出版社2016年版，第54页。

③ 同上书，第75页。

所认可的生命是值得保护、值得尊重和值得哀悼的生命，而战争所消灭的这些所谓"他者"从未进入霸权框架框定的人类的范畴中，他们早已"死去"，或者从未活过。因此，"在框架的作用下，战争没有杀死任何生命，而只是巩固、重复了既有的生死区分而已"①。霸权通过催生民众对他者的认异来激发并巩固后者对战争的认同，这是霸权体系的一种话语手段。

医学话语体系中的情感表达以及人文关怀，其实是个体面对种种医疗场景必然产生的自然反应。而在现代医院产生以前，古典医学并不排斥这种人与人之间的自然联系和真情流露。现代医学话语为了生产出其所规制的理想医生，把高效、客观、理性的标准强加于个体之上，强迫这些个体与情感表达和人文关怀划清界限。在福柯看来，"这是一种操练的肉体，而不是理论物理学的肉体，是一种被权威操纵的肉体，而不是洋溢着动物精神的肉体，是一种受到有益训练的肉体，而不是理性机器的肉体。正因为如此，在这种肉体中，一系列自然要求和功能限制开始显现出来……在它被强加的和它所抗拒的操练中，肉体显示了自身的基本相关性，本能地排斥不相容因素"②。强制性的规训过程违背了自然的因素，是权力强加于肉体的一种活动。在医学话语体系中，所谓的贱斥物不断侵蚀着主体身份的边界，构成主体建构过程中的不稳定成分。为了建构一个在文化场域可理知的主体身份，权力不断发挥其规训作用，抵抗建构的不稳定成分的消解作用。而医学话语霸权使用的话语手段则是对情感和人文关怀的这

① 何磊：《生命、框架与伦理——朱迪斯·巴特勒的左翼战争批判理论》，《马克思主义与现实》2016 年第 6 期，第 166 页。
② ［法］福柯：《规训与惩罚》，刘北成、杨远婴译，生活·读书·新知三联书店 2014 年版，第 175 页。

些建构性外在的贱斥，将之排斥在框架的合法内容之外，与此同时，极力推崇客观理性与科学技术。医学建制以隐秘又暴力的方式将这些狭隘理念通过医生主体的身体风格化过程而实现具身化和物质化。话语的框架试图通过控制医生主体的实践来隔离，甚至忽视框架外的贱斥物，希望能强有力地控制病程的发展和身体的种种反应，最后制造出"一切尽在框架的控制"中、有条理和高效的表象。

胖子的所作所为是其对传统话语的抵制情绪的具身化，也是对医学话语规制性理想的质疑和挑战。他的这种行为引起了乔极大的焦虑和恐慌，并激起了她的敌对情绪和攻击倾向。作为医学话语的卫道士，她必须奋力维护自己一直苦心经营的医生主体形象。在巴特勒看来，"用暴力来对付那种具身化的反抗，也就是有效地宣称：这个身体，这种对已经被广为接受的世界的挑战，现在是而且将来也是不可想象的。要强化那些将被视为真实的东西的界限，就必须对……偶然性的、脆弱的、会发生根本改变的东西叫停"[1]。身份的建构是一个划界的行为，通过对可为与不可为的框定，主体可见、可感、可知和可言的边界也在某种程度上被框定了。身份的产生或者主体的建构基于"一系列的要求、禁忌、制裁、禁令、禁止、不可能的理想化以及威胁"，以及对话语规范所许可的、所框定的界内之物的重复和再现，主体因此以自己的身体践行并复现了霸权性规范。[2] 通过拒斥和远离被框架所排斥在外的建构性外在，

① ［美］朱迪斯·巴特勒：《消解性别》，郭劼译，上海三联书店 2009 年版，第 35 页。
② ［美］朱迪斯·巴特勒：《身体之重》，导言，李钧鹏译，上海三联书店 2011 年版，第 95 页。

主体自觉践行着框架所规定的种种行为。也正是在这种反复的实践过程中，话语的权威得到了不断强化和物质化。胖子虽然和乔没有直接的接触，但是他的医学理念经由他所培养的实习医生与乔的理念发生冲突。而处于医学权力金字塔中地位稍高的乔希望借助自己的知识权力，并按照传统的方式来监督和控制实习医生。而她首先要做的便是对实习医生进行洗脑，推翻之前胖子所教导的一切。为此，她以一个传统医学建制卫道士的口气强烈谴责胖子的种种所作所为，把胖子定位为污染框架中的禁止物和威胁。让人感到讽刺的是，尽管乔极尽所能治病救人，却远没有胖子的无作为有成效。以至于实习医生们跟着乔的时候，暗度陈仓，还是按照胖子的做法治病救人，并取得喜人的成绩，得到医院高层的嘉奖。

为了使自己成为传统医学建制中的合格医生，乔通过自己的种种行动践行了医学框架所推崇的理性客观和高效等理念，并在日复一日的培训以及实践过程中将这些理念身体化、风格化和物质化。在巴特勒看来，

　　这种生产性复现可以被解读为一种述行。话语述行制造了它所命名的东西，生成了它自己的指称对象，命名并生成，命名并制造。然而，矛盾的是，话语的这种生产能力是衍生性的，是一种文化复现或再现，一种再意指，而不是从无生有（exnihilo）般的创造。一般说来，述行制造了它所宣示的东西。作为一种话语行为（只有经过重复，述性"行为"才能产生效力），述行构成了一个话语性生产（discursive production）的场所。除了受到规制的、被许可的行为，没有任何"行动"（act）可以产生它所宣

示的东西。事实上，除了一系列受到重复和许可的惯习，
述行行动只能是一种徒劳无益的无用之功。

（巴特勒：《身体之重》，导言，第95页）

述行（the performative）源自英国牛津大学语言哲学家
J. L. 奥斯汀（J. L. Austin，1911—1960）的言语行为理论
（Speech Act Theory），[1] 后经德里达等人发展和完善，[2] 最后由
巴特勒推广开来。在《性别麻烦》（Gender Troubles）中，巴特
勒首次系统地利用述行理论分析性别的建构性和历史性，重新
思考语言和主体二者之间的关系。巴特勒反对男女二元对立的
性别政治以及性别规范的自然化。她认为，作为一个受到政治
管控和规训实践约束的范畴，性别本身就是异性恋参照系统所
虚构出来的，又在历史中不断被演绎和强化，最终呈现真实的
假象，因而"真实的社会性别是在身体表面上建制、铭刻的一
种幻想"[3]。性别身份就是话语通过对身体的规训管控来实践幻
想的结果。而这个结果的出现依赖于一个对性别规范的反复征
引过程。在巴特勒看来，"性别是在时间的过程中建立的一种
脆弱的身份，通过风格/程式化的重复行动在一个表面的空间

---

[1] J. L. Austin, *How to Do Things with Words*: *The William James Lectures Delivered at Harvard University*, edited by J. O. Urmson and Marina Sbisa, 2nd ed., Cambridge, MA: Harvard UP, 1962.

[2] 详见 John Searle, *Expression and Meaning*: *Studies in the Theory of Speech Act*, New York: Cambridge UP, 1979 及 Jacques Derrida, "Signature, Event, Context", *Margins of Philosophy*, translated by Alan Bass, The U of Chicago P, 1982, pp. 307 – 330.

[3] ［美］朱迪斯·巴特勒：《性别麻烦：女性主义与身份的颠覆》，宋素风译，上海三联书店 2009 年版，第 179 页。

里建制"①。当一个婴儿呱呱坠地之时，便被贴上性别的标签：这是个男孩/女孩（It is a boy/girl）。巴特勒称之为性属的询唤，通过这个命名过程，从此它（it）便成了他（he）或者她（she），从此"被引入语言和亲缘的界域"②。需要指出的是，"这种初始的询唤受到各种权威的重复，每隔一定时间这种被自然化了的效应就会受到增强或质疑。这种命名既是对边界的设定，又是对规范的反复灌输"③。主体身份的形成实际就是性别主体按照社会认可的性别模式和规范来实践该命名。主体身份不是一个静态的存在或固化的结果，而是动态的没有完结的建构过程。巴特勒认为建构是"一个物质化过程，其最终的稳定产生了我们称为物质的边界、固定性与表层"，也即，"物质永远是被物质化而成"的。④ 在福柯权力理论的观照下，巴特勒强调"'性别'是一种被强制物质化（materialization）了的规制性理想"⑤。主体身份的形成实为性别规范的物质化过程，而这个过程离不开权力的运作机制。主体在被命名的那一刻开始，便在话语规范（regulatory norms）的压力下不断重复社会认可的身体行为动作，从而实现性别的身体物质化过程，以此成为当初被宣告之人。

　　除了被广泛应用于性别和族裔身份建构的相关研究中，巴特勒的身份述行理论也被引入到职业身份研究领域。达米安·

① ［美］朱迪斯·巴特勒：《性别麻烦：女性主义与身份的颠覆》，宋素凤译，上海三联书店2009年版，第184页。
② ［美］朱迪斯·巴特勒：《身体之重》，导言，李钧鹏译，上海三联书店2011年版，第8页。
③ 同上。
④ 同上书，第10页。
⑤ 同上书，第2页。

霍奇森（Damian Hodgson）在其研究职业化（professionalism）的文章中，便在巴特勒身份述行理论的观照下，重点分析项目管理（project management）从业人员在职业化过程中体现的述行性。为了将性别身份的述行性顺利延展到职业身份的讨论上，霍奇森将目光投向话语层面，并聚焦在福柯的权力相关理论之上。福柯权力理论对巴特勒的述行观有着意义深远的影响。如巴特勒在《身体之重》的导言中提到的，"本书以福柯的观点为出发点，即规制权力产生其控制的主体，而权力不仅是从外部强加的，还是形成主体的规制性与规范性手段"①。性别身份的述行过程始终离不开权力关系网络的管控，尤其是规制性理想的规训作用；而专业人士的职业化过程同样也是离不开行业规范的规训。② 霍奇森写道，"通过对话语和权力/知识体制的分析"，对职业化的福柯式解读能"将职业化过程中的微观政治战术（the micro-political tactics）跟更广泛的权力关系联系起来"③。霍奇森接着分析瓦莱丽·福尼尔（Valérie Fournier）从福柯规训权力的角度对职业身份建构的相关论述："如福尼尔（1999）所说的，尽管职业的合法性依赖于合适的知识和行为规范的确立和维系，但这些规范同时也充当着一种规训形式，（管控着）在其他意义上来说自主的职业化劳力。"④ 而这种规训形式很大程度上依赖着被收编的主体对"专业能力"（professional competence）的追求："职业化劳力是自主劳力。

---

① ［美］朱迪斯·巴特勒：《身体之重》，导言，李钧鹏译，上海三联书店2011年版，第26—27页。

② Damian Hodgson，"'Putting on a Professional Performance': Performativity, Subversion and Project Management"，*Organization*，Vol. 12，No. 1，2005，p. 54.

③ Ibid.，p. 53.

④ Ibid.

在这里，自主的条件已经被篆刻进某些特别的行为方式中，而（这些行为方式）通过'职业能力'的理念体现出来。"① 也就是说，从话语层面上来讲，跟性别的述行过程相似，职业化过程实际为一种新型的规训机制（disciplinary mechanism），它控制着职业身份的生产过程，并规范着从业人员的行为方式，引导其对规制性理想职业身份的认同和对相关规范的内化，并使其在不断征引和复现规范的过程中拥有可被指认的、可被理解的，并被认可的职业能力，最终变成职业话语所命名之人。

职业规范通过内化作用，成为主体实现自我规训的机制（self-disciplinary mechanisms），更加有效地保证了目标身份的建构和维持。而且，"这种规训并不仅仅以某些抽象的、理想的方式呈现；相反地，从福柯关于权力/知识的'生产性'（productive）的相关论述来看，规训应该被看作是篆刻于文本、操练和技术中，以及最根本的，在此规训体制中的那些个体的主体性之中"②。职业规范通过各种文本和主体身体的操练等话语手段对主体身份建构实现渗透式的、全方位的掌控，以生产出符合话语要求的、有意义的、能被理解的、能被指认的合法主体。而主体职业化过程则可以看作是对规范的服从以及物质化，正是这个过程赋予并巩固了规范的权威性。

对职业化的福柯式解读揭示了职业规制性理想对处于话语体制中的主体的管控。因此，在霍奇森看来，与性别身份的建构一样，"入职过程同样以复现和征引的方式出现"，而且

---

① Valérie Fournier, "The Appeal to 'Professionalism' as a Disciplinary Mechanism", *The Sociological Review*, Vol. 47, No. 2, 1999, p. 280.

② Damian Hodgson, "'Putting on a Professional Performance': Performativity, Subversion and Project Management", *Organization*, Vol. 12, No. 1, 2005, p. 57.

"对于可指认的（职业行为）表现的复现促进'专业人士'的产生，并同时限制着他们的行为"①。主体接受话语的命名，实际上是领受一种身份。但是这个领受过程并不是一次性完成的，而是需要通过身体行动不断复现的一种长期行为，也即对话语框架中那些受到许可的行为的重复征引和模仿。也只有在重复征引的行为中，律法的权威才能被建构起来，并实现具身化和物质化。医学培训过程以及后来的行医生涯实际上是医学生接受命名，领受医生身份的永无止境的重复征引规范的身份述行过程。

乔作为传统医学建制的代言人，在长期征引和复现规范的身份领受过程中，她时刻践行着技术和知识支撑下的高效、客观和理智的理念。乔的这些征引行为在不断重复的过程中为她建构了稳定的职业轮廓感以及职业身份的高度认同感。在胖子看来，乔以及医院中其他上级医生，包括费什和乐高都是"优秀但缺乏人情味的医学教科书"②。这些在医院竭尽全力救死扶伤的医生"有一个共同的信念，他们把疾病当作某些失去控制的、毛茸茸的怪兽，他们需要将这些怪兽锁在实施差别化诊治的、工工整整的医学格子中。仅仅需要一点超乎常人的努力便能大功告成。乔把自己的一生都奉献出来，一直努力着。她因而没有多余的能量来做其他任何事情。她的全部生活都是围绕着医学转"③。在胖子看来，乔之类的医

---

① Damian Hodgson, "'Putting on a Professional Performance': Performativity, Subversion and Project Management", *Organization*, Vol. 12, No. 1, 2005, p. 56.

② Samuel Shem, *The House of God*, 1978, New York: Bantam Dell, 2003, p. 91.

③ Ibid.

生正向着错误的方向越走越远，他们不但将自己与病人隔离开来，更将自我隔离起来，他们充其量只是医学话语场域中的一个工具，他们已经失去了一个完整的自我。胖子眼中的乔既可悲又可怜：

> 乔为了当上住院医生已经准备了很多年了，现在（终于）当上了，但她难免要把事情搞得一团糟。她迫切需要病人来填补她自己生活的空虚，所以她周日和不当班的晚上也来医院。除了当她想象着她带的实习医生和病人需要她的时候，她从来没有感觉到被需要过。但事实上，这些人并不需要她，因为她在临床诊治和待人接物中非常笨手笨脚。

（Shem，*The House of God*，p. 91）

乔需要通过行动来证实并增强自己的存在感。在对实习医生和病人发号施令的过程中，她尝试建立自己的权威，巩固自己在医学权力体制中的地位。在诊疗过程中无所不用其极的态度是她在医学体制中求得生存的一种策略。而且这不是她一个人的问题，而是当时医疗体制中的一个普遍问题。胖子指出，"整个（医学）体制就是个病。它并不在于你是男还是女。它就能困住我们，我们任何一个人。很明显，它就已经困住了乔。很糟糕"①。玩世不恭的胖子在与巴适闲谈中指出了医学体制中人的生存困境。根据胖子的观察，"人间疾病的主要根源

---

① Samuel Shem，*The House of God*，1978，New York：Bantam Dell，2003，p. 91.

就是医生自己的病：他想治愈疾病的强迫症以及他的自欺欺人"①。不同于乔的强迫症和自欺欺人，乃至自我尊大，胖子清醒地认识到，"医生和其他所有人没有什么不同，他们只是假装自己与众不同，自我膨胀"②。胖子深刻地意识到医学以及医生的局限性，也深知如何在残酷的医疗权力体系中自保。但是胖子这样的人物在医院中属于被边缘化的人，因为他所代表的是医学话语框架所建构的遭到排斥和嫌恶的外在。这个建构性外在被医学话语框架指认为非法的、应当被禁止的内容，因此也无法进入可理知领域或者表征系统，得不到承认。胖子在医学话语体制中的出现和生存，实际上也是对传统话语的挑战和质疑。胖子看似荒唐和疯狂的行为背后隐藏的是对生命的敬畏，是对人性的尊重，同时更是一个权力系统中的小人物对医学话语体制中的种种偏狭理念的策略性抵制。

另外，闪的人物塑造并不是平面化的。胖子是一个多样性的人物。在渲染他人性化的一面的同时，闪也不忘突出他的贪食和贪财。他的理想是开私人诊所，给富人们看肠胃病，赚一大笔钱。③ 因此，他的存在并没能为年轻的实习医生提供持久的榜样的力量。通过对胖子、乔和种种医疗际遇的漫画式夸张描述，闪尖锐地批判了医学话语框架的偏狭框定以及医学话语的疯狂运作机制。为了在令人窒息的医学话语体制中生存下来，乔以暴易暴，自我隔离；而胖子则是以疯制疯，明哲保身。闪在夸张和荒诞的描写中彰显了讽刺的深沉。

---

① Samuel Shem, *The House of God*, 1978, New York: Bantam Dell, 2003, p. 193.

② Ibid., p. 192.

③ Ibid., pp. 33, 143.

二　框架作用下的身份建构

为了在这样一个体制中生存，年轻的实习医生不得不按照话语的规范配合权力对自己的改造和塑形，这就意味着对自己真实情感的压抑，使自己朝着机械化的方向走去。在等级森严的医学体制中，处于权力金字塔底层、忙得焦头烂额的实习医生不但跟同事、家人和朋友都处于隔离状态，还同时隔断了与自己切身经历的联系，因为他们所看到的、所感受到的、所能言说的内容早已经被医学话语的框架框定过。而实际的情况是，这些得到表征、认知和言说的内容并不是他们切身经历的全部。如巴特勒所指，"框架作用于感知领域，发挥着限制与框定的功能"①。框架框定了某些内容，将之指认为合法的，并赋予其进入表征领域的资格；与此同时，框架也限制并排斥部分事实真相为非法内容，剥夺其进入可理知领域和表征领域的资格，使其被遮蔽起来，得不到承认。而在传统医学话语体制中，合法的、获得表征资格的内容早已受到医学权力的积极有效但却悄无声息的限定。之所以说这种限定是积极有效但却悄无声息的，是因为现代权力的运作跟以往专制权力的简单粗暴方式不一样。现代"权力持续运作的关键就在于，其运作总是无声无息……正是自然无形的权力运作限定了可表征领域的范围"②。尽管权力对主体，乃至整个社会实行着渗透式的强力管控，但它并不是无懈可击的。权力也有暴露自身、被人识破的时候，也就是说主体并不是消极地接受塑形和管控，在某些特

① ［美］朱迪斯·巴特勒：《战争的框架》，何磊译，河南大学出版社 2016 年版，第 145 页。
② 同上书，第 144 页。

定的条件下他也可能察觉到权力的暴力运作机制，遭遇游离于话语框架内外之间灰色地带的事物，指认那些遭到话语框架贱斥却又嵌入框架本身的事物，从而对框架的框定作用提出质疑。而这种情形在身份建构过程中便以冲突出现。

闪曾回忆自己在七十年代接受培训时候的尴尬处境："我们被困于一种强烈的冲突中：一边是医学系统多年累积下来的智慧，另一边是人类心灵的呼唤。"[①] 理性客观和人文关怀之间的较量曾使他以及与他同时代的实习医生焦虑和恐惧。闪自认为他的回忆性叙事是对过去一个非人性化时代的"非暴力性抵制"，他希望通过对那黑暗一年的文学重现来宣泄并重新理解这一年所经历的愤怒和迷惘。[②] 书中每个医生形象都在以自己的方式去适应医学话语的塑形以及忍受这种暴力塑形所带来的种种变化。面对着死去的病人以及即将死去的人，面对着生命的无奈以及话语的权威，面对首次独立诊治病人的巨大压力，面对着形形色色或疯狂，或悲惨，或可怜的病人，面对着治病救人的职业理想与现实的"推脱"、"抛光"和"反弹"的巨大裂层，他们有的通过酒精作用，有的通过疯狂的性活动，有的通过高强度的工作，来麻醉自己脆弱的神经，把内疚和恐惧深埋于心。乔通过技术和知识把自己与生死苦难在情感上隔绝开来，只关注医学话语框架所框定的内容，对于框架外之物，她则熟视无睹。似乎唯有这样，才能保证她理智和高效地与病痛和死亡周旋，不至于沉溺在个人情感之中。胖子则通过幽

---

① Samuel Shem, "Stay Human in Medicine: Lessons from *The House of God*", *KevinMD. com*, 7 Dec. 2014, www. kevinmd. com/blog/2014/12/stay-human-medicine-lessons-house-god. html. Accessed 1 Aug. 2017.

② Ibid.

默、讽刺，乃至荒诞来使自己不崩溃，他自己制定的上帝之家法则以及他对功名财富的追求或许也是使他在这个让人疯狂的体制中活下去的重要因素。

主人公巴适在不同时间有着不同的应对方式。受到胖子的影响，他有的时候会用幽默和讽刺来隔离自己，有的时候则诉诸酒精和性。如何面对死亡是困扰着巴适的一个问题。虽然书中不同的人以不同的方式面对死亡，如哈勃·侯坡（Hyper Hooper）把死亡看成是获得尸检材料的途径；而波茨则把病人的死归因到自己头上，认为自己害死了病人，最后在内疚中跳楼身亡。巴适也同样一直被死亡的恐惧感包围着，首先是病人的死亡，其次是自己好朋友以及同事的自杀。虽然书的开头，胖子跟他说，年老、荒诞的"古默人不会死"（Gomers don't die），但是，实际上还是有死的案例，只是很少。倒是年轻的病人在经历种种入侵式治疗无效后，痛苦并毫无尊严地死去。经过几个科室的轮转后，巴适当初的满腔热情已经被残酷又疯狂的现实冲淡了不少。他意识到，"医院之所以需要我们（这些医生），就是（让我们）对古默人束手旁观，然后背负着垂死的年轻人的绝望"[1]。巴适甚至怀疑自己在这种高压、非人性化的工作环境中能否生存下去。而在其同事波茨跳楼自杀后，巴适更是陷入迷茫中，不知道自己何去何从。在形形色色的病人面前，他不知道自己能做什么或者不能做什么。新年伊始，面对着他接诊的一个受到怀孕母亲家暴的 5 岁小女孩，巴适发

---

[1] Samuel Shem, *The House of God*, 1978, New York: Bantam Dell, 2003, p. 129.

出了歇斯底里的询问:"我怎样才能活下去呢?"[1] 出于自卫,他选择栖息于医学话语为他建构的保护壳中,用医学体制赋予他的框架去认知这个他无法理解的世界。巴适渴望着一个"太空头盔"[2] 来保护自己,寻求用技术和知识把自己武装起来,跟实际工作中的病痛和死亡隔离开来。巴适最终的麻木很大程度上是一种以暴易暴的自我保护态度。在此,闪把批判的矛头投向整个医学话语体制的非人性化以及这种非人性化如何使体制中人一步步变得冷漠无情。

虽然书中的主人公已经是30岁左右的人,《上帝之家》也可以算是"有点迟到的成长小说"[3]。书中的故事反映了巴适在医学世界以及职业生涯中的成长过程,他一路变化着,业务能力变得越来越强,但是他并不喜欢自己最终所变成的样子。虽然巴适最后得以全身而退,但是他也已经被医学话语体制的疯狂和不可理解折磨得遍体鳞伤。书的最后,他表示不想继续做一个内科医生,而是选择休学一年。通过对现实经历的夸张化,尤其是胖子和乔两个截然相反的漫画式人物的并置,闪突出医学体制运作过程中近乎疯狂的非人性化,以及极端环境之下人物所展现出来的种种极端行为,从而使讽刺显得格外深沉。而他的书写更通过巴适这个职场新人的眼光多层次地展示了一个令人窒息、使人疯狂的医学体制以及医学话语框架中人的身不由己。作为医学体制中人,无论是乔、胖子,还是巴

---

① Samuel Shem, *The House of God*, 1978, New York: Bantam Dell, 2003, p. 225.

② Ibid., p. 219.

③ John Updike, "Introduction", *The House of God*, by Samuel Shem, New York: Bantam Dell, 2003, p. xv.

适，他们必定要在医学话语权力的矩阵中运作。医学话语的种种规范以及他们对规范的征引与践行使他们成为话语所询唤之人——医生。医学话语规范是他们赖以生存的根基，而医学话语权力所设定的话语框架时刻左右着他们对世界的认知和对自己切身经历的理解。他们的可见、可感、可知和可言的范围自他们被称呼为"医生"那一刻开始便被医学话语框架所框定。但是闪通过《上帝之家》的书写彰显了话语框架的不稳定性以及探索产生新变化的可能。胖子并不像乔以及医院高层一样按部就班地接受医学话语的改造，他用夸张的行动和言语实践了医学话语管控下的另一种可能的职业身份，并用实际行动影响着巴适之类的实习医生。受到医学话语影响甚至塑形的胖子虽然被医学话语中心视为贱斥物，但是远离框架中心的管控使他看到了医学话语框架内外的内容，并通过自己的行动悄然影响着框架的框定作用，或者让框架中人意识到框架的存在。而《上帝之家》几十年畅销不衰的原因便在于闪对现实的夸张刻画，突破了可见不可见、可言不可言、可感不可感的界域，使之前被医学话语所禁止或者贱斥之物进入表征领域，深刻地揭露了医学话语规范的暴力运作机制以及职业身份塑造过程中的种种暴力因素。更重要的是，闪呈现了作为受暴者的医学实习生如何一步步转化为施暴者的过程，重点强调了身份构建过程中暴力的传递途径及其后果。

第四节　脆弱边界的可能性

通过回应和领受"医生"这一称谓，医生主体使自己进入了医学话语错综繁复的关系网络中，成了权力网络中一个传递权力效应的节点。医生主体在高强度和漫长的身份述行过程中，逐步被医学权力话语收编和塑形，接受话语规范的反复灌输和其关于身份边界的种种设定，并在医学话语框架的限定作用下去感知世界，最后成为话语所宣告/所命名之人。医生主体不断征引规范而产生的身体行动将医学话语的规范物质化和具身化。话语规范的权威性也在这个过程中不断得到强化，并呈现出自然和现实的假象。话语的权威，通过框架的设定，在指认某些内容为合法的、可理知的同时，也将另外一些内容圈定为非法的、不可理知的贱斥物，将其排斥在框架之外。具体来说，传统医学话语在客观理性和高效等理念的影响下，通过一系列严格的、系统化的规训技术，使普通人转变为医学话语实施其权力的工具或者机器。传统医学话语将其所设定的规制性理想通过医生主体的述行行为具体化为上帝般的、英雄般的医生形象。在这样一种话语体系中，情感的表达、人文的关怀都被贴上了无能的标签，被贱斥于医学框架之外。正是通过对这一系列禁止的否认和抵制，医生主体在权力的支撑和维系下设置了其主体身份的边界，其可见、可感、可知和可言的范围也被牢牢框定。

但是，被医学话语框架所排斥和嫌恶的贱斥物并不是消极地存在，医生主体建构的所谓身份边界也并不是牢不可破的。医生主体身份的建构依赖一个充满变化的身份建构过程。而身份的生产离不开对话语规范的重复征引，但并不是每一次征引都是对规范简单的重复。主体复现规范的过程蕴含着意义转化、产生新意指的种种可能性。换句话说，管控和维系身份生产的话语规范本身便有着建构性的特征，它在赋予主体身份权力的同时，也依赖主体对其述行进而巩固其权威性；而在主体身份建构过程中，既包含了对规范的成功征引，但也不能排除失败的征引的存在，因而身份建构本身便是一个流动不居的、充满各种可能性的过程。

当代美国医生作家通过文学空间再现的正是这个错综复杂的职业身份建构过程。通过文学的镜子异托邦作用，医生作家在观像过程中，意识到了自己的在场与缺席。他们将医学凝视内转到自身，考察正在行医中的自我。他们看到了权力如何作用于自己的感官，如何禁锢自己对生死苦难的情感回应，更加认识到自己在医学话语框架的作用下如何有所区分、有所选择地感知世界和理解世界。他们希望通过文字的力量来调动医生主体的器官，抵制那些操控情感的力量，将被权力贱斥和嫌恶的情感以及人文关怀重置于冷冰冰的医疗际遇中，期望以此来重新建构生死苦难面前人与人最本真的联系，最终达到直面生命脆弱不安的目的。但是这个文学复现的过程并不是一蹴而就的，而是充满了波折和变化。而医生作家也正是在这种种波折和变化中看到了话语所框定的身份边界的脆弱性，以及建构性外在对主体身份的侵蚀和消解而带来的主体身份再生产的可能性。

在谢尔泽的短篇小说《石棺》中，主刀医生在术前、术中和术后对病人身体的态度经历了数次转变。术前的主刀医生信心满满，对他来说，躺在病床上的病人就是疾病的载体，是他工作的对象。术中，主刀医生见证了令人恐惧的大出血，更被生命与生俱来的脆弱特质所深深震撼，最后做出了有悖英雄医生形象的决定——中止输血和给氧，在回天乏力的情况下让病人死去，不再做无谓的抗争。这是在生命面前对控制权的拱手相让。术后，主刀医生尝试着从医学话语为他建构的保护壳中走出来，坦然面对死去的病人，并试图通过病人身体的蛛丝马迹来重新讲述并理解病人的故事。他渴望突破医学话语框架的框定作用，并重新去认知被话语所贱斥和嫌恶的内容。但是，主刀医生发现，他看到的并不是他所希望看到的。在病人的尸体上，他看到了自己的无能与失败。逃脱不了医学话语框架限定的主刀医生因而拒绝跟病人尸体进一步的接触，希望以此能划清跟病人的界限，能维持自己无所不能的上帝般的形象，尽管他知道这个形象的不真实和不可能。主刀医生在术后第二次进入手术室时，手术室已经清理完毕，重新恢复到洁白如新的状态，但这只是一个表象。主刀医生深知，这个表象不能有效地掩盖这个狭小的权力空间中所发生过的一切。这个事件已经被铭刻到所有涉事的人心中，成为其职业身份的一部分。而经历过这一次大出血事件的主刀医生更是无法寻回之前的平静和从容。谢尔泽的叙事细腻地重现了主刀医生失去控制权和努力夺回控制权的曲折过程，揭示了后者在医学规制性理想和残酷现实的裂缝中的挣扎。主刀医生经历过医学话语的收编和塑形而成为话语所宣告和命名之人，在彰显对此身份的认同的种种身体性实践中按照话语框架的框定去认知世界并做出话语规范所认可的行为，积极传递着权力的种种效应。谢尔泽的故事探索的是被话语框架框定在可理知的、有意义的认知范畴之外的建构物如何对框架内的内容产生冲击。

闪在《上帝之家》中则将这种框架内外的冲突直接通过两个经过夸张讽刺手法处理过的、截然不同的医生人物形象——胖子和乔来展现。一方面，闪将医学话语崇尚客观理性和高效的规制性理想映射到乔身上，将乔塑造为医学话语的忠诚的卫道士；另一方面，闪通过对胖子的夸张描写，将其塑造为一个在令人疯狂的荒唐体制中仍保留爱心并且敬畏生命的人物，深刻地讽刺了医学话语规制性理想对人性的压抑。闪将胖子和乔之间的冲突升级，使之成为实习医生巴适身份建构过程中的障碍。面对着两个截然不同的职业榜样，巴适经历了谢尔泽笔下的主刀医生那种内心挣扎。但是，巴适最终选择的是医学话语为他建构的保护壳。在各种人生苦难面前，陷入迷茫的巴适最终选择使用医学话语框架去感知这个他无法理解的世界，任由医学权力在他与病人之间竖起一道无法逾越的鸿沟，同时也在某种程度上将自己抽象化和工具化。《上帝之家》是闪对自己早年医学培训生涯的文学再现。闪通过巴适这个职场新人的眼光多层次地展示了一个令人窒息、使人疯狂的医学体制以及医学话语框架中人的身不由己。通过将胖子和乔这两个截然相反的漫画式人物的并置，通过身份认同和身份认异在年轻的巴适身上带来的冲突，闪揭示的是医学体制暴力运作过程中的非人性化以及这个过程所留下的种种难以抚慰的创伤。处于这种种极端环境之下的各色人物所展现出来的种种极端行为，如胖子的以疯制疯，乔和巴适的以暴易暴，有效地暴露了权力的运作机制，以及处于体制中的各个主体为了生存下去在话语框架内外的边界上进行的抗争，从而使讽刺显得格外深沉。

这种冲击揭示了身份生产过程中话语所设定的边界的脆弱性和渗透性。可以渗透的、可以被打破的脆弱边界可能带来的是因内外建构物的冲突所产生的主体身份危机，但也赋予了主体身份再生产的可能性。谢尔泽通过细腻形象的笔调再现了外科医生在人体的疆界中或惊险，或矛盾，或美妙的难忘的探险历程，他在医学话语框架的内外边界中看到的是框架内之内容与框架外之内容的交融和转化，以及这种互动对医学话语规制性理想的冲击。闪通过夸张的手法深刻地讽刺了医院的疯狂和非人性化，有力地暴露了医学话语框架对人的暴力塑形过程以及不同主体对话语收编的不同的回应方式。闪的叙事探索了这种种不同的回应话语询唤的方式中蕴含的种种可能性。话语规范虽然强大，话语框架虽然早已经被设定，但是权力却无法完全支配个体，因为被贱斥和嫌恶于话语框架之外的建构性外在始终以主体身份再生产、再表述的可能性出现于边界。框架内外的冲突带来的是主体身份建构过程中不可避免的两难处境。谢尔泽和闪叙事中的医生主人公已经意识到自己的两难处境，虽然他们无法摆脱困境，更无法实现对原有权力框架的重组，但他们的故事彰显了主体身份建构是一个框架中的述行过程。而框架的边界，也就是框架内之物和框架外之物产生互动、发生冲突的边界地带并不是坚不可摧的，而是脆弱的、可渗透的，蕴含着身份再生产的可能。

第二章

框架的扭转与置换

　　当代美国医生作家的群体性书写行为可以说是对本身在医学话语体系中的生存状况的文本建构。医生作家正是希望通过对自己切身经历的文学再现，在文学与医学构成的灰色地带对现实经历进行征引和复现，并在复现过程中反思自我在医学话语权力中的定位以及与权力的关系，寻求对医生主体身份进行重新表达的种种可能性。医生作家通过把身份建构中所出现的框架外之物和框架内之物的冲突淋漓尽致地再现出来，深入发掘游离于框架内和框架外之间的内容，重新认识那些被主体贱斥和嫌恶的，但却嵌入框架本身的事物。他们在话语为主体身份所设定的边界中看到动摇框架，进而重组权力关系的可能性。医生作家对医学话语框架的消解以及重构的重要途径便是在征引现实经历的过程中，探索对生命、对疾病、对自我进行重新表述的可能性。

第一节 扭转医学话语框架：评坎普
艾滋病书写中的浪漫化

梦中：我们有着最全面的保险，在这个世界中，心脏
　　疾病能治愈，在这里，诗歌
　　是我们医治艾滋病所需的一切，
　　在这里，所有的受害者，我们所有人，都是无辜的。

(Campo, "Prescription", p. 59)

　　医生书写在很大程度上来源于日常行医过程中的点点滴滴，是医生作家对其切身经历的文学再现。但是经过文学的异托邦作用，医生作家撕开客观理性面纱笼罩下的种种疯狂，他们展现了一个个或奥妙无穷，或痛苦不堪，或惊慌失措，或荒诞滑稽的医学情景。他们作品中的医生叙事者可能没有医学话语所标榜的那样崇高，甚至有的时候显得疯狂，有暴力倾向等。但正是因为这些故事脱离了宏大叙事框架的束缚，它们讲述的是医生作家自己的故事，它们再现的是属于医生作家自己的经历。书写使医生作家看到了医学话语框架的偏狭和框定作用。在使被排挤在外的贱斥物或者建构性外在重新纳入可理知领域和表征领域的过程中，医生作家逐渐腐蚀着医学话语的框架，使自己游离在医学话语框架的内外，体验着框架内外的种种不同以及多重现实间的碰撞。

　　医学话语期望通过客观理性来达到高效控制疾病，乃至人体和整个社会的目的。但是正如医生作家的书写所揭示的，这

种控制欲望掩盖的是对死亡、苦痛乃至失误的恐惧，是对无能感的回避，更是对生命所共享的脆弱特质的否定。医生作家通过对现实的征引，再现了医学话语框架的暴力运作机制。他们在复现的过程中寻求重新表达，或者讲述新故事的可能。在对新故事的讲述过程中，医生作家重新定义了生命和疾病，也探索着重构职业身份的可能。其中，最具代表性的莫过于古巴裔医生诗人、公开的同性恋者拉斐尔·坎普（Rafael Campo）。坎普通过诗歌和回忆录的书写反思了自己的少数族裔身份和饱受歧视的同性之爱，以及他的行医经历。这三个主题交错联结，互相影响，共同构成坎普书写的一个主旋律。坎普的书写打破了笼罩着艾滋病这个世纪瘟疫的沉默，挑战了传统医学建制以及社会关于艾滋病的文化想象，也质疑了种种困囿人性、隔离人群、带有社会污名的标签。关于艾滋病的充满偏见的文化建构，包括生物医学上的建构，无限地放大了坎普对自己的族裔身份、职业身份以及性取向的不安全感和焦虑感，使他不得不反思自己以及跟他一样处在各种话语框架边缘的患者的处境。坎普在文学的创意空间中再现了话语框架内外以及不同框架之间的碰撞，重点关注围绕我和非我二元对立结构下的多重话语建构以及这些建构影响下的人在这场世纪瘟疫中的生存境况。这一章主要通过对坎普的回忆录《康复之诗》（*The Poetry of Healing*）以及他的诗作的解读来探讨他如何在多重身份碰撞下找到平衡点以及如何对艾滋病进行重新想象和构建。

一　医学话语中的身份伪装

坎普对多重话语框架框定出来的种种界限的关注和思考与他多样的人生经历不无关系。坎普 1964 年出生于新泽西州一个古巴家庭，现为哈佛医学院（Harvard Medical School）与波士顿贝斯以色列女执事医疗中心（Beth Israel Deaconess Medical Center in Boston）的医生，主要从事艾滋病防治工作；他同时兼任莱斯利大学文学创作硕士班（Lesley University Creative Writing MFA program）教师。① 坎普的少数族裔身份和公开的同性恋性取向，加上其从事的艾滋病防治工作，为其作品增添了在别处难以感受到的张力：既有对自己多重非主流身份的危机感和不安全感，又传达了诗人突破壁垒森严的种种疆界的欲望和憧憬。受到各种非主流标签的困囿而焦虑不已的坎普，曾经将沉重的希望寄托于医学之上，渴望医生的职业身份能遮蔽甚至消除其他非主流身份所带来的焦虑感，能为他带来自信的底气，并为他竖起一道自我保护的屏障。如他在回忆录《康复之诗》中所说，"作为一个移民家庭的孩子，我曾经幻想我的白大褂可以掩盖甚至漂白我那不是白色的皮肤；我还幻想医学术语可以有力驳斥质疑我的第一语言的所有问题"②。坎普甚至还希望医学能增强自己的阳刚之气，如他所说，"这是一个推崇硬汉精神的职业。我想它或许能治好我的同性恋倾向。或许只要我工作上足够努力，我便能变成真正的男子汉，变成异性恋者"③。坎普希望医学体制的强力规训能规范他那被当时社会指定为离经叛道的肉体，把它收编、塑形成为一个符合移民家

① 坎普的详细资料（简介、作品介绍等）可从其个人主页 www.rafaelcampo.com/index.html 获取。
② Rafael Campo, *The Poetry of Healing: A Doctor's Education in Empathy, Identity, and Desire*, New York: W. W. Norton & Company, 1997, p.18.
③ Zoe Ingalls, "A Professor of Medicine Discovers the Healing Power of Poetry", *The Chronicle of Higher Education*, 28 Feb.1997, Social Science Premium Collection, p. B8.

庭憧憬并能够为社会所接纳的肉体，为他提供进入白人异性恋社会的资本。坎普希望医生职业身份以及知识所带来的种种权力能让他在这个新的国度中找到属于自己的位置。

为了融入美国主流社会，年轻的坎普选择了沉默和伪装，努力把抵制的冲动变成接受各种规范收编的动力。面对着各种因病、因天灾人祸而入院的病人，坎普写道："世上真实的暴行对我来说已经是见惯不怪和理所当然的了。这些是我每天一进入医院就必须要再次经历的事情，而不仅仅是形而上学的宏大语境中思考的问题，也不是更加索然无味的社会政治领域的客气的辩论。"① 虽然这种切身经历的震撼力比哲学思考或者辩论来得更强烈，但是因为司空见惯，"我已经不会再为他人的任何程度的困境感到烦恼"②。回想起自己的医学训练经历，坎普大胆地戳破医学话语一直以来苦心经营的幻影：就算艾滋病造成死伤无数，世界还是依旧美好。为了维持这种幻影，

> 我很早就被教会了怎么去怀疑，怎么去（给病人）施加痛苦。系统地再现艾滋病病毒如何攻击无名无姓、千人一面的细胞的幻灯片一张又一张地展示在我面前。我被教会了普遍预防措施，这些措施让我误以为，艾滋病仅是世界以及我的职业安全面前一个沉重的威胁，世界还是有望脱离艾滋病的魔爪。我被各种有毒的药品武装起来，因为还没有足够多的研究能给我提供更安全更

① Rafael Campo, "Like a Prayer", *The Poetry of Healing: A Doctor's Education in Empathy, Identity, and Desire*, New York: W. W. Norton & Company, 1997, p. 39.

② Ibid.

有效的选择。我甚至被赋予了一个被改变过的自我——作为未来的医生，从名义上讲，我不可能是同性恋，只能稍微有点拉丁美洲人的样子，但也不太明显——我因而受到了保护。对于我的力不从心，他们也给我提供了种种借口。我不再带着个人情感参与（到诊疗过程中去）。事实上，为了更好地服务病人，与他们保持一定的职业距离是至关重要的。

(Campo, "AIDS and the Poetry of Healing", pp. 162 – 163)

坎普已经被现代医学推崇的高科技重重武装起来，变得客观理性又高效，但却如行尸走肉般地实践各种操作，解读各种数据。医学话语框架通过暴力的运作机制作用于坎普的感官，使其在身份述行过程中有所区分、有所选择地去感受和认知世界。具体来说，在同胞的生死苦难面前，他的情感早已被医学权力所操控并加以禁锢或者麻痹而变得冷淡麻木。在《技术和医学》（"Technology and Medicine"）一诗中，他写道，"转化已经完成。我的双眼/变成显微镜和阴极 X 射线管/的合体，因此我能看见细菌，/你的内衣裤，甚至看穿你的骨头。/我的双手变成皮下注射针头，触摸/变成血"①。坎普诗歌中的医生叙事者成了机器的衍生。他的医学凝视更是展示了强大的穿透性和入侵性：他能逾越身体的种种屏障，进入到人体内部，看到并接触到常人所不能见的内容。疾病叙事研究学者 G. 托马斯·考瑟（G. Thomas Couser）在其研究疾病叙事的专著《恢复

---

① Rafael Campo, "Technology and Medicine", *The Kenyon Review*, Vol. 15, No. 4, 1993, p. 102.

中的身体》（*Recovering Bodies*）中探讨了医学话语对人的操控。他概括了斯坦利·乔尔·濑泽（Stanley Joel Reiser）在《医学以及技术的统治》（*Medicine and the Reign of Technology*）[①] 一书中关于医疗技术的应用历史以及技术化对医学的影响的相关论述：

> 在十七世纪，病人的陈述是由医生询问而成的叙事，是诊断的主要基础。但是自那时候起一系列的诊断工具——如喉镜（laryngoscope）、检眼镜（ophthalmoscope）、显微镜（microscope）、荧光透视仪（fluoroscope）、内窥镜（endoscope）、X 光片、医学实验室和各种各样的电子扫描设备——带来了关于身体内部运作愈加细致和"客观"的证据。（这些变化）所带来的结果便是扩大医学凝视的（透视）范围和管辖范围，并且抹除皮肤对视力，进而对诊断的阻碍。
>
> （Couser，*Recovering Bodies*，p. 21）

技术的发展虽然不能完全取代医生的问诊，但它却从根本上改变了医患之间的沟通方式，进而改变了医患之间的关系。在技术的支撑下，医学凝视得到了空前的发展，医生视野的宽度和广度都得到了极大的拓展，他们因而见到更多以前见不到的内容，对人体的内部运作也有了更进一步的了解。在考瑟看来，医疗器械和诊断工具"常见的后缀 *scope* 是将视觉作为

---

① Stanley Joel Reiser, *Medicine and the Reign of Technology*, New York: Cambridge UP, 1978.

（医生）诊断的最主要感官的征兆显现"①。英语构词成分（combining form）"scope"指"用来看或者观察的仪器"②。重点强调"看"这个动作。考瑟还举了一个特别的例子："听诊器（stethoscope）指的是听的工具，但是（按照构词法）更像看的器具：它的词根意义为'我看见胸'。"③ 的确，医疗器械中很多都含有"scope"这个构词成分，这种现象彰显了医学凝视在医学话语框架中不可动摇且愈加重要的地位。

医学技术或许让医生跟病人在肉体上有了更亲近的关系，但是这种关系是机械化的，"是一种没有思想的亲密关系"④。医学凝视的进入仅仅是为了获取诊疗所需的数据："我需要知道你（血液中）的盐分/和化学成分。"⑤ 医生叙事者的在场跟机器的在场似乎没有太大的区别，前者仿佛就是后者的衍生。考瑟认为："自从临床医学诞生以来，医学诊断对于医患间面对面交流的依赖程度越来越低；就病人身体所提供的各种信息向各专科医生进行咨询，医生便能够做出诊断，而且他们也是这么做的。（这一切，）都在病人本身缺席的情况下发生。"⑥

---

① G. Thomas Couser, *Recovering Bodies: Illness, Disability, and Life Writing*, Madison, WI: U of Wisconsin P, 1997, p. 21. 此处"-scope"应为构词成分（combining form），并非词缀，属原作者笔误。详见 https://www.collinsdictionary.com/dictionary/english/scope_ 2. Accessed 27 Sept. 2017.

② https://www.collinsdictionary.com/dictionary/english/scope_ 2. Accessed 27 Sept. 2017.

③ G. Thomas Couser, *Recovering Bodies: Illness, Disability, and Life Writing*, Madison, WI: U of Wisconsin P, 1997, pp. 21–22.

④ Rafael Campo, "Technology and Medicine", *The Kenyon Review*, Vol. 15, No. 4, 1993, p. 102.

⑤ Ibid.

⑥ G. Thomas Couser, *Recovering Bodies: Illness, Disability, and Life Writing*, Madison, WI: U of Wisconsin P, 1997, p. 22.

医生通过医疗器械和各种检查看到了病人所见不到的内容，得到了病人难以理解的相关数据，但却忽略了病人关于疾病的切身体会。如谢尔泽在《作为神职人员的外科医生》（"The Surgeon as Priest"）一文中便从外科医生的角度深入探讨了医患之间这种异化的关系：

> 外科医生知道人脑的构造，但他并不懂得思想是如何形成的。人类对这个不解之谜产生了嫉妒之心。他会以电子手段去征服和控制它。他会制造电脑与人脑对抗或者战胜它。他会给（引诱）欧罗巴（Europa）的公牛套上犁，（以此来）驯服它。① 有人还将电极植入人脑中控制愤怒情绪的部位——他们称之为激怒中枢（the rage center）。他们一按下按钮，（大脑就像在斗牛场上）一头被激怒到一半的公牛，（突然）停住了，温顺地大步走到斗牛士身边，依偎着他。愤怒已经被转化成了甜蜜的顺从。另外一些人则将整束的脑细胞切除以此来安抚躁乱。这样一来手术就变得跟掠夺一样暴力了。这些人不能理解人脑，（因为）他们没勇气（去直面它）。
>
> (Selzer, "The Surgeon as Priest", p. 30)

在谢尔泽眼中，外科医生虽然对脑部构造熟知于心，但是却不能理解人类各种各样复杂的想法和情感。各种高超的手术手段和介入手段，凭借其自身的入侵性和暴力性，能在一定程

---

①　欧罗巴为希腊神话中一个美丽的公主，欧洲大陆以她的名字命名。关于欧罗巴的故事有不同的版本，其中一个是主神宙斯化身为一只公牛将欧罗巴带到克里特岛，并将其诱奸。

度上干扰大脑的运作,但谢尔泽深知大脑不会轻易被驯服或者受到控制。从某个角度来说,这些高科技是人类为了掩盖自己的无知和焦虑而做的努力。而随着医学的发展,大脑的神秘力量愈加呈现出来,更显医学的局限。在效率和理性的驱动下,外科医生专注于人脑的结构,而忽略了更为深邃复杂的内心世界。谢尔泽认为这些外科医生虽然能看到大脑内部,能在大脑里面进行各种各样的操作,但在他们只是认知了大脑的冰山一角,而忽略了更为重要的、更复杂的,同时也更加妙趣横生的内容。或许这是因为他们缺乏直面人的内心世界的勇气。外科医生能进入到人体最隐秘的部位中去,但却对人的内心世界一无所知,或者刻意回避。在坎普看来,医患关系在医疗器械支撑下产生的这种亲密关系显得尤其不可理解。他接着写道:"我的嘴巴,打个比方,/又小又尖锐,就像一个干瘪瘪的电脑芯片/从来不会去亲吻或者尝味或者说/一个简单事实,如'你很美',或者更糟糕的,/'你哭起来跟我一样,你还活着'。"①工具化和机械化的医生形象通过坎普的诗句跃然纸上。这个高度客观理性的医生能高效地处理各种病征,明确地划分医生和病人的身份界限,但是没办法跟人实现情感的沟通。坎普诗歌中这种隔离揭示的是医学话语对疾病,尤其是艾滋病的不公正的文化建构。

二 艾滋病与同性恋仇视情绪的捆绑

作家和评论家苏珊·桑塔格(Susan Sontag)在其《疾病

---

① Rafael Campo, "Technology and Medicine", *The Kenyon Review*, Vol. 15, No. 4, 1993, p. 102.

的隐喻、艾滋病和其隐喻》（*Illness as Metaphor and AIDS and Its Metaphors*）① 一书中强调，社会在不同时期对某些疾病（先是肺结核，之后是癌症，再接着是艾滋病）的隐喻式理解人为地把太多的意义（往往是负面的意义）强加到这些疾病上。这些疾病已经远远超越了身体事件的范畴，上升到道德乃至政治文化范畴。围绕艾滋病所产生的集体想象更是赋予了艾滋病以及得病群体沉重的道德、政治和文化负担，成为边缘化人群进一步被拒绝、被妖魔化的催化剂。朱莉娅·爱泼斯坦（Julia Epstein）在讨论疾病，尤其是艾滋病的文化建构时指出，"所谓的'高危人群'感染到艾滋病病毒被解读为是一种通过自主选择而得的感染。这种自主选择是（他们）之前选择寓居在异常场域的结果。因艾滋病病毒而生病意味着一直以来都没有正常过"②。也就是说，在大众想象中，艾滋病病毒的传播归根于个体非主流的、背负社会污名的生活方式，例如吸毒、同性恋、滥交等。从某个个体感染到艾滋病病毒这个结果中，人们往往首先想到的是这些个体有异于主流的生活方式。这些从一开始便被贴上标签的个体除了忍受这个疾病所带来的致命性后果外，还必须面对主流社会或明显或隐晦的道德批判，承受着咎由自取的指责。这种关于艾滋病的带有偏见和污名化的文化建构的背后隐藏的思路便是：如果当初他们不是自主选择这样的生活方式，而是积极融入主流社会，成为当权话语所认可的社会成员，那

① Susan Sontag, *Illness as Metaphor and AIDS and Its Metaphors*, 1978, 1988, New York: Picador, 2001.

② Julia Epstein, *Altered Conditions: Disease, Medicine, and Storytelling*, New York: Routledge, 1995, p. 19.

么他们便不会感染上艾滋病病毒。而这种关于艾滋病的文化建构主要基于我/非我的二元对立，旨在撇清我与非我的关系。泊拉·崔楚勒（Paula A. Treichler）在《艾滋病、同性恋仇视情绪和生物医学话语》（"AIDS，Homophobia，and Biomedical Discourse"）一文中强调了关于艾滋病的文化建构的意义以及这种种建构对我们理解艾滋病在全球范围内传播的影响。她提到，"艾滋病具有摧毁全球的真实潜力，它既是一场致死性传染性疾病的瘟疫，也是一场意义（meanings）和含义（signification）的瘟疫"①。崔楚勒随后在文中列举了艾滋病爆发早期关于其产生和传播的 38 条偏见，例如："5. 这是男同性恋者的瘟疫，可能从旧金山市散播出去"；"10. 帝国主义摧毁第三世界国家的阴谋"；"11. 清除同性恋者的法西斯式的阴谋"②；等等。这些具有强烈排他性的文化建构有效地传达了人们对个体差异的恐惧，以及自我保护的欲望。

关于艾滋病在美国国内的传播的叙事更是充满着种种偏见，尤其是对男同性恋群体的嫌恶和讨伐。男同性恋群体的存在本身便是对主流异性恋霸权社会的挑战，它也同时负载着被社会贱斥的种种因素。莫尼卡·B. 佩尔（Monica B. Pearl）在其专著《艾滋病文学和男同性恋身份》（*AIDS Literature and Gay Identity*）中回顾了该病毒在美国最初被发现时的情况："该病毒于 1981 年初在纽约和旧金山两地首次被发现。（得病者均为）年轻男子，其中大部分为男同性恋，

---

① Paula A. Treichler, "AIDS, Homophobia, and Biomedical Discourse: An Epidemic of Signification", Vol. 43, Oct. 1987, p. 32.
② Ibid.

这些人随后开始出现相似的，但（医学又）无法解释的症状，然后很快便死去。"① 因为该病最早被发现存在于男同性恋群体中，人们称之为"男同相关免疫缺损症"（Gay-Related Immune Deficiency，简称 GRID），直到1982年美国疾控中心才将之正式命名为"获得性免疫缺乏综合症（Acquired Immune Deficiency Syndrome）"，简称艾滋病（AIDS）。② 艾滋病最早被发现存在于男同性恋群体中这一事实以及其早期医学命名更无形间加大了该群体的边缘化程度，同时也扩大了社会中的同性恋仇视情绪（homophobia）。③ 疾病叙事研究学者 G. 托马斯·考瑟（G. Thomas Couser）认为，虽然艾滋病能通过多种途径在人群中传播，但它在美国大众的想象中从一开始就和男同性恋者捆绑在了一起，而且这种捆绑也已经成了人们想象和理解艾滋病的一个先在背景。④ 考瑟接下来指出，被文化建构妖魔化和边缘化的人群遭遇的是著名社会学家尔文·戈夫曼（Erving Goffman）所说的"受损身份"（spoiled identity）：

> 在现已为经典的《污名——受损身份管理札记》一书中，社会学家尔文·戈夫曼为他所认为的三种污名做了如下定义。第一种是身体上让人痛恨的缺陷；很明显，艾滋

---

① Monica B. Pearl, *AIDS Literature and Gay Identity*: *The Literature of Loss*, New York: Routledge, 2013, p. 2.

② Ibid.

③ homophobia 指对同性恋者及其行为的恐惧和憎恨，也有人将其翻译为"恐同症"。

④ G. Thomas Couser, *Recovering Bodies*: *Illness*, *Disability*, *and Life Writing*, Madison, WI: U of Wisconsin P, 1997, pp. 84 – 85.

病就是这一类。① 第二种是个体性格的缺陷；传统观念认
为艾滋病受害者以及其他性传播疾病的受害者缺乏控制能
力、放荡和滥交。戈夫曼指认第三种为关于种族、国家和
宗教的部族污名。这个（污名）也是性病的相关考量中反
复出现的主题，像某个特定的团体尤其容易感染性病这样
的看法。性传播疾病之所以被赋予特别沉重的污名或许是
因为它们（性传播疾病）跟这三种（污名）种类都沾上
边……艾滋病的受害者因此在遭受一个恐怖而致命的疾病
所带来的生物上的后果的同时，还要遭受强烈的社会污名
（的迫害）。

（Brandt，"AIDS：From Social History to Social Policy"，p. 156，
转引自 Couser，*Recovering Bodies*，p. 85）

艾滋病的种种污名使病毒携带者和患者的身份受到不可
修复的损伤，并因此在某种程度上失去了生存在社会上的合
法性。具体来说，艾滋病污名的蒙受者在社会中受到指认并
遭到特殊对待，如被隔离或者被边缘化等。医生作家亚伯拉
罕·佛吉斯（Abraham Verghese）在他的成名作《我的国家》
（*My Own Country*）中以一个外国医生的视角回忆了自己 20 世
纪 80 年代在美国田纳西州一个名为强生市（Johnson City）的
保守农业小城为艾滋病患者，尤其是男同性恋患者治病的复
杂经历。他的书写引起了美国社会对这个生存在美国农业小
镇中的隐秘群体的重视。他在文中提到一个根深蒂固的刻板
印象，"男人患艾滋病往往意味着是男同性恋者，除非他能

———————————

① 艾滋病的恐怖之处不仅仅在于最终的死亡后果，还在于患者会因各种感染
而变得面目全非。

证明不是"①。自艾滋病被发现之日起，男同性恋者便与之产
生了隔断不了的关系，而男同性恋者也往往因此被认为是这
个流行病的始作俑者。就连医生也逃脱不了这种同性恋仇视
情绪的影响。佛吉斯便曾经细致地再现了他最初在波士顿接
触艾滋病患者时的种种心理负担：

> 在波士顿，当我开始诊治男同性恋患者时，我想得最
> 多的是他们的性趣，他们的男同倾向，而我的这些想法也
> 影响了我跟他们打交道的方式。我小心翼翼地去接近他
> 们，就想着要做到政治正确。我想我当时应该是怕可能我
> 一不小心会说错话而冒犯他们，或者透露社会上那根深蒂
> 固的同性恋仇视情绪、我的稚嫩和我的外国人身份……我
> 第一次跟男同性恋患者见面时，（发现）他们很多人都带
> 着敌对情绪，他们似乎期待你表现出反感或者不接受他
> 们，仿佛他们的目光能穿透你的白大褂和你的彬彬有礼，
> 将你的偏见昭示天下。
>
> 现在回想起来，当我进入诊室看男同性恋病人时，我
> 似乎带着一个护盾护着自己，（我）在这护盾后面谨慎地
> 做着事情。是不是我下意识里怕受到（他们的）诱惑？还

---

① Abraham Verghese, *My Own Country: A Doctor's Story of a Town and Its People in the Age of AIDS*, New York: Simon & Schuster, 1994, p. 203.《我的国家》为佛吉斯赢得美国国家书评家协会奖的提名（National Book Critics Circle Award Finalist），其销量更是常居亚马逊等知名网站中艾滋病相关书籍的前列，并于 1998 年被拍成电影。关于该回忆录的解读，详见孙杰娜《佛吉斯回忆录〈我的国家〉里的艾滋病叙事》，《外国文学动态研究》2015 年第 4 期，第 11—16 页。Jiena Sun, "Home in the Making: The Foreign Doctor and the Model Minority Myth in Abraham Verghese's *My Own Country*", *Interdisciplinary Literary Studies*, Vol. 17, No. 3, 2015, pp. 426–439.

是我怕如果我给出错误的信号而招来失身之祸？

(Verghese, *My Own Country*, pp. 50 – 51)

佛吉斯在艾滋病爆发初期接触男同性恋患者时的担忧并不罕见。坎普在诗歌中也曾描述了医生对艾滋病患者的种种歧视。他在一首题为《H. K.》的诗中描写了一个下班路上遭到袭击的 29 岁非裔男护士到医院就诊的遭遇：面对出血不止的他，"外科医生们不愿意实施手术/除非他们能得到更多相关信息。CT/显示腹腔出血。/让人恐惧的是他并不是男同性恋者"①。坎普的诗歌将艾滋病所造成的恐惧无限放大到草木皆兵的地步。而这种对艾滋病与男同性恋者之间的捆绑，正表达了社会集体想象中对死亡的恐惧和回避，同时也揭示了人们自我保护的欲望。通过将这个恐怖的疾病与边缘化人群联系起来，似乎就能撇清自己与艾滋病的关系。②

虽然患者的寿命和生命质量相对以前有所提高，但直至目前为止，医学界还没有根治艾滋病的有效疗法。个体一旦被诊断为艾滋病病毒的携带者便似乎被判了死刑，并开始了一个令人生畏的、逐步走向死亡的征程。史蒂芬·克鲁格尔（Steven Kruger）在其专著《艾滋病叙事》（*AIDS Narratives*）中提到，感染到艾滋病病毒预示着一个"个体消逝"的痛苦过程。③ 艾

---

① Rafael Campo, "H. K.", *What the Body Told*, Durham, NC: Duke UP, 1996, p. 63.

② 关于艾滋病的起源和传播的社会想象和文化建构，详见孙杰娜《佛吉斯回忆录〈我的国家〉里的艾滋病叙事》，《外国文学动态研究》2015 年第 4 期，第 13—14 页。

③ Steven F. Kruger, *AIDS Narratives: Gender and Sexuality, Fiction and Science*, New York: Garland Publishing, Inc., 1996, p. 77.

滋病的恐怖之处不仅仅在于其致命性，还在于患者在死亡过程中遭受的种种痛苦和折磨。伴随着该病而来的失忆、失明、肺炎、肿瘤以及身体其他各种变化使人变得面目全非。而该病引发的种种负面社会想象更为患者贴上罪犯的标签。这个标签不会随着肉体的消逝而消逝，相反，它将一直保留下去，影响着患者那些活着的亲人朋友们。考瑟强调，鉴于艾滋病带来的种种危害以及出于自我保护的本能，人们往往把别人得病的原因归咎于一个个与自己无关的因素，例如非正常的性取向、滥交或者吸毒等。[1] 通过把疾病与一个存在于集体想象中的恐怖的他者——男同性恋者/吸毒者等——联系起来，人们希望借此来与疾病划清界限，让自己远离危险。因为惧怕自己的同性恋倾向会给自己带来这可怕的病毒，坎普曾一度"利用医学院的严格和苛刻的训练来抵消（他）那自认为狂野、不可接受的冲动"[2]。他幻想着，医学院的训练"能让我变成异性恋，变成一个正派的公民，变得更加像美国人，这样才不那么容易被感染到艾滋病"[3]。为自己的性取向焦虑不安的坎普渴望被强大的医学话语收编和重新塑形，成为后者指认的上帝般、英雄般的医生形象，成为文化界域中可被理知的、有生命意义的个体。医学话语的强力规训在某种程度上成了坎普的保护伞。坎普希望，医学权力能有效地管控他对病人、对同性恋者、对死亡以及对自己多重身份的情感回应，使自己不至于被这场世纪瘟疫

① G. Thomas Couser, *Recovering Bodies: Illness, Disability, and Life Writing*, Madison, WI: U of Wisconsin P, 1997, p. 86.

② Rafael Campo, "AIDS and the Poetry of Healing", *The Poetry of Healing: A Doctor's Education in Empathy, Identity, and Desire*, New York: W. W. Norton & Company, 1997, p. 163.

③ Ibid.

所带来的种种冲击所吞没。

但是，面对着一个个被艾滋病折磨得不成人样的垂死病人，回想着已经死去的无数病人，坎普看到了被贱斥的群体的生存境况，也看到了医学在很多疾病面前的苍白无力和自己的自欺欺人，更看到了医生在生死苦难面前强装出来的冷漠和麻木。坎普在《暑假阅读》（"Summer Vacation Reading"）一诗中回忆了抢救临终艾滋病病人的紧急场景。他写道，"医生把爱当成灾难，／法国小说让位给了法国（医学）研究，／忧伤的包法利夫人让位给了艾滋病病毒"①。紧张的抢救带来了某种程度上的英雄主义精神，有效地掩盖了医疗际遇中对艾滋病的恐怖情绪，也为医生与病人情感之间的隔离找到了一个强有力的借口。虽然坎普诗歌中的医生叙事者在病人死后发现：抢救根本就是"瞎折腾"（bumbling），只能打破死神来临前的宁静。② 但死不瞑目的死者那"安静的凝视"还是伤害到了敏感的医生叙事者，因为"她拒绝了我们最好的治疗"③。在医生叙事者看来，患者的死亡意味着自己的无能，甚至失误，也意味着医学有限性。但是更重要的是，患者的死亡同时也颠覆了医生和医学的自我尊大，迫使他们走出医学话语所建构的幻影，以更真实的自我去面对自己关于艾滋病的切身经历。

最终，随着病人一个一个面目全非地、痛苦地死去，坎普逐步认清了他和他的病人之间那种被医学话语所贱斥和嫌

---

① Rafael Campo， "Summer Vacation Reading"，*The Enemy*，Durham，NC：Duke UP，2007，p. 35.

② Ibid.

③ Ibid.

恶的天然联系，他不得不坦然面对他应该面对的一切，哪怕
这个过程会给他带来巨大的冲击和痛苦。如坎普在《医生》
（"The Doctor"）一诗中所说的，"没有东西能满足我的需要，
在我的/苦药中没有解药/能安抚我那焦虑的、颤抖的心
灵"①。尽管医学手段能干预病程，但是疾病给人留下的创伤
并不是医学能医治的。更甚的是，坎普的多重身份所隐含的
不光彩的烙印在艾滋病这场世纪瘟疫面前不断被揭开、被提
醒，并被无限制地放大，直到坎普不得不去正视它。虽然作
为一个个体，他没有受到直接的话语暴力攻击或者受到疾病
的侵袭，但是，他看到其他跟他处于相似境遇的边缘人群的
时候，他看到了一个被种种话语暴力攻击的群体。他意识到
了生命所共有的脆弱特质。本想用白人褂和医学术语隔离自
己与苦难的联系，但坎普却意外地发现：他迫切"渴望参与
到（病人的）痛苦的叙事中"②，因为他在病人身上看到了自
己的边缘处境。

　　被性取向、族裔和职业各种规范死死困住的坎普发现无
论按照哪种标准都找不到归属地。在《翻译》（"Transla-
tion"）这首诗中，坎普列举了一系列称呼或者描述同性恋者
的词汇，如"queer"、"homo"、"fag"、"faggot"等，他承认
这些名词的创造性，但他同时也指出"这些词都不能描述真
实的我们"③。这些词只能把他以及被边缘化的人们粗暴地简

　　①　Rafael Campo，"The Doctor"，*The Kenyon Review*，Vol. 15，No. 4，1993，
p. 103.
　　②　Rafael Campo，"Addressed to Her"，*Virginia Quarterly Review*，1 Apr. 2004，
p. 121.
　　③　Rafael Campo，"Translation"，*The Kenyon Review*，Vol. 14，No. 4，1992，
p. 4.

单化和污名化。虽然这些人的人生并不一定是多彩的，但肯定是多样的。而坎普在艾滋病方面的医学专长，让他看到了无数跟他一样被边缘化、被污名化的人，尤其是患病的男同性恋者。跟他一样，这些被主流话语贱斥的人，沉默如死。或许性取向可以伪装，但逐步走向衰亡的生病的身体却是无论如何也掩盖不了的。艾滋病病毒所带来的外露的个体消逝迫使男同性恋者出柜。从这个意义上讲，艾滋病促使了男同性恋者这个原本隐秘或者被忽略的边缘群体逐步曝光。[①] 坎普也因而发现了动摇原有医学话语框架、重新表达自己身份的契机。

三 对艾滋病的重新赋义

在艾滋病这场世纪瘟疫面前，坎普知道很多时候医学显得苍白无力，基于对生命的敬畏以及对生命所共享的脆弱特质的深刻认知，他把希望寄托于人与人之间的本真的爱。他希望这种爱能打破笼罩着艾滋病和边缘人群的沉默，能带来新的理解疾病和死亡的新视角。而他的书写便是寻找能够表达爱的声音。如坎普所说，"在这样一个痴迷技术模式的职业中做一个诗人，（这个经历）以一种很特别的方式让我懂得了发声的力量有多么强大"[②]。坎普接着解释他所说的发声："我能理解生理学上的说话机能。在解剖课上我解剖过

---

① G. Thomas Couser, *Recovering Bodies: Illness, Disability, and Life Writing*, Madison, WI: U of Wisconsin P, 1997, p. 87.

② Zoe Ingalls, "A Professor of Medicine Discovers the Healing Power of Poetry", *The Chronicle of Higher Education*, 28 Feb. 1997, Social Science Premium Collection, p. B8.

喉部。但是讲话的能力却是个奥秘。得承认这个能力能为疗伤制造机会，而不仅仅是解剖学或者病理生理学上的理解。确实，这是一种聆听别人和表达自己内心想法的能力。这种能力恰好能为疗伤带来机会。"[1] 坎普认为，在艾滋病这场世纪瘟疫面前，所有人都应该用自己的声音讲述属于自己的故事，同时也应该平等地享有被聆听的机会。唯有打破如死的沉默才能更坦然地面对已经逝去的生命，或者正在消失的生命。而书写，尤其是诗歌的创作便是坎普打破沉默的途径之一。如他所写："当被适当地、诚实地实践着的时候，诗歌和医学一样都是为了在一个已经失去控制的环境中重新找回那种熟悉的、井然有序的感觉。起码对我来说……他们都是为了在痛苦的经历中创造一个我自己设计的形象所做的相同的努力。"[2] 艾滋病以及其他疾病使无数人的人生理想变得支离破碎，更在社会上造成一定程度的恐慌，并为少数群体带来灾难性的社会污点和边缘化。坎普深谙医学的有限性，他渴望书写能为困境中的现代医学以及被种种话语暴力压迫的边缘人群带来一丝希望。

　　但坎普渴望创造出来的形象并不是一个英雄般的、无所不能的、仅生存于宏大的医学话语中的医生。正如坎普在回忆录《康复之诗》（*The Poetry of Healing*）中说的："我最希望能对这个已经具有毁灭性力量的疯狂的病毒能有些许控制。这是一

---

① Zoe Ingalls, "A Professor of Medicine Discovers the Healing Power of Poetry", *The Chronicle of Higher Education*, 28 Feb. 1997, Social Science Premium Collection, p. B8.

② Rafael Campo, "A Case of Mistaken Identities", *The Poetry of Healing*: *A Doctor's Education in Empathy*, *Identity*, *and Desire*, New York: W. W. Norton & Company, 1997, p. 111.

种能对即将到来的死亡泰然处之的控制。"① 面对艾滋病的肆虐，医学话语将医生武装起来，把疾病当成战斗的敌人，或许最后受伤的还是医患双方。患者得到的是冷冰冰的治疗，医生进行的是非人性化的医疗实践。出于对死亡的拒绝和恐惧，医生继续隐藏于职业外装中，继续抑制自己在生死苦难面前的感触；同时，无数死者最终成了统计数据，他们那殒灭的生命更是得不到承认，更不用说哀悼了。这种恶性循环最终只能加剧艾滋病对全球的重创。坎普的书写打破了边缘化群体的失语和失声状态，在艾滋病以及其他话语暴力的语境下再现生命共有的脆弱特质，以期寻求一种更人性化的方式去理解和哀悼艾滋病所带来的种种损失。

对坎普来说，要重新想象和理解艾滋病，首先是去除对死亡和艾滋病的恐惧情绪。恐惧直接导致种种不公的产生，例如把疾病归因于少数群体身上，将这些个体指认为令人嫌恶的"他者"，进而将这些"他者"隔离开来，并进一步边缘化等等。为了重建被强行切断的人与人之间的纽带，坎普致力于建构一种具有超验性质的、情人般的医患关系。这种联系超越了种族、阶级、性别和职业等社会机制所规定的范式。以情人关系为隐喻，坎普希望能打破各种壁垒森严的疆界，使医患之间能如情人般平等、无障碍地实现情感互动。② 在其诗歌《旧金山第 1 万个艾滋病死者》（"The 10000th AIDS Death in San Fran-

---

① Rafael Campo, "AIDS and the Poetry of Healing", *The Poetry of Healing: A Doctor's Education in Empathy, Identity, and Desire*, New York: W. W. Norton & Company, 1997, p. 166.

② 关于坎普设想的具有一定超验性质的情人般的医患关系，详见孙杰娜《论当代美国文学与医学的跨界融合》，《医学与哲学》2015 年第 36 卷第 9A 期，第 33 页。

cisco") 中，坎普幻想了他与一个艾滋病死者的邂逅，他描写道："当/他（死者）看着我的时候，我希望他来亲吻/我的脸颊。我希望他来和我住在一起……渴望他/活着，我直立在床边，① /渴望他。"② 坎普的另一首诗歌《艾滋病的礼物》（"The Gift of AIDS"）③ 同样再现了他与一个艾滋病死者的相会场景。诗中，被病毒摧残得不成人样的艾滋病患者死后还魂，找到诗中的叙事者，和其一起"坠入爱河"，并为其献上用"（他）那跳动的心脏"做成的礼物。④ 而在其《远方的月亮》（"The Distant Moon"）一诗中，病人叙事者把正在抽血的医生称为"他现在的女朋友，/他的亲兄弟。'吸血的荡妇'"⑤。医生与病人因为共同的信念，如对爱的渴望等，而紧密联系在一起，难分彼此。

在诗学空间中，坎普在病人身上看到了自己的欲望也坦承了种种人性弱点。从某个角度讲，坎普的书写是对已经逝去和正在逝去的病人的承认和哀悼。如巴特勒在讨论身体的社会脆弱性时提到的，"我认为当一个人接受下列事实时，他才是在哀悼：一个人丧失的是那种改变你，并且可能是永远将改变你的东西；哀悼意味着接受一种你事先无法知道其全部结果的改变。也就是说，丧失会发生，丧失也会引起改变，而这种改变

---

① 英语原文为 "I stood erect beside the bed"，在坎普所描绘的这个特定场景中，也可另作他译。

② Rafael Campo, "The 10, 000th AIDS Death in San Francisco", *What the Body Told*, Durham, NC: Duke UP, 1996, p. 57.

③ Rafael Campo, "The Gift of AIDS", *Lancet*, Vol. 349, 15 Feb. 1997, p. 511.

④ Ibid.

⑤ Rafael Campo, "The Distant Moon", *The Other Man Was Me: A Voyage to the New World*, Houston, TX: Arte Publico Press, 1994, pp. 112 – 115.

你无法预先盘算计划"①。正是在自由的文本空间中的跨界互动，坎普在病人身上看到了自己，同时也在逐步建构起其男同性恋者身份。病人消逝的身体使坎普看到了自己肉体性（corporeality）以及肉体的脆弱性。艾滋病使病人失去了爱的能力，而关于艾滋病的传统文化建构更是为病人的爱打上了不光彩的烙印。同为性少数者的坎普对这个边缘化和污名化过程感同身受。一个个病人的陆续死去迫使他不得不打破笼罩着艾滋病的沉默。坎普通过诗歌的书写逐渐出柜，同时也敞开心扉，坦诚面对自己的欲望、种种脆弱性以及医学在艾滋病面前的有限性。通过把自己的欲望写进诗歌里，坎普希望重构医患之间的联系，并重新表述艾滋病的文化意义。

坎普写道，"很多医生肯定会爱上他们的病人，但是，极少一部分人敢承认这种感情"②。而坎普自己便是这极少数人之一。而他的坦诚是因一个个鲜活的生命的丧失而引起的改变，是哀悼的途径之一。在艾滋病面前，"我们还能做些什么呢？我们两个人，其实就是一个死得比另一个慢一点而已，后一个比第一个更接近死神。所以我们（能做的事情便是）用我们所能的方式去爱着对方"③。坎普自己也曾担忧过"这种坦诚的将来"④。出于职业伦理道德的要求，医生对病人的情色欲望必须被禁止。坎普对医疗场景的情色化描写以及他的大胆示爱确

---

① ［美］朱迪斯·巴特勒：《消解性别》，郭劼译，上海三联书店 2009 年版，第 18 页。

② Rafael Campo, "The Desire to Heal", *The Poetry of Healing*: *A Doctor's Education in Empathy*, *Identity*, *and Desire*, New York: W. W. Norton & Company, 1997, p. 25.

③ Ibid., pp. 25 – 26.

④ Ibid., p. 26.

实会引来争议。但是坎普诗歌中的情色描写仅是"一个与他人沟通的隐喻"①。他以情人这个隐喻来重新想象医患关系的做法具有浓重的超验意义。在他的叙事中,虽然叙事者爱恋的对象大部分是男同性恋者,但也不乏其他人。他在回忆录中曾叙述了他与一位异性恋白人女病人——玛丽之间那种超越各种世俗束缚的纯真的情感联系。按照他的设想,这种关系中的主体"不同床却具有很强的情色意义和快感,如生与死交会般平凡又让人始料不及,跟重述故事或者书写一样不朽"②。他对病人的爱恋之情,"与其说跟性别有关系,更不如说是超验意义上的'情感互动'"③。借助这种亲密关系,医生才能最大限度地体验病人的疾病经历,体验他们对爱与被爱的渴望,对接纳与融入的诉求,和求生的动力。坎普以细腻的笔触回忆着他与玛丽之间的超验爱恋,在一起的时候他们诉说着各自的日常生活,而

> 我离开她的那几个漫长的钟头里,我担心我再也见不到她了。我哭的时候,她会喊我停住。我们之间最轻微的接触(intercourse)都能让我感觉到心跳加速,如我那笨拙的耳镜在她的耳朵里低语,我那柔美轻巧的听诊器听到了她发自内心的求生欲望,我那僵硬的笔形手电筒挑起她的瞳孔收缩,美得无法解释,我不知道她是不是跟我一样

---

① S. W. Henderson, "Identity and Compassion in Rafael Campo's 'The Distant Moon'", *Literature and Medicine*, Vol. 19, No. 2, 2000, p. 274.

② Rafael Campo, "The Desire to Heal", *The Poetry of Healing: A Doctor's Education in Empathy, Identity, and Desire*, New York: W. W. Norton & Company, 1997, p. 26.

③ Ibid.

有这样的感觉。

（Campo，"The Desire to Heal"，*The Poetry of Healing*，p. 25）

在这里，医疗器械和医生实现了另一种更有人情味的融合。医生不再是器具的衍生，反之，器械成了医生与病人间传递情感的纽带。坎普对医疗际遇的浪漫化有效地抵制了医学话语对病人以及疾病的过度医学化。通过这种情感的建立，坎普对病人以及疾病，尤其是艾滋病进行了重新想象和重新表达。值得一提的是，坎普钟爱旧体诗。他曾经说过："所谓的旧体诗对我来说最有吸引力，因为它能展现平静的身体中基本的、有规律的运动：休息中的大脑脑波的律动……呼吸或者抽泣时的（肺部的）消长……"①旧体诗的韵律和格律使他想起正常身体的美好。而他尤其钟爱十四行诗。他的诗歌很多时候都是同性的追求者与被追求者的文字游戏或调情。②坎普看到的不是疾病，不是艾滋病，更不是受到艾滋病病毒等折磨的病人，而是跟他一样渴望爱、渴望被接受的普通人。如他自己在回忆和病人玛丽的关系的时候所说的，"玛丽和我经过这段充满爱意的友谊之后，我们都变得更健康了，我想，更接近康复了。她离开医院的时候向我挥手告别，仍然还是光头，依旧还是那么美，但更有生命的活力，这是一种我们共享的生命"③。通过

---

①　Rafael Campo，"AIDS and the Poetry of Healing"，*The Poetry of Healing: A Doctor's Education in Empathy, Identity, and Desire*，New York: W. W. Norton & Company，1997，p. 166.

②　S. W. Henderson，"Identity and Compassion in Rafael Campo's 'The Distant Moon'"，*Literature and Medicine*，Vol. 19，No. 2，2000，pp. 262 – 279.

③　Rafael Campo，"The Desire to Heal"，*The Poetry of Healing: A Doctor's Education in Empathy, Identity, and Desire*，New York: W. W. Norton & Company，1997，p. 26.

抵制过度医疗化，坎普把自己的欲望和人性融入到了医患关系之中，同时通过超验关系的建立也把生命的气息带给了患者，去除了隔离人与人的种种标签。

而正是在理解并建构这种新型关系的过程中，坎普引领我们看到艾滋病时期的另一种可能，那便是哀悼如何成为一种资源。哀悼意味着失去的可能以及被改变的可能，是对人际纽带以及自身脆弱特质的承认。如巴特勒在讨论身体的社会脆弱性以及多种意义上的人际纽带的重要性时指出的，

> 我们也可能只是在经历某种暂时的东西，但或许就是在这样的经历中，某种关于我们是谁的东西被揭示了。这种东西描述了我们和他人之间的纽带，告诉我们这些纽带构成了一定意义上的自我，决定了我们是谁，而当我们失去它们的时候，我们也在某种根本意义上失去了我们的宁静：我们会不知道我们是谁、要做什么。
>
> （巴特勒：《消解性别》，第18页）

患者生命的逝去或者衰败让坎普意识到了这种生命共享的脆弱特质，以及某些少数群体受到暴力作用而导致的脆弱处境。疾病，尤其是艾滋病的侵袭，以及随之而来的悲伤和哀悼，揭示了个体是如何陷入到与他人的错综复杂的关系之中。传统医学话语所标榜的客观理性蒙蔽了这种关系，而导致了医疗际遇中人文关怀的缺失，导致了少数族群的再度边缘化和污名化。而坎普的书写正是希望通过对疾病，尤其是艾滋病的重新想象来探寻面对生命的另一种可能。坎普深刻地认识到，"可能诗歌就是一种完美化，或者是一个关于

（身体）机能的梦——一个想象中的健康状态"①。但是，在坎普看来，诗歌"并没有拒绝疾病；相反，它重新解读了疾病，把它看成疗伤的起点"②。疾病或许是重新认识身体的一个契机，是在医学无法找到出路的境况中提供的另一种可能性。

在《疾病》（"Illness"）一诗中，坎普利用自然意象，如洞穴、钟乳石和沙滩等对疾病进行了重新想象，以此反拨医学话语对疾病的过度医学化（medication）。③ 他写道，

> 假设病床不再是病床
> 而疾病成了一个洞穴，一袋袋的血
> 成了钟乳石，医生成了没有眼睛的鱼
> 假设疾病是一个洞穴
> 身体必须从洞里出来，但却出不来
> 因为肉体经常太健忘了，
> 因为某种贪念把它带到这里。

（Campo，"Illness"，p. 102）

在坎普的诗中，医院不复存在，没有病床，更没有穿透性的医学凝视，因为医生都成了"没有眼睛的鱼"。坎普以洞穴的意象来重新想象疾病，既显示了疾病的深不可测和难以理

---

① Rafael Campo，"AIDS and the Poetry of Healing"，*The Poetry of Healing：A Doctor's Education in Empathy，Identity，and Desire*，New York：W. W. Norton & Company，1997，pp. 166 – 167.

② Ibid.，p. 167.

③ Rafael Campo，"Illness"，*The Kenyon Review*，Vol. 15，No. 4，1993，pp. 102 – 103.

解，更显示了疾病与身体的关系。身体不再被困于病床之上，而是因为某些原因被困在疾病这个洞穴中。疾病不再是入侵人体的各种外来物。疾病揭示的是具有普遍意义的人的肉体性以及随之而来的种种人性弱点，如贪念和欲望。医生不再高高在上，以卫道士的视角去评判患者；相反，他们在患者身上看到人之共有的肉体性，看到自己的影子，更重要的是，坦然承认这种与生俱来的联系。坎普坚信，唯有这样，才能在这场世纪瘟疫中以新的视角去怀念死去的人们，并坦然面对即将逝去的生命。

坎普在《疾病》（"Illness"）一诗中迫切希望通过对疾病的去医学化来重新认识艾滋病，并以一种更富有人情味的方式去面对死亡。坎普写道："上帝在等待，泛着白色/和荣耀之光。"① 死亡不再是医生或者患者竭力回避的恶魔，而是上帝的召唤；死亡也没有了令人窒息的污名化，而是带着"荣耀"和平静。坎普继续幻想着疾病这个洞穴外的风光：

> 沙滩
> 一望无垠，没有名字，除了
> 浪漫，或者性爱，在那里涌动着，白白的
> 如玛丽莲·梦露，麦当娜，和上帝。
>
> （Campo，"Illness"，p. 103）

死亡，或许是身体逃出洞穴困囿的出路之一。当身体从洞

---

① Rafael Campo, "Illness", *The Kenyon Review*, Vol. 15, No. 4, 1993, p. 103.

穴出来后，或许能见到另一番景象，爱从此不再被当成灾难。可悲的是，随着医学话语的入侵，"病床/到处都是，洞穴变得更深邃"①。在恐惧的驱动下，焦虑万分的医生竭力抢救已经病入膏肓的临终病人，而彼此对死亡、对生命的情感回应，却得不到有效沟通。坎普对艾滋病、疾病以及死亡的重新想象挑战了传统生物医学的狭隘理念。他在文学空间中坦承自己的种种欲望，既有爱与被爱的欲望，又有康复的欲望，更有消除人为隔阂的欲望。医学话语的框架以及其他种种褫夺人性的框架的存在曾经限制着坎普的感知范围，使他无法看清更无从理解他所经历的事实真相。坎普的书写正是表达对这些框架的质疑和批判，同时也揭示了寻求新表达方式的可能。

坎普的书写在很大程度上是对他多年行医经历的征引和再现。通过将日常行医过程中的点点滴滴在文学空间中重新建构起来，坎普从一个全新的角度反思自己的少数族裔身份、饱受歧视的同性之爱，以及自己作为艾滋病专科医生的职业身份，勇敢地讲述属于自己的故事，以此来揭示客观理性遮蔽下的欲望，并彰显生命所共享的脆弱特质。富有自觉意识的坎普为本身的多重身份倍感焦虑，面对在艾滋病这场世纪瘟疫中背负着污名并陆续死去的人们，他从这些被贱斥在各种话语框架边缘的人们身上看到了自己的境况。坎普的回忆录和诗歌记录了他在多重身份碰撞下寻求平衡点的心路历程。也正是在对自己切身的文学再现过程中，坎普打破了笼罩着艾滋病这个世纪瘟疫的沉默，冲击了传统医学建制和

① Rafael Campo, "Illness", *The Kenyon Review*, Vol. 15, No. 4, 1993, p. 103.

社会大众对艾滋病的充满偏见和不公的文化建构。坎普看到了艾滋病这个致死性病毒的毁灭性威力，更加意识到关于艾滋病的文化建构如何将某些群体标记为嫌恶的、不可理知的、不可表征的对象，并将之隔离于话语框架之外，他们的逝去也得不到权力系统的承认，更不用谈哀悼了。坎普渴望通过书写来为自己，以及跟他一样被种种规范死死困住的边缘人群，尤其是男同性恋患者发声。他大胆地用具有超验性质的情人关系这个隐喻来描写医患关系，抵制霸权话语对病患群体的妖魔化、污名化和边缘化，同时也将医生形象拉下神坛，将病患双方的身体性，或者其脆弱特质，以及种种人性的欲望淋漓尽致地再现出来。而这种对框架外之物的重新接纳和再现为医生职业主体身份的重构带来了从别处难以觅到的契机。在对医疗际遇浪漫化的过程中，坎普冲击了多重话语框架的框定作用，对死亡、艾滋病以及疾病进行再赋义和重新表述，以期寻求用更加有爱的、更加自然的方式对待死亡、艾滋病以及其他疾病。而最重要的是，坎普的浪漫化书写再现了生命共有的脆弱特质，重新想象了以此为基础的更加自然的人与人之间的联系。在坎普看来，这种关系在艾滋病肆虐的客观环境下，或许能为陷入发展瓶颈的现代医学带来一丝光明。

第二节　置换医学话语框架：评艾德里安的《儿童医院》中的神秘化

坎普对疾病和死亡进行了重新想象和表达，将原本被医学话语框架视为贱斥物的内容转化为可见、可感、可理解之合法内容，他的书写为我们提供了一个全新的角度去理解艾滋病时期的生死病痛以及困囿人的种种身份标签，让人在绝望中看到一线希望和温存。但是这仅仅是医生作家对生死以及医生职业身份进行重新赋义的一种可能性。儿科医生作家克里斯·艾德里安（Chris Adrian）则在其虚构叙事中透过多重角度对医生身份，尤其是医疗际遇进行了另一种重新建构。如果说坎普是对医学话语框架的动摇，那么艾德里安的书写可以说是对医学话语框架的颠覆和置换。或者确切地说，艾德里安通过对神秘主义的追捧和夸大来置换以科学理性精神为根基的原有医学话语框架。艾德里安的作品有一个很明显的特点，那便是医学、文学和宗教的融合。以文学和宗教为载体，基于行医的切身经历，艾德里安对医疗际遇进行大胆的重新想象和另类表达。他的故事一方面充溢着各种精灵、天使、圣经故事框架以及各种超自然现象，另一方面又有着让人信服的、不禁让人联想到现实的大量细节描写。这种写作风格跟他个人的经历不无关系。

艾德里安 1970 年出生于美国华盛顿特区，1993 年从佛罗里达大学英文系毕业，然后从爱荷华大学（University of Iowa）获得 MFA 学位。后于 2001 年从东弗吉尼亚医学院（Eastern Virginia Medical School）获得医学博士学位。他随后在加州大学旧金山分校（University of California, San Francisco，简称 UCSF）的附属医院完成儿科住院医师资格（pediatric residency）的相关培训。住院医师资格培训完，他便来到哈佛神学院（Harvard Divinity School）攻读神学学位，其间还回到 UCSF 工作过一段时间，现在为哥伦比亚大学医学中心（Columbia University Medical Center）儿科副教授。在写作方面，英文系出身的艾德里安著作颇丰，至今出版了四部小说，分别是《高博的伤悲》（*Gob's Grief*，2001），《儿童医院》（*The Children's Hospital*，2006），《伟大的夜晚》（*The Great Night*，2011），以及和阿里·霍罗威茨（Eli Horowitz）合著的《新世界》（*The New World*，2015）。此外，艾德里安在短篇小说方面也成绩斐然，其作品散见于《纽约客》（*New Yorker*）、《故事》（*Story*）以及《巴黎评论》（*The Paris Review*）等各大知名刊物，他还出版了短篇小说集《更好的天使》（*A Better Angel*，2008）。艾德里安于 2009 年获得古根海姆奖（Guggenheim Fellow-ship），[①] 并于 2010 年被《纽约客》评为 20 位 40 岁以下优秀作家（20 under 40）之一。

艾德里安的叙事往往围绕医疗场景展开，但是他拒绝平铺直叙，他的作品经常出现各种超自然现象，充满离奇想象，既有幻想小说的影子，又有宗教寓言的因子。以医疗际遇为原型，艾德里安通过想象这面哈哈镜，结合宗教神话、科学幻想、超自然能力等神秘诡异因素，将现实和虚幻巧妙地糅合在一起，使现实的医疗场景变形、陌生化，并在一定程度上神秘化。例如，在长篇小说《儿童医院》中，洪水再次淹没世界，世间一切淹没于 7 英里深的海水之中，唯有一座经由天使指定的设计师设计的儿童医院幸免于难。该医院在茫茫大海上一路向北漂移了 200 多天，幸存人员包括 701 名儿童，数十名家属

---

① 该奖由美国约翰·西蒙·古根海姆纪念基金会（John Simon Guggenheim Memorial Foundation）颁发，用于支持美加等地的杰出学者、艺术工作者、艺术家继续在他们各自的领域的发展和探索，涵盖人文科学、社会科学和创造性艺术等领域。基金会每年从 3000 多位申请者中挑选约 175 位获奖者。详情请见 *John Simon Guggenheim Memorial Foundation*，https：//www.gf.org/about/fellowship/. Accessed 11 Oct. 2017.

以及三百多位医护人员等，共计一千多人。值得一提的是，患儿的疾病，无论多罕见，基本都是一对一地存在，就连大人也能在人群中找到某个或神态，或表情，或服饰等相似的另外一个人。① 末日水灾由四位天使掌控，他们分别为负责保护医院一切以及维持医院正常运行的保护天使（the preserver），记录所发生的所有事件的记录天使（the recorder），让幸存人员知道他们的罪恶的诅咒天使（the accuser），还有施加惩罚的惩罚天使（the destroyer）。② 医院的日常医疗物资和生活物资由复制器（replicators）利用现有各种材料复制而成。③ 跟艾德里安其他作品的风格一样，《儿童医院》在幻想的框架下，充盈着各种现实因素，例如关于病人病情的详细介绍、医疗际遇的逼真描写等。主人公杰玛（Jemma）为一个受到医院权力金字塔压迫的三年级医学生。艾德里安使倍感无能和焦虑的杰玛在濒临崩溃的瞬间获得治病救人的神力。她能快速诊断医院中患儿所患疾病，并产生绿色焰火，将细菌、病毒或者癌症细胞等消灭掉，或者纠正畸形等。一夜之间，她便把医院的患儿都治愈了。随后，医院变成游乐场和学校。但是好景不长，医院的大人陆续死去，而这一次，杰玛失去了起死回生的能力，只能眼睁睁看着一个个大人死去，最后只剩下自己以及自己腹中的胎儿。生产后，杰玛更是烟消灰灭，留下新生儿和医院幸存的儿童在天使的引领下，进入新的世界。在《儿童医院》里，艾德里安以诺亚方舟为原型，在世界末日的语境里，利用超自然能

---

① Chris Adrian, *The Children's Hospital*, New York: Grove Press, 2006, pp. 143 – 144.
② Ibid., p. 35.
③ Ibid., p. 49.

力在女主人公杰玛身上的复现，质疑医学话语的认知框架，彻底颠覆了医学话语长期以来信奉的科学理性精神，使神秘主义重新替代医学凝视，使医疗际遇回归原始神秘状态，并指向了更高权力的存在。本章节以《儿童医院》为例，探讨艾德里安如何以一个全新的、充满神秘主义色彩的视角去再现错综复杂的医疗际遇，重点讨论他在生死苦难面前，如何对医学话语权力进行重新分配，如何对科学理性精神进行思考和质疑，如何对医学凝视进行重新想象。

象征着科学理性的临床医学凝视通过将可见的疾病现象和可述的医学，也即物与语言的联结，以命名的方式，对让人眼花缭乱的表象进行解蔽，将身体以及社会牢牢扣进其栅格之网中，成为其强制性构序的一部分。张一兵在解读福柯当选法兰西学院院士的就职演讲——《话语的构序》时提出："在这次演讲中，福柯第一次将构序明确指认为一个象征着暴力和强制性结构等级的范式，（这个演讲）向我们揭示，在人们日常生活里每时每刻、不经意之中使用的言说、写作和思考中的话语之中，其实是存在一种抑制和排斥性的压迫，一种被建构出来的看不见的权力之下话语发生、运行法则和有序性。"[①] 医学话语构序同样具有暴力性、强制性和等级性，它逐步实现了对身体以及整个社会的暴力规控。这种话语构序在无形中，通过看不见的但又无所不在的权力发挥作用，促使人们按照话语认可的某种方式去行动，建构出一种所谓的有序性。话语构序的功能跟巴特勒的框架理念有

---

① 张一兵：《回到福柯——暴力性构序与生命治安的话语构境》，上海人民出版社 2016 年版，第 273 页。

着共通之处，都是对现实的暴力规范，将话语认可的事物通过命名指定为合法的、可理知的、可表征的、可见的框架内之物，使其拥有话语权，而将另外一些本为同构但不被认可的内容视为贱斥物体而排斥在话语框架之外，并剥夺其话语权。但是因为构序的作用，或者框架的框定效果，处于框架之内，拥有话语权的主体"必须在一定的话语塑形方式支配下言说、写作和思考"①。也就是说，处于话语构序中的个体和框架中人必须按照话语的规范行事，始终受到强制性构序的规控。处于医学话语构序中的医生主体面临着同样的问题。而书写便是医生作家们寻求摆脱医学话语中的强制性构序，或者突破医学话语框架框定效果的尝试。在《儿童医院》中，艾德里安对医学构序的颠覆以及医学话语框架的突破主要体现在以下两个方面：首先是通过对杰玛的赋权实现对医学话语权力的重新分配；其次是通过对医学凝视的超自然复现对临床医学凝视进行颠覆，并对疾病重新进行符号化和语言化。

一 医学话语权力的重新分配

福柯在《规训与惩罚》一书中以两种不同的惩罚方式开篇，一个是 1757 年发生于巴黎的一次公开处决，另一个是八十年后的巴黎少年犯监管所的一份作息时间表。前者是一次公开展示的、血腥暴力的、充满戏剧因素的酷刑，后者则以比较温和，并且比较隐秘的方式对行为不轨的肉体进行监管和行为

---

① 张一兵：《回到福柯——暴力性构序与生命治安的话语构境》，上海人民出版社 2016 年版，第 273 页。

控制，剥夺肉体的自由。一般史学研究都认为这是从残暴、野蛮到人道、文明的进步。但是福柯发现刑罚方式从这样"一种制造无法忍受的感觉的技术转变为一种暂时剥夺权利的经济体制"① 的背后实际上是一种新的权力形式在发挥作用，也即微观权力。福柯将这种特殊的权力机制称为规训。规范化是这种权力技术的核心。规训技术并非起源于监狱，而是出现于工厂、军队和修道院中，但监狱是一种最彻底、最全面的规训机构，它对个体的每个方面，包括日常行为、伦理道德、精神状况和劳动能力等进行全面的监视和操纵。福柯通过监狱的产生历史以及惩罚方式的转变来阐述规训权力的运作机制。但是他的根本目的在于揭示一个已经被微观权力渗透的规训社会。福柯泛化了权力这一传统政治学概念，他把权力从单纯的政治领域扩展到社会生活的方方面面。这个现代社会中孕育着无数跟监狱一样的规训机构，如学校、医院、工厂和军队等。这些规训机构按照规范，通过层级监视、规范化裁决、检查等技术手段对肉体进行塑形和操纵。

与专制权力的可见性、暴力性和占有性不同，在现代社会中，施加于肉体的权力是"一种被行使的而不是被占有的权力"②。摒弃了权力的实体论，福柯使权力摆脱了物的概念。他强调权力不是可以被占有的物品，而是复杂的关系网络。权力是一种战略性运作机制，它是因统治者的战略位置而产生的综合效应，也即流动不居的动态关系网络及其产生的张力。在这一个个权力关系网络中，权力不是自上而下的单向度控制的简

---

① ［法］福柯：《规训与惩罚》，刘北成、杨远婴译，生活·读书·新知三联书店 2014 年版，第 11 页。
② 同上书，第 28 页。

单关系，而是呈链状结构，互相接连，每个个体既可以是权力的行使者，也可以是权力的施加者。福柯的权力观里没有一个最高权力中心，唯一存在的是渗透到现代社会生活方方面面的微观权力以及这些权力关系所构成的错综复杂、流动不居的网络。每个个体都是这个权力网络中有着双重身份的一点。这种权力的行使不需要借助粗暴血腥的刑具或武器等暴力工具，也不用制造恐怖气氛。它具有匿名性和非占有性，看不见，摸不着，不能被占有，但是它无处不在，犹如人体的毛细血管一样渗透到社会生活的方方面面中。可以说，纪律和监视等规训技术无处不在，"我们生活在一个教师——法官、医生——法官、教育家——法官、'社会工作者'——法官的社会里。规范性之无所不在的统治就是以他们为基础的。每个人无论自觉与否都使自己的肉体、姿势、行为、态度、成就听命于它"①。整个社会因而形成一个巨大的权力网络，每个个体都受到权力的密切监视而无所遁形。

医学对个体以及整个社会的监控便是这个巨大的现代权力网络中的一个部分。如之前章节所述，医学凝视时刻监视着社会个体，医院的产生更是将某些个体指认为"病人"，并将其和原来所在的社群隔离，集中安置于一个密闭的空间中，对他们实施更全面和更密切的监视和控制，使其早日康复，回归到正常人的群体中去。但是关于正常人/健康人的生产只是医院规训功能的一个方面。医院的规训功能还突出体现在医生的主体化过程中。权力对肉体的政治干预，"按照一种复杂的交互

---

① [法] 福柯：《规训与惩罚》，刘北成、杨远婴译，生活·读书·新知三联书店 2014 年版，第 349 页。

关系，与对肉体的经济使用紧密相连；肉体基本上是作为一种
生产力而受到权力和支配关系的干预"①。个体必然要融入到社
会建制中去，这就意味着个体必然要受到监狱、学校、军队、
医院等规训机构对身体所进行的规范化处理。为了进入医学/
医院建制中去，医学生必须接受医学权力的规训，受其支配和
干预，按照其规范改造自己，最终成为一种合格的生产力。也
即，"规训'造就'个人"②。个体身份是话语实践的产物。在
使个体成为合格生产力的规训过程中，权力通过纪律的制定和
执行，以及规训机构的作用，强化对肉体的支配技术，通过对
人体的姿势、行为动作等细节进行全方位的精心操纵。这是一
种非常严格的控制和非常精细的操纵。福柯在《规训与惩罚》
中描写了士兵身体被塑形的过程，他指出："到 18 世纪后期，
士兵变成了可以创造出来的事物。用一堆不成形的泥、一个不
合格的人体，就可以造出这种所需要的机器。体态可以逐渐矫
正。一种精心计算的强制力慢慢通过人体的各个部位，控制着
人体，使之变得柔韧敏捷。这种强制不知不觉地变成习惯性动
作。总之，人们'改造了农民'，使之具有'军人气派'。"③ 就
这样，身体成了被操纵、被规训，并最终变得驯顺的对象。医
学生向医生身份的转变也经历了相似的受权力摆布的规训
过程。

　　故事开头，杰玛作为一个处于医院权力金字塔底端的三年
级医学生，正遭受到来自各方面的压力，身心疲惫，正处于崩

---

　　① ［法］福柯：《规训与惩罚》，刘北成、杨远婴译，生活·读书·新知三联
书店 2014 年版，第 27 页。
　　② 同上书，第 193 页。
　　③ 同上书，第 153 页。

溃的边缘。如艾德里安所描述的连续当值36个钟头的感觉：
"前面12个钟头都还好。第15个钟头昏昏欲睡，但第16个到
第23个还行。从第24个钟头开始变成行尸走肉了，最艰难的
时刻是第二天一早，第25个钟头，她几乎忘了自己姓什么了。
如果长时间不动的话，她很可能站着就睡着了。"[1] 但是，这只
是杰玛当值时间的三分之二。相对于疲惫感来说，主体身份建
构初期的无能感给杰玛带来的创伤更难以抚平。在当值期间，
杰玛还必须执行上级医生各种或严苛或荒唐的指示并接受其无
所不在的监督，忍受年资长的护士的训斥和刁难。而这些都是
杰玛接受医学话语规训的必经之路，也是她的职业身份建构过
程中必不可少的一部分。在杰玛意外发现自己拥有治病救人的
神力之前，她的男友罗伯（Rob）因手术途中不慎受重伤而昏
迷不醒。正在守护男友的杰玛被上级医生召唤去抢救一个病危
的患儿。虽然已经回天乏术，医护人员还是尽力抢救。杰玛一
再哀求上级医生放弃，但无果。如艾德里安所描写的：

> "没有用了。"杰玛说，"他（指正在接受抢救的患儿）
> 已经死了。"
> "可能吧。"艾玛（杰玛的上级医生）回答说，"但这
> 轮不到你决定。"
> "你难道没有闻到吗？他里面已经腐烂了。"
> "要不继续做，要不回家去。"艾玛说。杰玛只好继
> 续，用更大的力气按压着（患儿）那薄弱的胸腔。
>
> （Adrian, *The Children's Hospital*, p. 227）

---

[1] Chris Adrian, *The Children's Hospital*, New York: Grove Press, 2006, p. 208.

这个发生于抢救场面的简短对话深刻地揭示了医学话语里的权力运作机制，尤其是突出了掌权者和无权者之间的地位悬殊。医院的等级空间体系确保了医学话语规训权力的实施。权力的实施，需要一个"贯彻纪律的保护区"，这是"一个与众不同的、自我封闭的场所"①。医院便是这样一个贯彻医学话语规范的场所。福柯认为："空间是某种文化和权力的表征，在这种被权力划分的空间中，主体被征服，被生产出来。所以不是人或者主体主动建构空间的意义，而是人或主体的认同和角色在空间权力中被规训出来，肉体不断被空间权力锻造出来。"② 也就是说，权力空间强制个体进入身份和角色，迫使其就范，最后的结果便是，"空间与权力的结合不断生产出惶恐和驯服的身体……成为资本主义所需要的'机器人'"③。在医院的规训空间中，每个人都有属于自己的位置，都应该在自己的位置上做出符合这个位置的行为动作。这种空间划分机制的目的是"确定在场者和缺席者，了解在何处和如何安置人员，建立有用的联系，打断其他的联系，一边每时每刻监督每个人的表现，给予评估和裁决，统计其性质和功过"④。医院按照不同的专业分成不同的科室，区别对待各种疾病和个体，而每个科室里的人员安置

① ［法］福柯：《规训与惩罚》，刘北成、杨远婴译，生活·读书·新知三联书店2014年版，第160页。
② 张锦：《福柯的"异托邦"思想研究》，北京大学出版社2016年版，第116页。
③ 同上。
④ ［法］福柯：《规训与惩罚》，刘北成、杨远婴译，生活·读书·新知三联书店2014年版，第162页。

以及科室间人员的流动也有严格的规定。医院空间的分布同时也体现在其等级排列之上。医学实习生一般处于医院权力金字塔的最底端，上面分别有住院医生以及其他上级医生等。每一级别的医生都有着相应的职责，同时负责指导和监督下一级的医生。上级医生给下级医生发号施令，支配和控制后者的诊治过程。这样，医学话语先是划分了不同的空间等级，区别对待个体，然后通过层级监视，建立起个体间的运作联系。医学话语通过纪律的作用，把分散的单个肉体组织起来，一起获得最大效益。在这种机制中，"单个肉体变成了一种可以被安置、移动及与其他肉体结合的因素"①。每个单独的力量都被纳入医院这个庞大的规训机器中，成为其中一员，而每个个体卷入的方式因其在这个复杂的关系网络中的定位不同而不同。具体来说，医院的等级空间分布基于知识和能力之上，掌握知识和拥有能力的个体便拥有相应的权力，在整个体制中承担更大的责任。

这种空间分布属于人员的部署，也是属于战术的一种。这种人员的战略部署既是长久以来医学领域发展而积累下来的行之有效的培训和管理策略，也深刻体现了权力与知识的同构共谋关系。福柯权力观的另一个重要的特点是对知识与权力关系的分析。他认为："我们应该完全抛弃那种传统的想象，即只有在权力关系暂不发生作用的地方知识才能存在，只有在命令、要求和利益之外知识才能发展。"② 福柯摈弃了传统的知识和权力的认知割裂，强调现代权力和知识之

---

① ［法］福柯：《规训与惩罚》，刘北成、杨远婴译，生活·读书·新知三联书店 2014 年版，第 184 页。
② 同上书，第 29 页。

间的共生关系。他指出："我们应该承认，权力制造知识（而且，不仅仅是因为知识为权力服务，权力才鼓励知识，也不仅仅是因为知识有用，权力才使用知识）；权力和知识是直接相互连带的；不相应地建构一种知识领域就不可能有权力关系，不同时预设和建构权力关系就不会有任何知识。"① 福柯考察了十八世纪规训技术在医院、学校、工厂和监狱的应用，他发现"知识的形成和权力的增强有规律地相互促进，形成一个良性循环"②。一方面，因为规训权力对医院、学校等机构进行重新整顿，纪律的存在及执行使这些机构变成规训机构，"即任何客观化机制都可以被当作一种征服手段在它们里面使用，任何权力的增长都可以在它们里面促成某种知识"③。另一方面，"正是这些技术体系所特有的这种联系使得在规训因素中有可能形成临床医学、精神病学、儿童心理学、教育心理学以及劳动的合理化"④。这些学科的发展势必造就一支庞大的专业技术人员大军，他们实际上是权力的附庸。福柯把边沁发明的"全景敞视监狱"当作现代规训社会的缩影，这其实也是知识和权力共谋的产物。统治者的权力和设计者、建造者的专业知识结合起来，从而形成了一个精细严密的监视和规训系统；这个监视和规训系统，反过来，扩大权力的效应，协助权力更好地控制整个社会。这样一来，在知识和权力的关系上出现了一个双重进

---

① ［法］福柯：《规训与惩罚》，刘北成、杨远婴译，生活·读书·新知三联书店2014年版，第29页。

② 同上书，第251页。

③ 同上。

④ 同上。

程，"一方面，通过对权力关系的加工，实现一种认识的'解冻'，另一方面，通过新型知识的形成与积累，使权力效应扩大"①。知识和权力相互利用、相互促进。福柯解构了知识的客观性和纯洁性，强调了知识与权力有着共谋和同构的关系。

现代规训权力对肉体的塑形以及控制是通过与知识的联手而完成的。医院也不例外。掌握知识者往往处于权力金字塔的顶部，监视着包括下级医生在内的所有人。一个上级医生一般带着若干个下级医生，上级医生发号施令，下级医生接收指示并执行相应的任务。上级医生还需要对后者的工作表现进行检查和评估。不同等级的医生充当着规训监视的中继站，形成一个多层次的、互相接连的监视链条，从而使权力的效应不断地在医院这个权力关系网络传播，最终达到无所不至。从这个意义上讲，医院这个等级空间实为观察和培训的规训机构。年资低的下级医生，为了获取更多的知识或技能，只能接受年资高的上级医生的监督、指挥和教导。精神科医生塞缪尔·闪（Samuel Shem）的《上帝之家》（*The House of God*）便从一个医学实习生的角度再现了医院权力金字塔的运作方式，严厉抨击了医院等级制度的去人性化。位于金字塔顶端的是管理所有医疗事务和掌管决策权力的乐高医生（Dr. Leggo），金字塔中段的是管理住院医师的费什博格医生（Dr. Fishberg）。而负责带领包括主人公罗伊·巴适（Roy Basch）在内的几名实习医生的是一名外号为胖子（The

---

① ［法］福柯：《规训与惩罚》，刘北成、杨远婴译，生活·读书·新知三联书店 2014 年版，第 251 页。

Fats，或者 The Fat Man）的住院医师。如巴适所述，当有紧急情况他们处理不了，需要胖子解决的时候，他和其他实习医生便"像小鸭跟着鸭妈妈一样"跟着胖子，跟他学习医学技能。① 另外，每天早上胖子查房时，实习医师需要向其汇报各自负责的病人的诊治情况。胖子收集一些相关数据，把病人情况再精简一下，稍后再向乐高医生和费什博格医生汇报。② 实习医师监视病人，但也受到住院医师的直接监视。而医院高层则对住院医师进行直接监视和对实习医师进行间接监视。权力就这样在各个不同的阶层进行传递和互动。医学话语等级秩序通过层层压迫，传递着权力的暴力规范，从而维持着整个医学体制的高效运转。在《儿童医院》中，处于权力金字塔底部的杰玛被剥夺了话语权，同时也受到强制性的规范作用而不得不按照医学话语体制所认可的行为方式去行事。违背上级命令，相当于对话语体制的抵制和背叛，面临的是失去工作，乃至失去生活前景的惩罚。

医院规训权力虽然规定人们在某一特定空间的位置，并通过这种"定位来区别对待各个肉体，但这种定位并不是给它们一个固定的位置，而是使它们在一个关系网络中分布和流动"③。所以下级医生通过一定的培训，掌握了一定的知识和技能，他在关系网络中的定位也是可以变动的，他可以在医院等级空间中移动，也即在权力的阶梯上更进一步。如谢尔泽所描

① Samuel Shem, *The House of God*, 1978, New York: Bantam Dell, 2003, p. 39.

② Ibid., p. 30.

③ ［法］福柯：《规训与惩罚》，刘北成、杨远婴译，生活·读书·新知三联书店2014年版，第165页。

写的:"现代外科实习医生必须经历一个长期艰苦的见习期。在这期间,基本完成意志和灵魂对这门手艺的臣服。经过几年充满谦卑和羞辱的训练后,他/她被领进一个其他人进不去的房间中。穿戴上特别的服饰,洗手,最后在敞开的人体方舟中进行着秘密的仪式。"① 在医院的等级空间中,处于上一层的个体不但监视下层个体,还负责评估其表现,这也是权力运作的一个重要方面。《上帝之家》里的费什博格医生监视和评估实习医生和住院医生,而他自己也要接受医院最高层的评估。如塞缪尔·闪所述,费什博格医生深谙医院的权力关系,他知道如果自己能干出一番成绩来的话,他将会得到高层的赏识,名利自然滚滚而来。② 在这个意义上,医院这个密闭的规训空间不但是一个学习的机器、层级监督的机器,同时又是一个评价的机器。

虽然医院的等级空间,或者金字塔结构的权力空间关系,指认了一个领头者,如《上帝之家》里的乐高医生和《儿童医院》中的杰玛的上级医生等。但是这些掌握权力的上级医生并不像专制权力体制中的当权者,他们并没有占有权力,他们更没有实施专制的权力。因为规训权力并不能被占有,而是"作为机制的一部分起作用"③。这个机制兼具自上而下的以及横向的关系网络,正是这个关系网络"在这持久连续的领域里产生

① Richard Selzer, "My Brother Shaman", *Taking the World in for Repairs*, New York: William Morrow and Company, Inc., 1986, p. 213.

② Samuel Shem, *The House of God*, 1978, New York: Bantam Dell, 2003, p. 16.

③ [法] 福柯:《规训与惩罚》,刘北成、杨远婴译,生活·读书·新知三联书店2014年版,第200页。

'权力'和分配人员"①。福柯称之为能自我维系的"关系权力"②。所有个体，包括监视者和被监视者，在这个关系网络中只充当一个力的节点，随时随地受到权力的监视和控制。上级医生们也只是整个权力链条中的一个节点，负责监督和评估其他节点。他们自己本身既是权力规训的对象，又是监督的主体。总之，规训权力是一种全方位渗透的、无所不在的，但又隐蔽的一种精心计算的、持久的策略或者运作机制。权力通过监视和纪律等手段，联合知识对个体实施改造、塑形，从而生产出符合话语规范的产品。

　　艾德里安对医学话语权力的颠覆体现在他对诊治空间中权力链条的切断上。通过赋予杰玛治病救人的神力，艾德里安对医学权力进行重新分配。看到患儿在死之前还要遭受各种机器和药物的摧残，最终在毫无尊严的情况下痛苦地死去，杰玛想到自己生命垂危的男友和洪水前相继死去的家人以及初恋男友，一度处于崩溃的边缘：

　　　　"太可恶了！"杰玛再次喊道，"也不公平。他（指医生们正在抢救的患儿）到底对你们做了什么坏事呢？为什么他要遭受这样的待遇？没有活该这样受罪的。你们是在折磨他。"她想问病房里的人，问空气，问整个医院，问每天看着他们受罪的茫茫苍天，我们到底做了什么？你为什么要折磨我们？她为自己，也为那个男孩感到不公，尽

---

　　①　［法］福柯：《规训与惩罚》，刘北成、杨远婴译，生活·读书·新知三联书店 2014 年版，第 200 页。
　　②　同上。

管他们受到的折磨不一样,一个是被剥夺每一个所爱之
人,① 另一个是被好心的医护人员伤害着,但是在那一刻,
她感觉到他们两个是受难的双胞胎,并肩躺着,共同遭受
死亡、长针头和电击的攻击。

(Adrian, *The Children's Hospital*, p. 228)

在这濒临崩溃之际,杰玛发现自己的双手能喷出绿色火
焰。如艾德里安所描写的:"这是她得到的一种完全超乎她
的理智的知识。这无源可溯、自发的事实,就这样被安插到
她的心和脑中。除非在接近崩溃的边缘,她会彻底怀疑这一
切。"② 正是这种从天而降的神力使杰玛获得了超乎自然的医
治能力。一夜之间,杰玛医治了一个个她的上级医生们在高
级治疗仪器和高级药物协助下无法医治的患儿。她这种起死
回生的超自然能力颠覆了生命的自然规律,也破坏了医学话
语权力自上而下的分布。她突然从一个人微言轻的医学生摇
身一变为具有神力的治愈者(healer),从而具有一定的话语
权。正是她的神迹展现使她从一个医学诊治的旁观者,一下
变为一个视觉盛宴的主角,成为众人关注的中心。艾德里安
对杰玛的神力的描写实际上是对医学话语权力的重新分配,
在某个程度上表达了作家对医学话语规训的抵制和抨击。通
过为没有话语权力的杰玛赋权,艾德里安破坏了医学话语构

① 杰玛的家人(爸爸、妈妈和哥哥)以及初恋情人在洪水之前就因疾病、自
杀或者事故等相继死去。经历着这一次又一次的失去亲人和情人的痛苦,她心灰意
冷,感觉每一个爱她的人或者她爱的人必将死去。而当她好不容易接受罗伯的求爱
后,罗伯也因意外而昏迷不醒。杰玛更加肯定了自己之前的看法。

② Chris Adrian, *The Children's Hospital*, New York: Grove Press, 2006, p. 229.

序的强制性规范，以及医学话语塑形方式支配下的关于个体的行为方式。通过杰玛的神力，艾德里安颠覆性地对规控医院日常的医学话语构序进行祛序，以全新的角度去思考医学凝视，并重新建构新的认知框架。

二 医学凝视的超自然复现

在科学未开化的时代或者社会中，疾病现象往往被蒙上神秘主义的面纱，被当成神灵的惩罚或者鬼怪的攻击。而随着现代医学的发展，尤其是现代医院的诞生，医生职业呈现专业化趋向。凭借穿透性越来越强的医学凝视，高度专业化的医生对各种疾病现象有了越来越深刻的感性认知。这种认知打开了人体内部空间，对各种明显或隐秘的空间进行重组和重新构序。这种感性认知"是深刻的，具有很高的理性成分，逐渐接近理性认识、真理和本质"[1]。而且，"面对疾病（现象本身），凝视因医学知识的内在渗透和暗中作用而使医生从关于疾病（如'胸膜炎'）的初步感性认识经深刻的感性认识上升到理性认识，也就是说，凝视沿着认识层次不断延伸，从而获得关于'胸膜炎'的确定性"[2]。这个诊断过程也是可见性和可述性互相作用的过程：疾病现象是可见的，医学是可述的，也即可见性的所指和可述性的能指发生联系。也就是说，"医生在'凝视'这一行为中实现了对疾病（'胸膜炎'、现象、存在）的连续解读，搜集和整理相关的信息、资料、数据，'凝视'实际

---

① 于奇智：《凝视之爱：福柯医学历史哲学论稿》，中央编译出版社 2002 年版，第 9 页。
② 同上。

上在语言领域也发挥作用（不仅揭秘而且解读）"①。医生的凝视将疾病现象纳入语言的通知范畴，通过命名而对其实施管控。还是以胸膜炎为例，"胸膜炎"作为一个疾病名称，"是名、可述者、抽象、符号，具有可述性、可读性和可听性，为凝视者提供解读资源"②。而与之对应的所指，即"胸膜炎"这一疾病现象"是实、可见者、具体、光线，具有可见性和可解性，为凝视者提供揭秘对象"③。病人的疾病经验一旦进入医学凝视范围，便进入受视状态，成为医生凝视的对象和目标，而医生则需要对种种可见症状进行分析诠释，最终揭示病因。总的来说，"具有可见性的'胸膜炎'这一疾病本身和具有可述性的'胸膜炎'这一疾病名，恰恰都是医生凝视的对象，换言之，凝视的对象也是言谈的对象"④。医生，或者更确切地说，医生的凝视成为连接所指与能指、物与词、可见性与可述性的桥梁。

正如福柯所说的，在医学凝视的作用下，"词语与事物之间的新联盟形成了，使得人们能够看见和说出来"⑤。随着医学凝视的穿透性不断增强，疾病现象也逐步摆脱了神秘主义的束缚，并转化为医学认识和医学言谈的对象。在福柯看来，与之前的分类医学和症状医学不同，诞生于十八世纪末期的临床医学的"理性深入到令人惊异的浓密感知中，把事物的纹理、色

① 于奇智：《凝视之爱：福柯医学历史哲学论稿》，中央编译出版社2002年版，第10页。
② 同上。
③ 同上。
④ 同上。
⑤ [法]福柯：《临床医学的诞生》，前言，刘北成译，译林出版社2011年版，第4页。

彩、斑点、硬度和黏着度都作为真相的第一幅形象展现出来"①。医学凝视作为一种科学活动，行使了对自然的疾病现象进行编排、塑形和构序的权力，实际上是把客观存在的疾病现象观念化和符号化，把非话语的内容改造重组为话语内容，使词摆脱了物的限制，大大提高言谈的纯度和精确度，同时也为医学理论的出现提供契机。而医学理论的出现揭示了医学与科学理性精神的结合。于奇智在分析福柯的医学凝视相关理论时提到：

　　疾病现象正是接受了医生观看（凝视——瞥视）之光（智慧之光）而化作医学认识和医学言谈的对象，临床经验在观看所照亮的可触性身体空间展现了新的形象：症状医学的衰退，临床医学的诞生——即比夏时代的到来，这是一个医学经验论说时代，标志着一场医学革命——从此，我们有了新的医学语言：实证科学语言。……这种语言是观看和认识人及其与真理的关系的结晶和典范，表达了新的科学理性精神，使疾病摆脱了旧形而上学的束缚，使死亡成为认识和描述疾病的基础，使死亡本身这一废品也接受理性之光而成为哲学的对象和来源，使医学在整个关于人的科学中获得了基础地位，并且使医学与人在哲学本体论中的地位相吻合。

（于奇智：《凝视之爱》，第10—11页）

---

①　［法］福柯：《临床医学的诞生》，前言，刘北成译，译林出版社2011年版，第5页。

医学凝视之光为医生展示了一个全新的身体空间，同时赋予医生发掘、认识这个空间的工具——实证科学语言。随着新的医学语言、医学理论的发展，医生凝视从而与科学理性精神联结起来，使疾病摆脱神秘主义的影响，并重新认识死亡、疾病和身体，重构三者间的关系，进而实现对人体内部空间、社会空间的重新构序，并通过医学话语权力的暴力运作机制对二者实行强力管控。

杰玛的神力可以说是对临床医学凝视的征引和重复，或者超级复现。传统临床医学凝视是通过对个体的密切监控，从而实现对整个社会公共空间的管控。具体到某个医生主体身上，他必须对病患身体进行凝视，将复杂的疾病现象与简洁高效的医学术语连接起来。通过对疾病现象的命名，医生的医学凝视使可见之物变成可述之物，使非话语之物变成话语之物，使框架外之物观念化和符号化为框架内之物。但是杰玛的凝视突破了临床医学话语框架的框定作用，模糊了医学话语所限定的种种边界。与传统的医学凝视相比，杰玛的凝视更加犀利，更加无所不在。杰玛的神奇凝视具有极强的穿透能力，所有一切身体不正常的现象都在她面前自动地完全呈现出来。在她那被赋予神力的医学凝视之下，疾病似乎失去了藏身之所。这种凝视与其说是目光，不如说是一种超自然的感知力："有了这个新的感知能力，她很确定地看到了位于相隔两个房间之远的贾维斯（Jarvis），就像她亲自（到其床前）看过一样。同样，她看到楼上那些患有心脏病的孩子们以及（患儿）布伦达（Brenda）。医院里各种各样的不正（wrongness），其他楼层里的，其他病房里的，都在她脑海里隐约存在。"① 不仅如此，如杰玛跟医院的建筑设计师约翰·格莱姆普什（John Grampus）所说的，"有的时候，我闭上双眼便能看透这整个地方，每一个隐蔽的房间，每一个可能存在的空间，就像一个 3D 立体蓝图一样在我脑海里映现。而有的时候，我想我能看到时间也这样呈现，像另一张 3D 立体蓝图，展示了未来的日子"②。杰玛的新型凝视超越了传统临床医学凝视的极限性，极大地扩展了医生主体可视、可感、可知和可言的范围。更多的内容被纳入医学话语框架以及医院这个治疗空间之中。借助神力，杰玛进而对这些内容，也即各种各样的疾病现象进行重新编排和认知。各种或明显或隐蔽的生理、心理疾病现象在杰玛的世界里统一被符号化和语言化为不正（wrongness），而她作为治愈者的任务便是对这些不正进行纠正或者毁灭重构。这是对现代生物医学精细化和复杂化的反拨和简化。

在艾德里安幻想的新的医学框架中，虽然杰玛并不可能理解所有疾病的生理病理特征，也不知道如何去诊治，或者根本没有治愈的可能，但是被赋予神力的杰玛却能神奇地治愈所有患儿的疾病。艾德里安生动形象地描写了杰玛如何通过意念，借助手中的绿色火焰使瘫痪患儿再长新肢的场面：

> 杰玛的意念根据不同问题践行新的动作：瘫痪患儿的脊髓病变在她的脑中发光，令人恼怒、促人不快和丑陋不堪；她一边用大拇指在（患儿）脊椎受损的地方按抚，一

---

① Chris Adrian, *The Children's Hospital*, New York：Grove Press, 2006, p. 229.

② Ibid. , p. 242.

边做着一些（让人不解的）事情，她感觉就像是她的大脑
在打喷嚏一样，猛然地推了一下不正（的地方）的其中一
端，在意识中抓住那束东西的每一个纤维，就像在数头上
的头发一样数着它们的数量，然后命令它们合成一体。骨
头和肌肉需要被鼓励才敢冒险进入空气中。（骨头和肌肉）
先是小心翼翼地，后来便变得兴奋起来，进而将能被感觉
到的幻肢用真实的东西填满。

　　　　　　　　　　　（Adrian，*The Children's Hospital*，p. 246）

　　杰玛使用意念时，绿火在患儿的患处燃烧着，如家长所
见，"骨头在柔软的金银细丝中，从灰白的残肢缺口长出，在
绿色火焰中发芽、茁壮成长。（火焰）使其成型，为其填充肌
肉、韧带、肌腱、脂肪、筋膜和皮肤"①。在杰玛神力的作用
下，瘫痪的患儿神奇地长出了新肢。不仅如此，杰玛凭借意念
的作用，神奇地唤醒植物人患儿，② 通过再造功能使弱智患儿
回归正常，③ 通过燃烧掉不正常的细胞治愈各种癌症④等。尽
管杰玛的超自然能力治愈了所有患儿，但她并不是无所不能。
在故事最后，面对一个个大人相继得病死去的境况，她却无法
再次唤醒自己的超自然能力来拯救世界。
　　当杰玛在为患儿施展神迹治病之时，她抵制原有医学话语
的构序，也"为生病的身体宣告一种新秩序"⑤。在这种新的

---

① Chris Adrian，*The Children's Hospital*，New York：Grove Press，2006，p. 246.
② Ibid.，pp. 246 – 247.
③ Ibid.，pp. 247 – 248.
④ Ibid.，pp. 248 – 249.
⑤ Ibid.，p. 251.

构序中，杰玛的凝视同样扮演着连接可述的医学和可见的疾病现象的桥梁。富有神秘主义色彩的医学将所有的疾病现象都归因于某种不正。这种不正可以细分为两类，一为出现在小孩身上的可治愈的不正，二为出现在大人身上的不可治愈的不正。在这个宗教色彩和象征意义极度浓重的语境中，不正的含义并不仅仅是指身体偏离了正常的指标或者表征，而是指向了人的内心或者更深层次的东西。艾德里安在某种程度上完美化了患儿。他在这个小说中安排的第二次世界末日洪灾，虽然有悖于圣经里的叙述，但基本按照诺亚方舟的叙事框架展开，例如所有患儿都是成双成对地存在，无论是多么罕见的疾病。犹如诺亚方舟里世间万物的代表一样，患儿在艾德里安的叙事里承载了新世界的希望，而且也唯有他们才有幸最终存活下来，进入新世界，开始新的生活。

虽然故事里众多的人物一直在追寻再次出现末日洪灾的原因，但就连四位主宰末日景象的天使也不得而知。艾德里安通过故事的结尾似乎在暗示着成人所犯下的罪恶罄竹难书，而这些对于罪孽的惩罚则通过他们日渐衰落和破败的身体，以及最终的死亡逐步显现出来。而且，这些都已经远远超越了医学的范畴。如艾德里安在描写杰玛初显神迹时众人的围观景象中提到的，"围观的群众一个一个地来，越来越多。杰玛能感知到他们的到来，（那是）一个个不正的叠加，所有人偏离的方式都跟孩子们的不一样，也跟罗伯不一样。但她仅仅能指认（这些大人的）某些不正，更不用说具体描述了"[1]。成人世界的疾病现象虽然不能完全摆脱杰玛的超级

① Chris Adrian, *The Children's Hospital*, New York: Grove Press, 2006, p.230.

医学凝视的关注，但也不会那么容易就被后者捕获。或许杰玛能看到成人的病征，但却无法言说她所看到一切，无法为她所见之物命名，并将之纳入其医学构序中。逃离医学构序的成人疾病现象随着故事的发展而一路恶化，相继夺走医院中所有成人的性命。面对这一切，曾经的治愈者杰玛只能再一次回到旁观者的位置，毫无反抗能力地等待命运的宣判。或许通过杰玛能力的极限，艾德里安给予了自我尊大的医学话语当头一棒，再次彰显了医生主体在生死苦难面前的强烈的无能感和无助的处境。通过对医学凝视的超自然化，艾德里安将医生的能力推到一个神一样的高度，然后再将之重重摔下，将完美的期待摔得稀烂。

三　开放的未来

医学的发展带来了越来越精细的专业分科。因此，很多时候，病人仅仅以某个病变器官出现在医生的视野中。经过观念化和符号化的器官成为医疗场所的诊治内容，成为医学凝视的关注对象。传统医学凝视能够穿透人的身体，深入了解各种疾病现象，并将这些可见的疾病现象话语转化为可述的医学名称，将其抽象化和符号化为医学构序的内容，以及医院这个诊治空间的填充物。而新的科学理性精神在带来高效和准确的同时，也导致了医疗际遇的工具化、技术化和非人性化。医疗际遇中言谈的纯度和精确度的提高显然限制了医患双方可见、可感、可知和可述的范围，蒙蔽了双方见到其他内容的可能性，并往往导致了被抽象化和被病态化的病人，以及机械化的、不近人情的医生的产生。也正是在此背景之下，富有自觉意识的医生作家纷纷著书立说，抵制医学话语的非人性化，呼吁人文关怀在医疗际遇的回归。而艾德里安的《儿童医院》便是对这种呼声的应和。艾德里安使没有话语权力的杰玛在面临情绪奔溃之际意外获得神力相助，从一个处于权力金字塔底层的医学生变为一个拥有起死回生能力的治愈者。在神力的帮助下，杰玛从一个旁观者转变为一个行动者，从而获得一定的话语权。艾德里安为杰玛赋权这个行为颠覆了原有医学话语权力的分配制度，破坏了医学话语构序的强制性规范，抵制了医学话语规范对医生主体行为方式的管控。

以杰玛的神力为契机，艾德里安进而对医学凝视进行了重新的想象和表述。书中，通过杰玛神迹的显现，艾德里安颠覆了医学凝视所建构起来的语言和疾病现象的能指和所指、词与物的关系，对现有医学话语体制进行祛序，并重新对疾病进行赋义。艾德里安将疾病置于更宽广的社会历史文化语境中，强调疾病并不仅仅是一个身体事件，而是一个社会事件和政治事件，甚至是一个心灵事件。而一旦将疾病视为心灵事件，医学凝视便无法穿透、无法理解其复杂世界，更不用谈言说了。艾德里安通过对疾病进行重新赋义，将之理解为某种不正。除了患儿身体上偏离正常指标和表征的不正外，艾德里安将不正指向了人内心世界的种种邪念和人与人之间的冷漠。艾德里安的书写发出了关于生死病老、关于哀悼、关于人类的最终命运的问题，并把目光投向了神灵的世界，将答案指向了一个开放的未来，一个由幸存的健康儿童组成的新世界。虽然艾德里安并没有提出明确的解决问题的方法，他却无限地丰富了人们关于医学、疾病、死亡和生命的想象。他的大胆想象挑战了困囿人性的种种标签和界限，揭示了医学话语框架的渗透性，同时也探寻了置换现有框架，进而重组权力关系的可能性。在对传统医学话语规范进行祛序的同时，艾德里安的书写代表着富有自觉意识的医生主体对新的构序的渴望和积极的探寻。

第三节　重新想象和重新表述

规训权力与传统的君主威仪不同，现代规训机构也与国家重大权力机构不同。规训权力是一种弥漫式的、无主体的现代权力形式，它的力量远不如专制权力，但是它能慢慢渗透到社会的各个方面、各个领域，慢慢侵蚀重大权力机构，产生出它所欲望的构序。这些都离不开规训对肉体的支配，肉体是权力的改造对象，更是权力产生效应的支点。从话语的建构和权力的维系角度来讲，权力对肉体的精心操控的目的便是产生符合话语所要求的、具有一定生产力的个体。"医生"这个称谓既是询唤也是命名，它规定了处于医学话语体制中的个体的行为方式，界定了其可为和不可为的种种界限，并通过不断重复的身体实践将各种规约性理想篆刻于肉体之上。在实现对话语规范的肉体化和物质化的过程中，产生一群可被话语指认和认可的主体，或者有意义的生命存在。福柯的权力理论有效地阐释了医生主体在医院这个密闭复杂的权力空间中所处的位置以及这个变动不居的位置所带来的种种影响着个体实践医生化过程的因素。医生化过程不仅仅是成为被命名之人的身份述行过程，它还包含着多种可能性。

从身份建构的角度来看，医生的职业化过程便是在规训技术掌控之下的对医学话语规范的肉体化以及物质化的述行过程。述行是在规训权力操控下的身份建构，它既包含着建构成功的可能，也不排斥征引失败的可能。巴特勒的述行观在揭示身份的生产性的同时，也充分挖掘其再生产以及重新赋义的可能。在她看来，重复征引并不是主体对规范的简单的、一成不变的重复，这个过程充满着"缺口和裂隙"，她称之为"建构的不稳定成分"①。正是因为这些建构的不稳定成分的存在不断地对权力及其认可的规范提出质疑，甚至挑战，最终造成主体身份述行过程中征引的失败。巴特勒从征引失败中看到了性别身份再生产的契机。她指出，"性别改革的可能性，正是要从这样的行动之间的任意性关系、从重复失败的可能性、从某种畸形，或者从揭露了恒久不变的身份这个幻想结果其实是一种脆弱的政治建构的戏仿式重复当中去寻找"②。述行过程中的征引失败导致了主体身份的不连贯性，是一种促成新构序产生的动力，更是一种消解、解构甚至重构原有话语和身份的力量。因此，主体和话语实际上处于互为条件、互相言说的动态关系中。首先，主体永远逃脱不了被话语言说和规控的命运，主体在规范的暴力运作机制中被产生、被征服，并被赋权。而话语规范经由主体的身体化实践，在一系列精心安排的重复征引过程中实现物质化和自然化，并获得相应的权力；规范只有不断通过主体身体复现才能展现其权力。在物质化话语规范的过程中，主体同时也质疑，甚至改写现存的规范。巴特勒进一步指出，尽管主体在权力运作界域中具有施事的可能，但"主体施

---

① ［美］朱迪斯·巴特勒：《身体之重》，导言，李钧鹏译，上海三联书店2011年版，第11页。
② ［美］朱迪斯·巴特勒：《性别麻烦：女性主义与身份的颠覆》，宋素凤译，上海三联书店2009年版，第185页。

为在这里却是一种复现或再表述，内在于权力，而不是与权力存在外部的对立（external opposition）"①。换句话说，无论主体是领受（assume）还是背离规范，都是后者权力场域的一个因素，都受到话语权力的规训作用。巴特勒的述行观呈现了话语的虚构性，重新解释了主体身份建构与话语的错综复杂的关系，尤其是拓展了身份重构的可能性。

医生主体身份的生产同样离不开医学话语的规范作用。通过一系列精心设计和安排操练，医生主体在医学话语规范的暴力运作机制中被产生、被征服，并被赋权，成为医疗际遇中的观看者、言说者和行动者。而医学话语也在医生个体的身体行为动作中实现物质化和自然化，获得日益增长的权力和越来越巩固的地位。规训是一个永无止境的过程。权力需要持久不懈地对肉体施加作为，使其重复实践话语的规范。但权力的施加对象并不是消极地接受权力的操纵，而是权力运作机制中的一部分，权力"在干预他们时也通过他们得到传播；正是在他们反抗它的控制时，它对他们施加压力"②。抵制是权力关系网络存在的一个必要条件，也是权力运作的支点或者靶子。也就是说，医生并不是消极地接受医学规训体系的监督和控制，他们是该体系运作机制的一部分。因为规训违背了自然规律，医生个体对权力进行抵制，而权力也同时发挥其效应，迫使这些抵制的个体回归正常轨道。正是有了个体的抵制才使权力有了运作的支点，也即其发生效应的地方。这样的抵制与反抵制行为

---

① ［美］朱迪斯·巴特勒：《身体之重》，导言，李钧鹏译，上海三联书店2011年版，第18页。

② ［法］福柯：《规训与惩罚》，刘北成、杨远婴译，生活·读书·新知三联书店2014年版，第29页。

不是单一的行动，而是持续不断的、贯穿整个规训过程的重复行为。身份建构不是一蹴而就的，而是对管制规范的强制性的、永无止境的重复过程。如巴特勒所说，"这种复现的必不可少性意味着物质化从来就不曾完整，而且身体从未对强迫其物质化的规范毕恭毕敬"①。肉体的实践行为物质化了话语，赋予了话语的权威，但它也时刻抵制着话语的权力。巴特勒在这种建构性不稳定性中看到了重写权威的可能性，她认为，"在此过程中产生的不稳定性，即再物质化（rematerialization）的可能，标志了一个界域，其中规制性律法的权力可以被反戈一击，生成质疑了这种规制性律法的霸权的再表述"②。也就是说，身份述行过程中的不稳定性为主体对权力规范的抵制提供了契机。抓住这个契机，主体将有可能重新想象和重新表述管控身份建构的规制性律法。

医生主体并不是简单地对医学话语规范进行重复征引，在他们的身份建构过程中，必然存在着一些导致征引失败或者给述行带来负面影响的裂隙或者缺口。正如巴特勒所说，为了维护框架内之物的真实与合法地位，框架需要不断丢弃那些"非法"的内容，但是"这些'垃圾版本'堆积在一起，每一块碎片都能成为潜在的反抗契机"③。通过文学的异托邦作用，医生作家对这些被丢弃、被抹除的"非法"内容进行更加审慎、更加细致的观察，再现了话语框架对所谓现实的操纵。这些裂

---

① ［美］朱迪斯·巴特勒：《身体之重》，导言，李钧鹏译，上海三联书店2011年版，第2页。

② 同上。

③ ［美］朱迪斯·巴特勒：《战争的框架》，平装版导言，何磊译，河南大学出版社2016年版，第11页。

隙或者缺口为医生主体认识被话语排斥于界外的贱斥物打开一个新窗口的同时，也为医生职业身份的再生产带来新的可能性。当代美国医生作家的书写在很大程度上便是对职业身份再生产、重新赋义的阐释性写作。在医学话语权力的管控下，医生主体一方面被医学权力话语收编和塑形，另一方面也以书写的方式反思、质疑，甚至挑战传统医学话语规范，努力寻求新的话语形式。在领受话语规范的规定和背离规范、追寻内心冲动的欲望之间，医生作家淋漓尽致地再现了话语指定的界内之物与界外之物的碰撞和对抗，以及他们如何从这种身份建构过程中必然出现的冲突看到身份再生产的契机，发现重新定义自我、认识他人的新视角。

但是一般来说，个体的抵制只在微观上影响到权力关系网络，并不会造成整体网络在宏观上的变化。只有当个体的抵制强大到一定程度，才能对医学体制产生足够大的震撼力而迫使其改变。在二十世纪最后几十年，传统医学话语规训的负面因素愈发明显。其对客观理性的崇尚和对人文关怀的抵制造成了医疗际遇中"人"的严重缺失：不但病人被抽象化和概念化，医生也因过度机械化和工具化而显得冷酷和麻木。耶鲁大学医学院外科医生作家舍温·努兰（Sherwin Nuland）① 在为皮特·

---

① 舍温·努兰（1930—2014）（也有译为许尔文·努兰）除了有大量文章散见于《纽约客》、《纽约书评》等报刊杂志，他 1994 年出版的《死亡的脸》（*How We Die: Reflections on Life's Final Chapter*）曾荣登《纽约时报》最畅销作品榜单（*The New York Times* Best Seller List），获美国国家图书奖（非虚构类）（The National Book Award for Nonfiction），并被普利策奖提名（A finalist for the Pulitzer Prize）。他还著有《生命的脸》（*How We Live*）、《蛇杖的传人》（*Doctors: The Biography of Medicine*）、《洗手战役》（*The Doctors' Plague: Germs, Childbed Fever, and the Strange Story of Ignac Semmelweis*）等。这些书均有中文译本。

塞尔温（Peter Selwyn）的回忆录所写的前言中提到，"医学和我的最大问题和大过就是所谓的知识化（intellectualization）——沉迷于科学和技术之中，因为这个原因，那些构成今日医生大军的男男女女们也任由自己迷失其中"，成为治病的工具和机器，而忘却关怀病人的初心。① 为了使人文关怀回归医疗场景，一批批人文学者纷纷著书立说阐述叙事的重要性，并探索叙事和医学结合的可能性。医生作家的群体性兴起正是这场运动中一个不可忽视的力量。医生作家们把医学凝视（the medical gaze）转向自身，通过文学的眼光审视在医学体制中机械工作的自己，释放被习惯性搁置的情感回应，紧紧抓住身份建构过程中的不稳定因素，将之无限放大，重新展现医疗际遇中触动心灵深处的种种瞬间，以此寻回被医学规训话语压制的非理性的一面，并让不可理知之物转化为可见、可感、可知和可言之物。

坎普和艾德里安的书写正是当代美国医生群体性书写中比较有影响力的文本。医生书写是对本身行医生涯的文本再现，也是对现实的切身经历的征引，更是对漫长的医学主体职业身份建构过程中产生的不稳定因素的聚焦和反思。在这种不断征引和复现的过程中，医生作家将医学凝视的目光内转到自身，带着情感和故事考察医疗际遇中的自我，反思自我在医学话语权力所构成的关系网络中的位置。坎普在诗歌和回忆录的书写中意识到了自己的自欺欺人，因为他发现无论自己如何利用职业伪装，都掩盖不了自己与男同性恋患者那种与生俱来的联

---

① Sherwin Nuland, "Foreword", *Surviving the Fall*, by Peter Selwyn, New Haven, CT: Yale UP, p. x.

系。这种天然的联系迫使坎普卸下乌龟壳般的职业外装，大方披露自己的欲望和脆弱。他把之前被医学话语框架贬斥在框架之外的、得不到表征的但却嵌入框架之内的内容，如医患之间的情感联系、医生的种种欲望和身体性等，都纳入他书写的范围，并将之无限制地放大、细细考量，乃至对之进行高调的歌颂。坎普甚至以情人关系这个隐喻来将医患之间的情感互动浪漫化。在他看来，这种对爱与被爱的欲望的坦诚或许会让人不安，但它彰显了生命共享的脆弱特质，能给无数在这场世纪瘟疫中苦苦挣扎的人们带来一丝希望，也给已经死去的人们补上一份早就应该有的哀悼。基于对脆弱特质的承认，坎普卸掉保护壳，走下神坛，在文学的空间里回观自己所经历过的一切。通过书写，他摆脱了客观理性和高效的规制性约束，尽情释放自己内心的想法，并重新去认识他自执业之日起便无时无刻不面对的生命、死亡、疾病，尤其是艾滋病的问题。他对这些问题的重新想象和重新表述有力地动摇了原有医学话语框架的框定作用，质疑了原有的认知模式，彻底地揭示了被客观理性的世界所抑制和贬斥的非理性的、疯狂的、脆弱的另一面。

而艾德里安则在坎普的基础上更进一步。如果说坎普的书写质疑并冲击了原有的医学认知模式，那么艾德里安便是对整个认知模式的彻底推翻——先是医学权力话语的分配制度的颠覆，然后是对科学理性精神的质疑。在《儿童医院》中，艾德里安通过神秘的手段使原本没有话语权的，处于被言说、被观看、被管控地位的杰玛摇身一变为运筹帷幄的治愈者、行动者。艾德里安利用对杰玛的赋权，重组了医学话语权力的关系网络，颠覆了原有的医学权力构序，抵制医学话语对医生主体行为方式的管控。更重要的是，艾德里安对神秘主义的追捧揭示了现代生物医学在很多疾病面前的无能为力，同时也讽刺了医学话语的自我尊大。通过对杰玛种种神迹的再现，艾德里安挑战了现代医学话语借助医学凝视所建构起来的语言和疾病现象的能指和所指、词与物的关系，进一步对医学话语体制进行祛序。在此基础上，艾德里安将疾病置于更宽广的社会历史文化语境中，将疾病上升到心灵事件的高度，将之理解为源自人的内心世界的种种邪念和人与人之间的冷漠的不正，从而实现对疾病的重新赋义。而他此举的目的在于讽刺医学，包括医学凝视和医生主体的自我尊大，甚至自欺欺人。在他看来，这些"疾病"已经远远超越了医学的范畴，他选择将目光投向神灵的世界和开放的未来。《儿童医院》的意义在于它将被医学话语框架贱斥在外的非理性的神秘主义作为一个新的框架来认识生老病死和理解人类的最终命运。通过对科学理性精神的彻底颠覆，艾德里安大胆对新的医学话语框架进行想象，以此来为传统医学话语规范进行祛序，同时寻求新构序的可能。

当代美国医生作家群体在文学与医学构成的自由空间中，将职业身份建构过程中出现的种种不稳定因素视为身份再生产的契机。他们在医学话语为主体身份所设定的身份边界中，看到这些不稳定因素所带来的潜力和可能性。通过对自己切身经历的文学再现，他们将这些不稳定因素重置于错综复杂的医疗际遇之中，从多个层面去分析、认识这些被医学话语框架所贱斥和嫌恶的内容，并在抵制与反抵制的斗争中积极探索重新表述生命、疾病和自我身份的可能性。

第三章

对暴力的回应

当代美国医生作家的书写既揭示了身份生产过程中的述行性及不可避免的暴力性，又通过关注和反思身份建构过程中的不稳定因素来积极探寻身份再生产的可能性。无论是身份生产还是身份再生产，归根到底都是医生作家从一个局内人的角度对身份述行过程中出现的暴力以及反暴力的反思。通过对暴力话语的书写，医生作家深入剖析了自己在对医学话语规范的物质化和身体化过程中所处的位置，反思了自己的身体实践行为如何传递着权力的效应。医生作家的书写打破了多少年以来笼罩着医学体制的沉默，大声地为自己在医学权力体制中的生存境况呐喊。他们还将目光聚焦在医学话语框架内外的中间地带，将被医学话语框架贱斥在外的建构性外在重新纳入认知范畴，将之重构为可见、可感、可知和可言之物。在文学与医学构成的自由空间中，他们卸下标志着客观理性和高效的职业外装，大胆表达自己面对生命、死亡、疾病和人生百态的真实情感。他们的书写是关于暴力话语的内省性书写。通过将医学凝视的目光内转到自身，聚焦在工作中的自我身上，他们看到的是与医学话语所维持的崇高形象截然不同的但更真实的自我。通过对自我的真切反思和真诚自白，医生作家的书写为我们理解处于种种暴力话语中的"人"的生存状况提供了一个新思路，也提出了新的问题。

第一节　关于暴力话语的自白书写

一　自白基调[①]

经过几十年的发展，医生作家作品数量浩繁，文类多样。但是因为其出现的原因和历史背景，医生书写从一开始便带着浓重的自白倾向，几乎所有的医生书写都带着或多或少的忏悔之意。鉴于其自白基调，医生书写因此也被学界称为医生揭秘文学（Physician Unmasking Literature），或者医生自白叙事。医生自白叙事兴起的另一原因，是因为人们的猎奇心理能从医生的自白书写中得到满足。[②] 人文医学学者特伦斯·侯尔特（Terrence Holt）早在 2004 年评论美国当代医生自传性书写的时候便指出，"考虑到医学界现在所呈现给大众的，医学话语体系的主流基调似乎充满忏悔之意"[③]。侯尔特的这种观察，直到十几年后的今天，还是有一定分量。在文学与医学构成的中

---

① 关于美国当代医生书写中的自白因素，本人在早前发表的文章中略有提及。本书对前文相关部分进行了大范围的增改。详见孙杰娜、朱宾忠《评当代美国医生书写的三种叙事类型》，《武汉大学学报》（人文科学版）2015 年第 68 卷第 6 期，第 76—77 页。

② Delese Wear, and Therese Jones, "Bless Me Reader for I Have Sinned: Physicians and Confessional Writing", *Perspectives in Biology and Medicine*, Vol. 53, No. 2, 2010, p. 216.

③ Terrence E. Holt, "Narrative Medicine and Negative Capability", *Literature and Medicine*, Vol. 23, No. 2, 2004, p. 318.

间地带，医生作家纷纷在其或虚构或写实的叙事中进行自我反思、自我揭短、自我调侃和公开忏悔。也正是在回首和再现往事的过程中，医生作家从一个全新的角度去更好地理解自己的职业身份建构过程，了解自己在整个医学话语权力建制中的位置，揭露医学话语的暴力运作机制，反思本身对医学话语规范的身体力行的践行过程中出现的不稳定因素，忏悔自己如何在以暴易暴的权力链条上传递着权力的效应，同时寻求身份再生产的契机。例如，精神科医生罗伯特·克利茨曼（Robert Klitzman）在其回忆录①中写道：

> 我的培训经历经常让我感到惊讶，也让我感到不知所措。我写下这本书，很大程度上是为了尽力去理解这段经历。作为一个住院医生，我发现自己经常处于完全出乎意料的境况中，而我关于这个职业的先在认识也（在这种种情况下）显得不当。在精神病院这个尤其另类的世界中，常规的逻辑法则和行为准则并不总是好使。我们这些（地位低下的）住院医师总被逼着去遵循一套非常严苛的工作模式，这个模式规定了精神科医生应该如何说话，如何待人。我们还不得不改变自己的行为方式和对自己的看法。当住院医师的培训结束后，我首次回顾过往经历时，我为其中一些事情——例如，我当时没有意识到的关于他人或者关于我自己的某些事情——而感到惭愧。但是，我的这些初始经历教会了我很多东

---

① Robert Klitzman, *In a House of Dreams and Glass: Becoming a Psychiatrist*, New York: Simon & Schuster, 1995.

西，标志着我成为精神科医生之前和之后的中间地带，因此也揭示了这个职业如何使它的从业人"社会化"和转化。作为住院医生的我们学习去认识我们自己以及他人的方法决定了我们如何去对待接下来几十年（职业生涯中）的病人。

（Klitzman, *In a House of Dreams and Glass*, p. 15）

克利茨曼的文字正是对这段刻骨铭心的培训经历的再现和反思。他接下来深刻地揭露医学话语如何通过暴力运作机制将普通的学生"社会化"和转化为话语所命名之人。在文学建构的镜子异托邦中，他再现了急诊夜班的孤独和无助、诊疗过程的挫折和困难、医院权力网络的复杂和压迫等，他看到自己的在场与缺席，意识到了医疗场景中那个医生自我的后知后觉，更加认识到非人性化的背后所隐藏的权力运作机制。通过把医学凝视从病人身上转到自身和医学体制的内部，医生作家颠覆了传统医学话语霸权苦心经营的神圣的医生形象以及种种自欺欺人的宏大叙事。他们希望通过书写摆脱宏大叙事的控制，从而讲述属于自己的故事。这些故事再现了医生在生死病痛面前的切身经历，揭示理想身份和现实间的断裂，宣泄面对死亡的种种无能感和无助感，忏悔自己以诊治之名所做的干涉自然生命进程的种种暴力行为。

二 医疗失误的文学再现

医生书写中最关注的问题便是医疗失误。在充满自责的字里行间，医生作家直面这个一直存在却得不到正视的问题，并从内部解构医生的完美形象，这也是医生叙事最让人震撼的地方。1984 年，在明尼苏达州一个农业小镇行医的医生大卫·希尔菲克尔（David Hilfiker）以惊人的勇气发表了一篇足以摧毁他的职业生涯的文章。① 在这篇被学界称为"令人震惊"② 的文章中，他将自己误打活胎的失误公之于世，也把自己推到了舆论的风口浪尖。③ 这种行为，对他自己来说，也是在某种程度上的自我疗伤，因为这是他必须面对的一个过去。只有坦然面对了，才有可能走出阴影。以自己的失误为契机，希尔菲克尔还探讨了医学界对医疗失误讳莫如深的一个重要根源是"现代医学对医生有着完美无缺的期望"④。医疗失误带来的后果往往是生命的代价，而且也摧毁了医生的完美形象，因而一直以来都是医学界不可言说的秘密。在希尔菲克尔的影响下，众多医生作家纷纷著文著书直面医疗失误，如杰罗米·格鲁普曼（Jerome Groopman）的《医生是怎么思考的》（*How Doctors Think*）⑤、阿图·葛文德（Atul Gawande）的《阿图医生第一

---

① 这篇文章最先发表于《新英格兰医学杂志》，详见 David Hilfiker，"Facing Our Mistakes"，*New England Journal of Medicine*，Vol. 310，1984，pp. 118 – 122. 略经修改后收录到他的回忆录 *Healing the Wounds* 中，下文中的引用均来自该书。

② Nancy Berlinger，"Broken Stories: Patients, Families, and Clinicians after Medical Errors"，*Literature and Medicine*，Vol. 22，No. 2，2003，p. 235.

③ 在这种情况之下，希尔菲克尔随后搬到华盛顿特区，就职于一个服务于贫困区的市内医疗中心。关于这个经历，他在《我们并不都是圣人》（*Not All of Us Are Saints*）一书中有所记录。详见 David Hilfiker，*Not All of Us Are Saints*，New York: Farrar, Straus & Giroux，1994. 在 2003 年，希尔菲克尔又出了一本书，《城市的不公——贫民区怎么来的》（*Urban Injustice: How Ghettos Happen*），进一步把眼光放在了对整个社会以及经济的评判之上。详见 David Hilfiker，*Urban Injustice: How Ghettos Happen*，New York: Farrar, Straus & Giroux，2003.

④ David Hilfiker，*Healing the Wounds: A Physician Looks at His Work*，Omaha, NE: Creighton UP，1998，p. 58.

⑤ Jerome Groopman，*How Doctors Think*，New York: Houghton Mifflin Company，2007.

季》（*Complication*）① 和《阿图医生第二季》（*Better*）② 等。葛文德在《阿图医生第一季》中提到：

> 我们期望医学是一个工整有序的知识和技术领域，但它不是。它是一个不完美的科学，也是一个事业，（这个事业）充满着一直变化着的知识、不确定的信息、会犯错误的个体，同时还有悬于一线的生命。的确，我们（医生）的工作里包含了科学，但也包含了习惯、直觉，有的时候还有朴素的猜测。我们所知道的和我们所追求的一直存在着一个裂隙。而正是这个裂隙使得我们做的所有事情都变复杂了。
>
> （Gawande，*Complications*，p. 7）

葛文德指出了医生职业和医学话语在自信强大的外衣笼罩下的无序和非理性，同时也强调了处于理想跟现实间裂隙的体制中人的艰难处境。这些富有自觉意识的医生作家通过书写向大众展示了一个个充满不确定性的，但更真实的医学世界，以局内人的视角颠覆了多年以来存在于集体想象和医学话语体制中的完美形象。

三 无能感的文学再现

除了反思医疗失误，医生自白叙事的颠覆性还体现在其

---

① Atul Gawande, *Complications*：*A Surgeon's Notes on an Imperfect Science*，New York：Metropolitan Books，2002.

② Atul Gawande，*Better*：*A Surgeon's Notes on Performance*，New York：Picador，2007. 葛文德的这两个作品均已被译为中文，标题如文中所示。

对医生无能感的刻画之上。虽然现代医学不断进步，很多以往的致死性疾病已经得到根治或控制，但是医学并不是无所不能的。而认识到理想与现实间存在的裂隙以及接受这种裂隙的存在并不是一件简单的事情。儿科医生作家克里斯·艾德里安（Chris Adrian）的短篇小说《你都拿走》（"You Can Have It"）便将这种裂隙中求生的无能感和焦虑感在充满神秘主义色彩的故事框架中淋漓尽致地展现出来。故事的主人公——乔西（Josh）并不是普通意义上的医生，而是耶稣的双胞胎弟弟，他因得到耶稣临死前馈赠的荆棘皇冠而有了治病救人、施展各种神迹的超自然能力。幼年时期的兄弟情谊使乔西难以忘怀，成年后耶稣难觅的踪迹更使乔西一直被一种缺失感困扰着；同样，故事中耶稣十二门徒的妻子们也因丈夫的缺席而焦虑，并开启了寻寻觅觅的征途。最终，乔西和耶稣十二门徒的妻子走到一起，并合作成立了一个诊所，乔西作为医生，利用荆棘皇冠的超自然能力为人治病，而十二门徒的妻子们便成为乔西的帮手，承担着护士的工作。艾德里安通过宗教神话的框架，如耶稣诞生记、耶稣受难记、耶稣复活以及最后的晚餐等，揭开了笼罩在医生头上的上帝光环，从另一个侧面展示了光环隐蔽之下的无能感和焦虑感。

故事的开头，艾德里安便通过神奇的想象将读者带回耶稣和乔西出生的场景。艾德里安在一开始便赋予了乔西神奇的身世，那便是他与耶稣的双胞胎关系。从一出生开始，乔西便活在神的阴影之下。跟耶稣的诞生形成鲜明的对比，乔西的出生显得异常平凡。正如艾德里安描写的，"这第二个小孩的脸上没有光环，也没有一个星星特地照亮他那柔软的粉红色的头。

动物们看了他一眼，就不再看了"①。人们以及精灵们似乎对他的出现感到不解甚至厌恶，唯有他们的父亲约瑟夫（Joseph）为他的到来而欢喜。约瑟夫得意地称乔西为"我自己的儿子"②。这一称谓奠定了乔西的社会角色，也决定了乔西接下来如何被塑形成为一个普通人，成就平凡的一生。这也是他后来得到荆棘皇冠并施展神迹后的惴惴不安的根源。富有自觉精神的乔西深知自己的所作所为僭越了一定的界限，看到了不该看的东西，触碰到了不该触碰的东西。如谢尔泽在其短篇小说《骗子》（"Imposter"）中评论一个由患病的逃兵伪装而成的医生时写道，"我们都是某种意义上的骗子。最坏的事情是你不知道自己是这样的人。这才是最大的悲哀"③。如果说谢尔泽的故事抨击了医学和医生的自我尊大情结，那么艾德里安便通过乔西这个人物的刻画来展示那种认清现实后的焦虑与不安。

　　乔西从一开始便深知自己的处境。与他的双胞胎哥哥相比，他就是个凡夫俗子，没有神圣的血缘，没有大爱的精神，更承担不起拯救世人的使命。在故事开头，艾德里安写道，唯独让人感觉到神奇的地方便是乔西的双眼："弟弟的眼睛是棕色的，跟耶稣的蓝眼睛不一样，也跟玛丽或者上帝的眼睛不一样。他的眼睛是深棕色的，就像马槽中的土一样，还有点像稻

————————

　　① Chris Adrian, "You Can Have It", *The Paris Review*, Issue 141, 1996, p. 277.

　　② Ibid., p. 278.

　　③ Selzer Richard, "Imposter", *The Doctor Stories*, New York: Picador, 1998, p. 367. 该故事发生在一个偏远的小山村，一个患病的逃兵来到这里后伪装成医生，利用最自然、最原始的方法，采用当地的草药为村里人治病。这里没有现代化的药物，也没有高科技治疗仪器，更没有受过专门训练的医生。伪装的医生只是在适当的时候给予患者适当的干预，却得到出人意料的效果，受到当地人追捧。直到最后官方查验身份时才暴露。

草棕，跟马槽中的干草一样，同时还有木纹似的纹理。这是他身上唯一让人称奇的地方。"① 乔西跟耶稣非常相像，而这双眼睛以及他的短头发是区别他与耶稣的重要特征。② 艾德里安对乔西双眼的关注让人想起了医生的凝视。医生的凝视在现代生物医学的推动下，有着日渐增大的神奇力量，能让病人以及疾病在其注视下无处遁形。成年后的乔西因获得荆棘皇冠而成为一名医生，他的眼睛同样具有医学凝视的作用。荆棘皇冠的神力大大地扩展了乔西凝视的范围，拓展了他的可视、可知阈限。而跟现代生物医学体系中的医生一样，他的医学凝视监控着当地社会和当地人们的身体状况。乔西是他们"在那危险的世界里"的保护神。③ 到乔西诊所就诊的患者大都是外科创伤，例如被刀斧砍伤、被马踢伤，等等。艾德里安重点描述了他如何医治一对产生暴力纠纷的夫妻。首先来就诊的是被丈夫用斧头砍伤头部的女患者。虽然故事是以医疗际遇为原型，但艾德里安的书写并不为生命的自然规律所束缚。凭借出奇的想象力和夸张的手法，他将乔西的诊治过程仪规化和抽象化。来到诊所的时候，女患者头顶斧头，鲜血直流，虽然恐惧地哀求乔西救她，但并没有痛苦不堪。④ 女患者来诊所后，十二门徒的妻子们便有条不紊地对其进行护理，而戴上荆棘皇冠的乔西也显示了诊治的神力。艾德里安如此描写："很多人以为戴着这个荆棘皇冠肯定很痛，但是（我觉得）它蛮舒服的。我现在已经

① Chris Adrian, "You Can Have It", *The Paris Review*, Issue 141, 1996, p. 278.
② Ibid. , p. 281.
③ Ibid. , p. 280.
④ Ibid. , pp. 280 - 281.

起茧了，能抵抗那些荆棘了。一戴上去便感觉到那阵熟悉的迸发感，这种电流般的、激烈的情感穿过我的头，透过我的脊椎，经过我的双臂，直达我的指尖。"[1] 通过不断的操练，这种施展神力治病救人的能力已经成为乔西身体和生活的一部分，也构建了他的医生身份。

故事中，乔西调用了拥有神力的医生身份，在合适的时机示意助手茱莉亚（Julia）拔出病人头上的斧头。面对从伤口处汹涌而出的鲜血，乔西随后施展神迹：

> 当那个女人晕倒在萨迪（Sadie）怀中时，我伸出双手去接住迎面扑来的鲜血。跟往常一样，我的手即刻燃烧起紫色的焰火。我的双手往前推，在这个压力下，血回流进她的头部。我把我的双手放在伤口两边的头发上。我往里瞄了一下，里面湿漉漉的，大脑的运作正被我兄弟的紫色焰火搁置着。我看到了红色、蓝色和灰色，以及乱七八糟的混合色。我用我的意志力让它们恢复正常。一直以来就是这么简单。我用一个手指对伤口进行缝合。火线使她的骨头和头皮愈合，之后便消失了，不见一点疤痕，也不见一点秃顶。
>
> （Adrian，"You Can Have It"，pp. 281 - 282）

艾德里安通过神奇的想象再现了一场盛大的医学视觉仪式，将医学凝视以及医学的能力发挥到了不可言喻的，也让人

① Chris Adrian, "You Can Have It", *The Paris Review*, Issue 141, 1996, p. 281.

难以置信的顶峰。仪规化和神圣化的故事夸张地呈现了现代医学话语控制下的医生主体的神奇力量。女患者初见乔西时称之为"牧师",乔西连忙更正她:"我不是牧师……你不能这样叫我。"① 而当乔西戴上了荆棘皇冠后,女患者再次称之为"牧师"时,乔西接受了这个称呼。如艾德里安所写,"这一次我没有更正她。确实,我跟我兄弟长得很像,除了眼睛和头发,我的头发比他的短多了"②。戴上荆棘皇冠的乔西拥有了神的外表,也有了神的能力。但当他摘下皇冠的那一刻,他感觉到了一阵失落。③ 随着神力的消失,乔西也猛然意识到自己的真实身份。他充其量只不过是神的代言人,或者更确切地说,他就是以神的名义做着神的工作的匠人,仅仅是神力的载体。

值得一提的是,乔西所展示的令人称奇的能力仅仅能治疗表面的创伤。而病人内心的创伤似乎不在乔西的凝视范围之内。故事中,女患者的伤口得到处理后她便回家报复砍伤她的丈夫。而这个丈夫便是乔西面对的第二个患者。乔西施展了同样的神迹,将斧头从男患者头上取出并缝合。但是男患者的愤怒为故事留下了一个悬念,难保他回家不会再次报复妻子。乔西以及他的女助手们或许能处理见得到的种种创伤,但是对于见不到的那一部分,他们无能为力。乔西只能一次又一次地救死扶伤,把人救活后,又使之回到罪恶的社会中去,再次受伤,然后再来到诊所求救。艾德里安对外科创伤的关注突出了现代医学对外在的生理和病理的入迷,而忽略人的内心世界。

---

① Chris Adrian, "You Can Have It", *The Paris Review*, Issue 141, 1996, p. 281.
② Ibid.
③ Ibid., p. 282.

如艾德里安在一篇文章中写的，"我……深刻认识到常规诊疗忽略了疾病所带来的苦难经历中某一个很重要的部分"①。故事中的医患双方虽然都被艾德里安通过艺术手法处理过而显得玄幻，但是他们基本都是现实社会的文学缩影，他们折射了医疗际遇的现实。而对他们的神化呈现，是对医学话语权威的一个反讽式对抗，也是对医学话语自我尊大情结的一种反拨。乔西虽然具备救死扶伤的能力，但是他无法与周围的人，尤其是病人建立起有意义的联系，他也无法如他的双胞胎哥哥一样感化世人。

荆棘皇冠一方面延展了乔西可见、可感和可知的范畴，另一方面也让他知道这种能力的暂时性和仪规性。乔西渴盼双胞胎哥哥的回归正是因为他意识到了自己的缺失，或者说不完整性。在《你都拿走》中，乔西的无能感和焦虑感归根到底便是来自兄弟逝去后的缺失感。② 乔西仅仅活在耶稣的阴影里，他徒有神力，但是仍然无法成为真正的治愈者（healer），因为他

<hr>

① Chris Adrian, "The Waiting Room", *The Lancet*, Vol. 384, No. 9954, Nov. 1, 2014, p. 1566, www. thelancet. com/journals/lancet/article/PIIS0140-6736（14）61975-9/fulltext？rss%3Dyes. Accessed 2 Oct. 2016.

② "失去兄弟之痛"是艾德里安作品中一个循环出现的母题，除了他的短篇小说中经常出现这个母题之外，他的处女作《高博的悲伤》（*Gob's Grief*），以及后来的《儿童医院》（*The Children's Hospital*）都是讲述主人公如何渴盼兄弟起死回生，以及如何面对和哀悼某人的逝去。艾德里安在多次访谈中均回应了关于这个母题的问题：比他大三岁的哥哥在他 22 岁时因车祸去世。他的故事中的那些失去兄弟的人物多少都有他自己的影子，而他也正是希望通过故事中人物的刻画，来理解死亡并哀悼已经逝去的兄弟，同时寻求建构一个更加有意义的、更加完整的主体身份。Chris Adrian, "An Interview With Chris Adrian", Interview by Michael Johnson, 2001, www. bookbrowse. com/author_ interviews/full/index. cfm/author_ number/558/chris-adrian. Accessed 1 Oct. 2016. Chris Adrian, "An Interview With Chris Adrian", Interview by Drew Nellins, Aug. 2008, www. booksl ut. com/features/2008 _ 08 _ 013241. php. Accessed 1 Oct. 2016.

本身便急需诊治。故事的结尾，焦虑苦闷的乔西愿意以一切代价换回其兄弟，这也是该故事标题的寓意所在。

四　暴力话语中的"人"

如艾德里安一样，其他医生作家也以自白叙事的方式再现了他们在生死病痛面前的无能为力，感叹医学的有限性和人体的奥妙。他们为了在现实与理想间的断层寻求能讲述自己切身经历的声音，不惜自毁形象，自我揭短。自白叙事彰显了医生作家的自觉意识，以及走下神坛的勇气。医生自白叙事表达了当代富有自觉意识的医生作家对传统医学话语霸权以及医学话语框架框定作用的反思和质疑，是对传统医生形象的颠覆。这些医生作家在文学与医学构成的边缘地带进行深刻内省，以书写、言说的方式抵制医学话语的规训作用和医学框架的框定作用，重新认识处于各种权力关系网络中的主体，寻求重构自我多重身份的可能性。当代美国医生作家大胆的揭秘和煽情的自白给我们带来的不仅有情感上的冲击，还有对医学话语霸权发出质疑和抵制的声音。

医生书写深刻地揭示了医疗际遇中各种权力关系网络的暴力运作机制，彰显了医生主体身份的述行性。医生主体在对管控着他们行为的种种规范的物质化和身体化过程中得以形成。也就是说，在对职业规范的不断重复征引过程中，医生主体慢慢转化成为医学话语所命名之人，成为医学话语权力网络中某一个传递权力效应的节点。而医学话语权力的权威性也正是依托医生主体的述行行为而得以物质化和身体化，从而不断增强其权威性存在。而医生主体的行为方式也时刻受到话语所认可的规制性理想的约束和管控。他们的可见、可感、可知和可言范围在其身份述行过程中便为医学话语框架所框定。对于如何面对医疗际遇中的种种病与痛、生与死、医疗失误等问题，医学话语都有着严格的、仪规化的规定，目的是塑造出客观理性和高效的医生形象。

医学话语框架尽管竭力想框定医生主体对"我是谁"这个终极问题的回应，但是主体身份的述行性预示着这种管控必然存在某些不稳定因子，从而带来征引失败、述行失败。但这并不是一件坏事。身份建构过程中必然出现的与规制性理想的偏离所产生的裂隙或者缺口正是框架外之物重返框架的通道。而对贱斥物重新思考和接纳带来的便是身份再生产的可能性。当代美国医生作家们通过书写这一行为，有效地揭露医学话语所推崇的规制性理想医生形象与现实的裂隙。而且，他们通过大胆而真诚的自白书写，生动地再现了裂缝中人的生存境况，坦承了生命共享的脆弱特质。他们将医学凝视的目光投向工作中的自我，发掘被医学话语贱斥于话语框架之外的建构性外在，重新认识游离于框架内外的非理性的内容，让本该在场的情感回应和人文关怀实现回归。医生作家们，如谢尔泽、闪、坎普和艾德里安等，认识到话语框架的渗透性，抓住身份建构过程中不稳定因素的契机，重新思考活在种种暴力话语中的"人"的生存境况，甚至从局内人的视角去质疑、颠覆或者置换现有医学话语框架，寻求并创造身份再生产的可能性。凭借书写的创造力和行动力，医生作家对"我是谁"这个终极问题有了属于自己的回应，同时也在反思过程中，基于对生命共享的脆弱特质的承认，重构了在生死苦难面前人与人之间最天然、最本真的联系。而这种联系，或许是共处无处不在的暴力话语中的人抵制暴力、打破以暴易暴恶性循环的有效途径。

第二节　书写中与他人相遇

　　医生作家的自白性书写同时也是对生存于暴力话语中的"人"的书写，是对暴力话语的深刻揭露和无情抨击。而这种书写的出现揭示了话语框架本身可被扭转和被颠覆的本质，也即新内容的出现或者被认知，将会改变维系原来话语框架的条件，从而出现了突破原有框架、创造新框架的可能性。这些所谓的新内容，往往是被原有话语框架拒斥在框架之外，甚至遭到其暴力抹除的但又嵌入框架本身的事物，同时也是框架内事物的参照物。在美国当代医生书写中，医生作家对这些被贱斥在外的事物的重新认识和承认，是质疑、扭转和颠覆原有医学话语框架的重要反抗策略。其中，最重要的是，对于"我是谁"这个终极问题的回应，当代医生作家们将目光聚焦在自我和他人的联系上。通过对自身经历的再现与反思，他们看到了处于种种关系网络中的"我"，并寻求从"我"与他人的关联中重新认识自己。这是一种基于体认生命共享的脆弱特质的基础建立起来的人与人之间的天然联系。

一　框架的自我突破

　　无处不在的潜在框架影响着人们的认知思维和对外部世界的情感反应方式。作为权力的话语手段，框架已深入到生活的方方面面。虽然无所不在的、隐秘的话语框架看似坚不可摧，但"框架永远不可能完全掌控自己试图框定的事物"①。也就是说,"总有框架无法框定的事物,它们位于框架之外,正是它们使框架之内的事物拥有得到识别、得到承认的可能。框架永远不可能完全限定我们的所见、所思、所识、所感"②。被框架排除在外之物是身份边界的构成内容,也正是这些被贱斥在外的、被指认为不可理解的内容使框架内的事物能被指认,从而进入认知界域和表征界域。而这些超越框架范围的界外之物的显现,往往会对我们关于现实的既有认知产生干扰,甚至颠覆。巴特勒在此看到了抵制话语框架框定作用的反抗策略。就如巴特勒书中所引的出乎拍摄者本意而在网上传播的阿布格莱布监狱虐囚照片和逃离监狱的扼制而广泛流传的关塔那摩监狱囚犯的诗歌一样,这些所谓"'不受控制'的事物,正是那些有机会打破情景限制的事物",也正是它们的存在与传播带来了重新认识战争的本质以及重新发现为战争服务的话语手段的可能性,同时也激发了全球的反战情绪。③ 这些逃离权力扼制的、干扰既有认知的事物,打破了框架"自身得以塑造的原初情景",并创造新的情景,颠覆原有框架,使人们对现实有了重新的认知。④ 巴特勒进一步强调,"框架试图控制、传达、决定人们可见的事物,这一目的有时可能会暂时得逞,其目的达成有赖于具体的复制能力。然而,所谓的复制能力意味着不断突破情境,不断划定新的情境。所以,'框架'无法掌控自身

---

① [美]朱迪斯·巴特勒:《战争的框架》,何磊译,河南大学出版社2016年版,第49页。

② 同上。

③ 同上书,第51页。

④ 同上。

传达的内容，它试图限定内容，却每每只能以失败告终"①。也就是说，框架本身需要通过不断重复来维系其权威性，因而它并不是固定不变的，而是流动不居的。但是重复意味着征引失败的可能，意味着偏离原有指定轨道的可能。因此，处于权力关系网络中的"框架无法将事物掌控于某一地点，其自身也处在不断分裂的状态之中，受制于四处游移的不定状态"②。巴特勒将话语框架这种自我突破和不断变化的特性理解为质疑和颠覆现有框架的契机。她认为，反映战争对人性的褫夺的"图片与文字摆脱束缚的时刻可谓是一种'突破'，所以，尽管相片与诗句无法解救身陷囹圄的人类，无法阻止摧残生命的炮弹，无法扭转不义战争的进程，但它们能够创造条件，打破人们接受战争的普遍态度，激发更广泛的恐惧与义愤，由此支持并推进坚守正义、终结暴力的呼声"③。框架的自我突破既暴露了自身对人们认知思维和情感回应模式的蛮横操控，也揭示本身可变和不定的状态，从而为人们重新认识现实创造了新的条件，也提供了新的视角。

而当代美国医生作家从局内人的角度对医学话语权力运作机制的揭露和抨击从很大程度上讲也是医学话语框架本身自我突破而带来的重新诠释医疗际遇和重新建构医生主体身份的契机。他们在医学话语框架的管控扼制之下找到了新的反抗策略。他们通过对自己切身经历的文学再现和深刻反思，创造出理解医疗际遇现实的新情境和新框架，抵制原有框架对医疗际

①　[美]朱迪斯·巴特勒：《战争的框架》，何磊译，河南大学出版社2016年版，第51页。
②　同上书，第51—52页。
③　同上书，第52页。

遇中感知的管控，拒绝话语的暴力收编。医生作家在书写中质疑原有医学话语框架中被奉为至宝的客观理性和高效等理念，并通过个体的视角将切身经历变成文字，变成对新框架的呐喊和呼唤而传递给他人。当代美国医生作家的群体性出现则将这一个个孤立的呐喊编织成一个新的关系网络。组成这个网络的医生主体反思自己的经历，传递自己的情感回应。他们的作品所展现出的自白基调见证着医学话语体制中的人的生存境况，并揭示这些具有高度自觉意识的人们为新框架的出现以及职业身份的再生产而做出的抵抗行为。

通过文学的镜子异托邦作用，医生作家在复杂的观视和反思过程中，撕开了医学话语苦心经营的假象，认清医学以及自己的自我尊大的可笑，认识到自己在医学话语权力的链条中如何传递着权力的效应，如何将自己所受到的暴力规训转化为对疾病进程的暴力干涉，和对病人的种种非人性化诊治。如在《上帝之家》中，闪以一个实习医生的角度再现了医学话语权力的暴力运作机制，以及暴力如何通过处于这个错综复杂的权力关系网络中的各个节点进行传播，从而实现对个体身体空间和社会空间的渗透式掌控。这些医生作家在医学话语框架的内外之间，在身份边界的模糊地带发现了让人震撼的内容，拓展了自己的可见、可感、可知和可言范围。例如，谢尔泽通过细致的观察和细腻的书写，重新释放被医学话语框架所抑制的感官体验和情感回应，发掘理想与现实之间的裂隙所潜在的种种可能性，在失去对身体/疾病/死亡/叙事等的控制权和重新获得控制权的欲望两者之间发现生命，乃至死亡的另一种美，并将这种美转化为文字，转化为言语。艾德里安则通过对医学凝视的超自然复现以及医学权力分配制度的彻底颠覆，建构全新的话语框架来置换原有的话语框架，实现对疾病、生命和自我身份的重新想象和表达。在对这些令人震撼的、不可控制的新内容的展示过程中，医生作家暴露了原有框架的蛮横和暴力，为原有话语框架的自我突破创造了新的情境和新的条件。

二　书写中与他人相遇

当代美国医生书写的群体性出现和其自白基调促使医学话语框架在自我暴露中实现自我突破，并产生新的延续。在这些扭转甚至颠覆原有医学话语框架的新内容中，最主要的莫过于基于对生命共享的脆弱特质的承认的基础上对医患关系的重新认知。医生书写的兴起，在很大程度上可以说是为了修复和曾经被指认为"他者"的病人的关系。通过将医学凝视内转到自身，医生作家将目光锁定在工作中的自我身上，使本该在场的情感回应变成文字再现在医疗际遇中。医生作家的自白性书写深刻地揭示了权力对身份建构过程的暴力规范作用，深入分析潜在的医学话语框架如何管控他们的行为方式，并且影响他们的认知模式和情感回应模式。

在原有医学话语框架之下，医生主体的生命沦为工具性生产力，而病人则成为疾病的载体和施治对象。虽然医生主体被医学话语塑造为拥有话语权力的一方，但实际上仅仅是传递权力效应链条上的某一个节点，与病人一样，成为医学话语暴力运作的对象。暴力产生的根源在于生命共享的脆弱特质得不到承认，也得不到呵护。对于医生主体来说，在其对医学话语漫长而严苛的述行过程中，高强度的培训和超乎常人承受范围的工作规程遮蔽了其脆弱特质，制造出一种客观理性和高效的假象。而不断重复的仪规性工作也逐步麻痹医生主体的神经，潜在的框架更是有效地、秘密地影响着医生主体对"现实"的理解，使其无法意识到医疗培训中对情感、对非理性的一切的抵制如何演变为医疗际遇中的非人性化，甚至将医疗际遇的冷漠无情视为寻常。医学话语通过渗透性的暴力运作机制旨在将个别主体塑造为客观理性的、拥有上帝般起死回生能力的医生。这种规制性理想的物质化和身体化的过程，也即医生主体的身份述行过程，实际上是对生命共享的脆弱特质的忽视，乃至践踏。如巴特勒在论述战争的话语框架如何否认和拒斥人与人之间"彼此邻近、唇齿相依的脆弱处境"① 时指出：

> 因为共同的脆弱特质而唇齿相依，这种互相依存的纽带关系并不是审慎抉择之后建立的社会关系。这种关系先于社会契约，而以独立意志个体为基础的社会契约却总是抹杀这种关系。我们同陌生人之间存在相互依存的关系，我们没有机会了解这个（这些）陌生人，而他（们）也并非我们主动选择。杀害他人意味着否认我们自己的生命——生命从来都不只属于我自己，从一开始，我的生命就是社会性的生命。
>
> （巴特勒：《战争的框架》，平装版导言，第 29 页）

巴特勒的话重点强调了个体生命的社会性，也即我与他人

---

① ［美］朱迪斯·巴特勒：《战争的框架》，平装版导言，何磊译，河南大学出版社 2016 年版，第 30 页。

基于生命共享的脆弱特质之上的天然联系。巴特勒认为，"脆弱特质意味着人类对社会关系网络与社会条件的依赖"①。人与人之间，以及人与外部环境这种不以个人意志为转移的依存关系是人们无法规避的生存状态。也就是说，"如果我们是社会生命，如果我们的生存取决于对相互依存状况（'依存'未必以人与人的'相似'为基础）的承认，那么，能够生存的我就不是一个孤立自足的存在。无论自愿与否，我的边界总是将我暴露于他人，而这种暴露正是社会性与生存的条件"②。巴特勒重新想象了我与他人的联系：

> 我的生存能力有赖于自己同他人的关联。所谓他人就是一个个的"你"，没有你们我就无法生存。因此，我的存在就不仅属于自己，它超出了自我的范围，维系在自我同他人的各类关联之中。这些关联先于我的身份边界，如果说某条边界属于我，这只是因为我同他人有所区分，而正是基于这种区分，我才能同他人发生联系。所以，边界只是一种关联的功能，一种差异的协调，凭借这种协调，我在有别于他人的条件下同他人唇齿相依。我需要守护你的生命，原因不尽在于我要保全自己的生命。更重要的原因是，没有你的存在，"我"就根本无法存在。自我同他人之间存在着错综复杂而充满张力的必要联系，我们必须依据这种关联来重新思考生命。我有可能失去"你"，也有可能失去任何一个他人。失去你们，我仍有可能生存，

---

① ［美］朱迪斯·巴特勒：《战争的框架》，何磊译，河南大学出版社2016年版，第70页。
② 同上书，第116页。

但前提条件是，我没有丧失同"你们"的发生关联的可
能。如果离开那些超出我范围之外的生命，如果没有你们
作为参照指引，我就无法存在。我之所以能够生存，其原
因就在于此。

（巴特勒：《战争的框架》，第 101—102 页）

　　身份的边界具有强大的渗透性，同时也是自我与他人发
生联系的中间地带。这种不可规避的联系是自我身份确立的
前提，更是自我存在的条件。也正因为身体的社会性和开放
性，"它从来都不是孤立自足的封闭体 …… 人与人之间才会
有情感碰撞、欲求与渴望，才会有那些为我们带来生机与活
力的语言和话语能力"①。而医学话语在医生主体身份建构过
程以及医疗际遇中种种去人性化的行为正是对个体的社会性
存在的否认与拒斥。在客观理性和高效这些狭隘理念支撑下
的现代医学话语试图通过暴力规训机制制造出无懈可击的、
强大的医生主体来管控个体的身体空间以及社会空间，将所
有一切纳入医学凝视的目光之中。这些被医学话语收编的医
生主体在医学话语框架的作用下，否认自身的脆弱特质，否
认自己暴露于他人的状态，否认自己不受保护的并且时刻有
可能受到暴力威胁的脆弱处境，进而否认与他人，也即病人
那种与生俱来的、唇齿相依的联系。医学话语框架框定了医
生主体通过叙事阐明、理解并认同其非人性化培训和行医经
历的方式，使其认同以暴易暴的自我保护措施，成为话语层

---

　　① ［美］朱迪斯·巴特勒：《战争的框架》，何磊译，河南大学出版社 2016 年
版，第 117 页。

面上医疗暴行常态化的共谋。

医生作家的书写实际上是对原有医学话语框架这种自我封闭、自我隔离、自我尊大的认知模式的反拨。在日常行医生涯中，医生主体也时刻遭遇着原有框架无法掌控、无法限定的内容，这些内容对原有认知和原有情感回应模式造成干扰。但是，也就是在这些干扰因素中，医生作家发现了反抗的新策略。关于生死苦难的切身经历一次又一次向他们揭示了身份边界的不稳定性和可渗透性。传统医学话语一心想打造的上帝般的、英雄般的医生形象，通过非人性化的身份生产塑形过程，对一个个个体实现暴力收编，使之成为话语所询唤之人，成为医学体制传递权力效应的工具。而医学话语所制造出的客观理性和高效的表象在生死苦难面前显得苍白和脆弱。如年轻的坎普希望调用医生身份特权，利用医学术语和白大褂来掩饰自己的多重非主流身份所带来的不自信。他希望强大的医生形象能切断他与病人的联系，或者隔开他与苦难、死亡的联系，但是当他被艾滋病患者用过的针头扎到时，他猛然意识到自己时刻暴露于他人的威胁之中，也意识到死亡离他并不远。无论他怎么用医学话语武装自己，也无论他如何躲在医学话语为他准备的保护壳中，他与病人、死亡和艾滋病的距离并没有他所希望的那么遥远。相反，他们之间的距离仅有一个针头。而正是这一次意外事故迫使坎普重新认识到自己与病人之间共享的某些东西。这些东西虽然无法将穷凶极恶的艾滋病病毒清除，但它们足以使他们在艾滋病这场世纪瘟疫中相互依存、携手前进，奔向更让人向往的未来，哪怕这个未来意味着死亡。也正是因为其对死亡的重新认识，坎普将之前被贱斥的、被遮蔽的、被视为不可理解的非理性内容高调纳入表征领域和认知领域，勇敢地以超验性质的情人关系来重新想象医患关系，释放被原有医学话语框架扼制的但本该在场的种种情感反应和人文关怀。在这种富有震撼力的书写中，坎普有力地彰显了原有医学话语框架对医疗际遇的暴力规范和蛮横管控，同时也为医疗场景中新情感模式的出现创造了条件。

在文学与医学构成的自由空间中，医生作家卸去冷冰冰的职业外装所带来的隔阂，主动走下神坛，激活自己的感官，全身心地感受生死苦难所带来的一切，重新认识权力话语中的形形色色个体的生存境况。最后将自己的切身经历转化为文字，将生命的脆弱特质转化为言语。他们的字里行间虽有走下神坛后的无能感和焦虑感，但更多的是对重新认识现实的渴望，以及对与他人相遇的憧憬。在反思身份生产的过程中，医生作家也看到了反复征引行为中隐藏的身份再生产的可能性。

第三节　框架中的身份述行

医学话语框架管控着医生主体的认知思维和情感反应模式，对其可见、可感、可知和可言的范围进行严格限定。医生主体对医疗际遇、病人以及自己的体会和理解也在感知层面上受到极大的约束或者削弱。而在医生主体的身份建构过程中，医学话语正是通过框架等话语手段对其进行塑形和收编，使之成为医学话语所认可的职业人士，成为医学话语所询唤之人。巴特勒特别强调述行过程中对规范的重复征引行为，她认为，

"规范塑造主体乃是一个不断重复的过程：规范不断重复，因此也不断地同所谓'塑造条件'发生'断裂'"①。虽然话语框架看似坚不可摧，但其在重复过程中必然会出现这样或者那样的偏差。而"一旦理解了'重复'这一关键概念，我们就不难明白：规范的作用并不能决定一切"②。规范总是试图控制一切，但是事实情况并不总是如其所愿，总有不受其控制的事物存在，并促成主体述行的轨迹与规制性理想型的裂隙越来越大。因此，虽然"我们脱胎于各类权力的共同作用，但这一事实并不意味着，在整个生命历程中，我们必须一成不变地原样复制那些权力模式"③。可以说，主体对规范的重复征引揭示了框架自我突破的可能性。巴特勒身份理论的独特之处在于她看到了权力对身体的征服与管控的同时，也看到了主体对权力的抵制以及主体身份再生产的可能性。框架能被扭转和颠覆的现实成了医生主体实现身份再生产的契机。医生作家的书写紧紧围绕身份建构过程中框架外之物的干扰或者诱惑展开，充分发掘这些所谓"非法表征物"和"不可控制的事物"的潜力。这些被贱斥的框架外之物正是那些可以使医生主体对生死苦难、对生活于种种暴力话语中的"人"的思考更加细腻、更加审慎，也更加深入的内容。医生作家从中看到了生命共享的脆弱特质，看到了人与人之间最本真的联系，也看到了职业身份再生产的可能性。

但是，框架作为一种权力话语手段渗透到社会的每个角落

---

① ［美］朱迪斯·巴特勒：《战争的框架》，何磊译，河南大学出版社 2016 年版，第 279 页。

② 同上书，第 279—280 页。

③ 同上书，第 278 页。

中，而作为社会中的个体也逃离不了被框架、被权力管控的命运。医生作家的书写是医生主体在对规范的重复征引过程中产生的一系列与原来规范"断裂"的现象。如巴特勒所说，"所谓的'断裂'不过是由规范的重复性结构催生的一系列重大转变而已"①。"断裂"的出现提供的是抵制原有话语的契机，但这并不代表着主体能与原有规范以及权力话语彻底决裂，也不是对过去所有一切的摒弃和否定。相反，正是在对原有权力话语的征引和重复过程中，主体逐步意识到并揭露原有框架的偏狭和蛮横，同时抓住原有框架自我突破的契机，进而召唤新型思考框架的产生。在医学话语场域，医生主体受塑于各类规范，脱胎于医学话语权力关系网络，他们不可能彻底地与原来的权力规范割裂。因为这些规范是他们得以形成的根基，更是维系其主体身份的重要条件。离开了这些规范的运作，他们的职业身份建构便无从谈起。所以，作为医学体制中的主体，医生作家渴望的并不是对医学话语的彻底颠覆，而是呼吁新的医学话语框架的出现，并以此来置换褫夺人性的、强化以暴易暴恶性循环的老框架。

医生作家对新话语框架的想象和表述其实是为自己在受塑成型过程中所受到的体制性暴力找到新的表达方式。他们希望这种表达方式能使本该在场的，但又长期缺席的人文关怀以及情感回应实现在医疗场景中的回归。他们首先将医学凝视之光内转到自身的成长过程。通过对切身经历的文学再现，他们反思自己在身份述行过程中所受到的种种暴力。例如：医学话语

---

① ［美］朱迪斯·巴特勒：《战争的框架》，何磊译，河南大学出版社2016年版，第281页。

如何操控医生主体身份生成过程？如何使人成为工具的延伸？如何管控体制中人的思维模式和情感回应模式？如何将病人和疾病现象简单粗暴地纳入语言的范畴并使之成为诊治的内容？如何造成并加剧医患之间的隔离和对峙？医生作家通过文学创作的手段，在虚构或者非虚构的叙事中，对这些问题进行详细审视，以期揭露医学话语通过反复操练、仪规化操作等话语手段对肉体进行野蛮操纵，并揭示医学话语框架的偏狭和僵化。他们通过自己切身经历的文学再现生动地展示了他们如何被暴力塑造而成。这些暴力行为经过话语的包装，往往以冷漠、麻木和过度使用入侵性诊疗手段干涉生命的自然进程表现出来。这些敌对情绪和攻击倾向为医患双方带来了不可估量的创伤性冲击。

但是医生作家并不试图为自己在受塑成型之后以医治之名对他人施加的暴力行为进行粉饰。相反，因为意识到生命所共享的脆弱特质，他们这些"深受暴力塑造的主体虽然极度愤怒，却仍试图控制自身的伤害行为"①。他们"积极主动地同自身的攻击倾向进行抗争"②。而这种抗争带来的便是内心的挣扎和难以解决的困境，如谢尔泽故事中的外科医生在占有控制权与失去控制权之间，在理想与现实之间的斗争；又如闪的小说中的主人公面对胖子和乔这两种截然不同的职业榜样时的迷茫；等等。但是这种抗争促使了框架的自我突破，为身份再生产带来了可能性。一反以暴易暴的做法，医生作家借助文字的力量为自己身份建构过程中必然遭受的体制性暴力找到一个新

---

① ［美］朱迪斯·巴特勒：《战争的框架》，何磊译，河南大学出版社 2016 年版，第 285 页。

② 同上。

的宣泄途径，将种种敌对情绪和潜在的攻击行为在新的话语框架中转化为新的表达方式，如坎普对背负着沉重社会污名的艾滋病和同性恋人群的重新想象，使那些被贱斥的，但早已嵌入框架本身的内容实现回归；又如艾德里安通过对杰玛神力的文学再现来实现对医学目视的重新表达，以及对原有医学话语权力的祛序；等等。这些具有自觉意识的医生作家的写作行为实则为一种对新话语框架、新思维模式的召唤。他们的召唤通过文字这个媒介而为更多的人所知，引导人们不会再轻易地将医疗场景中的敌对情绪和潜在的攻击性行为等暴力视为理所当然的现象，而是对其进行更加深入、更加审慎的思考。医生作家的群体性出现，以及这个群体的不断壮大，充分说明这并不是个体事件或者炒作事件那么简单。不断涌现的医生书写呼唤的不仅仅是人们对医疗话语霸权的即时的情感回应，更不是为了追求一时的轰动效应；相反，它已经逐步转变成一种新型的反抗策略，对原有的医学话语体制产生着持续的反抗和抵制。而近年来蓬勃发展的人文医学项目一方面为医生作家对新话语框架的召唤提供体制上的保护和正名，另一方面也促使这种召唤行为及其宣扬的理念成为医生职业身份建构过程中需要面对的新内容。

参考文献

一 中文文献

（一）中文著作

孙杰娜：《阈限·叙事——当代美国医生作家研究》，武汉大学出版社 2014 年版。

于娟：《此生未完成》，湖南科学技术出版社 2013 年版。

于奇智：《凝视之爱：福柯医学历史哲学论稿》，中央编译出版社 2002 年版。

张锦：《福柯的"异托邦"思想研究》，北京大学出版社 2016 年版。

张一兵：《回到福柯——暴力性构序与生命治安的话语构境》，上海人民出版社 2016 年版。

［法］福柯：《规训与惩罚》，刘北成、杨远婴译，生活·读书·新知三联书店 2014 年版。

［法］福柯：《临床医学的诞生》，刘北成译，译林出版社 2011 年版。

［美］奥利弗·萨克斯：《错把妻子当帽子》，黄文涛译，《萨克斯医生讲故事》丛书，中信出版社 2010 年版。

［美］奥利弗·萨克斯：《睡人》，宋伟译，中信出版社 2011 年版。

［美］凯·杰米森：《躁郁之心：我与躁郁症共处的30年》
（上），聂晶译，浙江人民出版社2013年版。

［美］朱迪斯·巴特勒：《身体之重：论"性别"的话语界
限》，李钧鹏译，上海三联书店2011年版。

［美］朱迪斯·巴特勒：《性别麻烦：女性主义与身份的颠覆》，
宋素凤译，上海三联书店2009年版。

［美］朱迪斯·巴特勒：《战争的框架》，何磊译，河南大学出
版社2016年版。

（二）中文文章

陈勇：《从病人话语到医生话语——英国近代医患关系的历史
考察》，《史学集刊》2010年11月第6期。

何磊：《生命、框架与伦理——朱迪斯·巴特勒的左翼战争批
判理论》，《马克思主义与现实》2016年第6期。

倪湛舸：《语言·主体·性别——初探巴特勒的知识迷宫》，载
朱迪斯·巴特勒《性别麻烦：女性主义与身份的颠覆》，
宋素凤译，上海三联书店2009年版。

孙杰娜："The Blending of Lived Experience and Art in American
Illness Narratives"，《现代传记研究》第四辑2015年春季
号。

孙杰娜：《佛吉斯回忆录〈我的国家〉里的艾滋病叙事》，《外
国文学动态研究》2015年第4期。

孙杰娜：《论当代美国文学与医学的跨界融合》，《医学与哲
学》2015年9月第36卷第9A期。

孙杰娜：《异托邦中的异托邦：当代美国医生书写中的空间叙
事》，《社会科学研究》2016年第1期。

孙杰娜、朱宾忠：《评当代美国医生书写的三种叙事类型》，

《武汉大学学报》（人文科学版）2015年第68卷第6期。

赵福生：《Heterotopia："差异地点"还是"异托邦"?》，《理论探讨》2010年第1期。

［法］福柯：《另类空间》，王喆译，《世界哲学》2006年第6期。

二　英文文献

（一）英文著作

Adrian, Chris. *The Children's Hospital*. New York：Grove Press, 2006.

——, and Eli Horowitz. *The New World：A Novel*. New York：Farrar, Straus and Giroux, 2015.

Austin, J. L. *How to Do Things with Words：The William James Lectures Delivered at Harvard University*, edited by J. O. Urmson and Marina Sbisa. 2nd ed., Cambridge, MA：Harvard UP, 1962.

Bow, Leslie. *Partly Colored：Asian Americans and Racial Anomaly in the Segregated South*. New York：New York UP, 2010.

Brody, Howard. *Stories of Sickness*. 2nd ed., New York：Oxford UP, 2002.

Butler, Judith. *Bodies that Matter：On the Discursive Limits of "Sex"*. New York：Routledge, 1993.

——. *Frames of War：When Is Life Grievable?* New York：Verso, 2010.

——. *Gender Trouble：Feminism and the Subversion of Identity*. New York：Routledge, 1989.

——. *The Psychic Life of Power: Theories in Subjection.* Stanford, CA: Stanford UP, 1998.

Butler, Sandra, and Barbara Rosenblum. *Cancer in Two Voices.* San Francisco, CA: Spinsters Book Company, 1991.

Campo, Rafael. *The Healing Art: A Doctor's Black Bag of Poetry.* New York: W. W. Norton & Company, 2003.

——. *The Poetry of Healing: A Doctor's Education in Empathy, Identity, and Desire.* New York: W. W. Norton & Company, 1997.

Charon, Rita. *Narrative Medicine: Honoring the Stories of Illness.* New York: Oxford UP, 2006.

Chen, Pauline. *Final Exam.* New York: Knopf, 2007.

Coles, Robert. *Children of Crisis.* New York: Back Bay Books, 2003.

Couser, G. Thomas. *Recovering Bodies: Illness, Disability, and Life Writing.* Madison, WI: U of Wisconsin P, 1997.

——. *Vulnerable Subjects: Ethics and Life Writing.* Ithaca, NY: Cornell UP, 2004.

Duffin, Jacalyn. *History of Medicine: A Scandalously Short Introduction.* Toronto: U of Toronto P, 1999.

Epstein, Julia. *Altered Conditions: Disease, Medicine, and Storytelling.* New York: Routledge, 1995.

Frank, Arthur W. *Letting Stories Breathe: A Socio-Narratology.* Chicago, IL: U of Chicago P, 2010.

——. *The Wounded Storyteller: Body, Illness, and Ethics.* Chicago, IL: U of Chicago P, 1995.

Gawande, Atul. *Better*: *A Surgeon's Notes on Performance*. New York: Picador, 2007.

——. *Complications*: *A Surgeon's Notes on an Imperfect Science*. New York: Metropolitan Books, 2002.

Grealy, Lucy. *Autobiography of a Face*. New York: Houghton Mifflin Company, 1994.

Greenbaum, Dorothy, and Deidre S. Laiken. *Lovestrong*: *A Woman Doctor's True Story of Marriage and Medicine*. New York: Times Books, 1984.

Groopman, Jerome. *How Doctors Think*. New York: Houghton Mifflin Company, 2007.

Hawkins, Anne Hunsaker. *Reconstructing Illness*: *Studies in Pathography*. 2nd ed., West Lafayette, IN: Purdue UP, 1999.

Hawthorne, Nathaniel. *The Scarlet Letter*. New York: Bantam Books, 1980.

Hilfiker, David. *Healing the Wounds*: *A Physician Looks at His Work*. Omaha, NE: Creighton UP, 1998.

——. *Not All of Us Are Saints*. New York: Farrar, Straus & Giroux, 1994.

——. *Urban Injustice*: *How Ghettos Happen*. New York: Farrar, Straus & Giroux, 2003.

Hunter, Kathryn Montgomery. *Doctors' Stories*: *The Narrative Structure of Medical Knowledge*. Princeton, NJ: Princeton UP, 1991.

Jamison, Kay. *An Unquiet Mind*: *A Memoir of Moods and Madness*.

New York: Vintage Books, 1997.

Kalanithi, Paul. *When Breath Becomes Air.* New York: Random House, 2016.

Klass, Perri. *Baby Doctor.* New York: Random House, 1992.

——. *A Not Entirely Benign Procedure: Four Years as a Medical Student.* New York: New American Library, 1987.

Kleinman, Arthur. *The Illness Narratives: Suffering, Healing, and the Human Condition.* New York: Basic Books, 1988.

Klitzman, Robert. *A Year – long Night: Tales of a Medical Intership.* New York: Viking Press, 1989.

——. *In a House of Dreams and Glass: Becoming a Psychiatrist.* New York: Simon & Schuster, 1995.

Kruger, Steven F. *AIDS Narratives: Gender and Sexuality, Fiction and Science.* New York: Garland Publishing, Inc. , 1996.

Lakoff, George, and Mark Johnson. *Metaphors We Live By.* Chicago: U of Chicago P, 1980.

Lorde, Audre. *The Cancer Journals.* San Francisco, CA: Aunt Lute Books, 1980.

Mullan, Fitzhugh. *White Coat, Clenched Fist: The Political Education of an American Physician.* New York: Macmillan, 1976.

Murphy, Robert. *The Body Silent.* New York: Henry Holt & Co. , 1987.

Nelson, Hilde Lindemann. *Stories and Their Limits: Narrative Approaches to Bioethics.* New York: Routledge, 1997.

Nuland, Sherwin. *Doctors: The Biography of Medicine.* New York:

Vintage, 1995.

——. *The Doctors' Plague: Germs, Childbed Fever, and the Strange Story of Ignac Semmelweis.* New York: W. W. Norton & Company, 2004.

——. *How We Die: Reflections on Life's Final Chapter.* New York: Knopf, 1994.

——. *How We Live.* New York: Vintage, 1998.

Pearl, Monica B. *AIDS Literature and Gay Identity: The Literature of Loss.* New York: Routledge, 2013.

Poirier, Suzanne. *Doctors in the Making: Memoirs and Medical Education.* Iowa City, IA: U of Iowa P, 2009.

Reiser, Stanley Joel. *Medicine and the Reign of Technology.* New York: Cambridge UP, 1978.

Sacks, Oliver. *Awakenings.* 1973. Rev. ed. New York: Vintage Books, 1990.

——. *The Man Who Mistook his Wife for a Hat.* New York: Touchstone Books, 1985.

Scannell, Kate. *Death of the Good Doctor: Lessons from the Heart of the AIDS Epidemic.* San Francisco, CA: Cleis Press Inc., 1999.

Searle, John. *Expression and Meaning: Studies in the Theory of Speech Act.* New York: Cambridge UP, 1979.

Segal, Judy Z. *Health and the Rhetoric of Medicine.* Carbondale, IL: Southern Illinois UP, 2005.

Selwyn, Peter. *Surviving the Fall: The Personal Journey of an AIDS Doctor.* New Haven, CT: Yale UP, 1998.

Selzer, Richard. *Confessions of a Knife*. New York: Simon and Schuster, 1979.

——. *Diary*. New Haven, CT: Yale UP, 2011.

——. *The Doctor Stories*. New York: Picador, 1998.

——. *The Exact Location of the Soul*. New York: Picador, 2001.

——. *Letters to a Young Doctor*. New York: Simon & Schuster, 1982.

——. *Mortal Lessons: Notes on the Art of Surgery*. New York: Simon & Schuster, 1976.

——. *Raising the Dead*. New York: Whittle Books, 1994.

——. *Rituals of Surgery*. 1974. East Lansing, MI: Michigan State UP, 2001.

Shem, Samuel. *The House of God*. 1978. New York: Bantam Dell, 2003.

——. *Mount Misery*. New York: Fawcett Columbine, 1997.

——. *The Spirit of the Place*. Kent, OH: The Kent State UP, 2008.

Sontag, Susan. *Illness as Metaphor and AIDS and Its Metaphors*. 1978. 1988. New York: Picador, 2001.

Stein, Michael. *The White Life*. Sag Harbor, NY: Permanent Press, 1999.

Verghese, Abraham. *My Own Country: A Doctor's Story of a Town and Its People in the Age of AIDS*. New York: Simon & Schuster, 1994.

（二）英文文章、诗歌和短篇小说等

Adrian, Chris. "An Interview With Chris Adrian." Interview by

Drew Nellins. Aug. 2008, www. bookslut. com/features/ 2008_ 08_ 013241. php. Accessed 1 Oct. 2016.

———. "An Interview With Chris Adrian." Interview by Michael Johnson, 2001, www. bookbrowse. com/author _ interviews/ full/in dex. cfm/author_ number/558/chris – adrian. Accessed 1 Oct. 2016.

———. "The Waiting Room." *The Lancet*, Vol. 384, No. 9954, Nov. 1, 2014, pp. 1566 – 1567, www. helancet. com/jour- nals/lancet/article/PIIS0140 – 6736 (14) 61975 – 9/full- text? rss% 3Dye s. Accessed 2 Oct. 2016.

———. "You Can Have It." *The Paris Review*, Issue 141, 1996, pp. 277 – 292.

Aull, Felice, and Bradley Lewis. "Medical Intellectuals: Resis- ting Medical Orientalism." *Journal of Medical Humanities*, Vol. 25, No. 2, 2004, pp. 87 – 108.

Belling, Catherine. "In Memoriam Richard Selzer (1928 – 2016)." *Literature and Medicine*, Vol. 34, No. 2, 2016, pp. 239 – 241.

Berlinger, Nancy. "Broken Stories: Patients, Families, and Cli- nicians after Medical Errors." *Literature and Medicine*, Vol. 22, No. 2, 2003, pp. 230 – 240.

Brandt, Allan M. "AIDS: From Social History to Social Policy." *AIDS: The Burdens of History*. Edited by Elizabeth Fee and Daniel M. Fox, Oakland, CA: U of California P, 1988, pp. 147 – 171.

Campo, Rafael. "Addressed to Her." *Virginia Quarterly Review*,

1 Apr. 2004, p. 121.

——. "AIDS and the Poetry of Healing." *The Poetry of Healing*, New York: W. W. Norton & Company, 1997, pp. 157 – 172.

——. "Alternative Medicine: Wednesday Afternoon HIV Clinic." *Alternative Medicine*. Durham, NC: Duke UP, 2014, pp. 46 – 49.

——. "A Case of Mistaken Identities." *The Poetry of Healing*, New York: W. W. Norton & Company, 1997, pp. 101 – 121.

——. "The Desire to Heal." *The Poetry of Healing*, New York: W. W. Norton & Company, 1997, pp. 13 – 33.

——. "The Distant Moon." *The Other Man Was Me: A Voyage to the New World*, Houston, TX: Arte Publico Press, 1994, pp. 112 – 115.

——. "The Doctor." *The Kenyon Review*, Vol. 15, No. 4, 1993, p. 103.

——. "Fifteen Minutes after Gary Died." *The Poetry of Healing*, New York: W. W. Norton & Company, 1997, pp. 122 – 156.

——. "The Gift of AIDS." *Lancet*, Vol. 349, 15 Feb. 1997, p. 511.

——. "H. K." *What the Body Told*, Durham, NC: Duke UP, 1996, p. 63.

——. "Illness." *The Kenyon Review*, Vol. 15, No. 4, 1993, pp. 102 – 103.

——. "Like a Prayer." *The Poetry of Healing*, New York: W.

W. Norton & Company, 1997, pp. 34 – 62.

——. "The 10, 000ᵗʰ AIDS Death in San Francisco." *What the Body Told*, Durham, NC: Duke UP, 1996, p. 57.

——. "Prescription." *What the Body Told*, Durham, NC: Duke UP, 1996, p. 59.

——. "Summer Vacation Reading." *The Enemy*, Durham, NC: Duke UP, 2007.

——. "Technology and Medicine." *The Kenyon Review*, Vol. 15, No. 4, 1993, p. 102.

——. "Translation." *The Kenyon Review*, Vol. 14, No. 4, 1992, p. 4.

Charon, Rita. "Literature and Medicine: Origins and Destines." *Academic Medicine*, Vol. 75, No. 1, 2000, pp. 23 – 27.

——. "Narrative Medicine: Form, Function, and Ethics." *Annals of Internal Medicine*, Vol. 134, No. 1, 2001, pp. 83 – 87.

Coulehan, Jack. "Annotation to Richard Selzer's *Letters to a Young Doctor*." *Literature, Arts, Medicine Database*. 12 Apr. 2004. medh um. med. nyu. edu/view/1078. Accessed 26 June 2016.

DasGupta, Sayantani. "Reading Bodies, Writing Bodies: Self – Reflection and Cultural Criticism in a Narrative Medicine Curriculum." *Literature and Medicine*, Vol. 22, No. 2, 2003, pp. 241 – 256.

Davis, Robert Leigh. "The Art of Suture: Richard Selzer and Medical Narrative." *Literature and Medicine*, Vol. 12, No. 2, 1993, pp. 178 – 193.

De Moor, Katrien. "The Doctor's Role of Witness and Companion: Medical and Literary Ethics of Care in AIDS Physicians' Memoirs." *Literature and Medicine*, Vol. 22, No. 2, 2003, pp. 208 – 229.

Derrida, Jacques. "Signature, Event, Context." *Margins of Philosophy*. Translated by Alan Bass, The U of Chicago P, 1982, pp. 307 – 330.

Diedrich, Lisa. "AIDS and Its Treatments: Two Doctors' Narratives of Healing, Desire, and Belonging." *Journal of Medical Humanities*, Vol. 26, No. 4, 2005, pp. 237 – 257.

Fournier, Valérie. "The Appeal to 'Professionalism' as a Disciplinary Mechanism." *The Sociological Review*, Vol. 47, No. 2, 1999, pp. 280 – 307.

Frank, Arthur W. "Enacting Illness Stories: When, What, and Why." *Stories and Their Limits: Narrative Approaches to Bioethics*. Edited by Hilde Lindemann Nelson, New York: Routledge, 1997, pp. 31 – 49.

Graham, Peter W. "A Mirror for Medicine: Richard Selzer, Michael Crichton, and Walker Percy." *Perspectives in Biology and Medicine*, Vol. 24, No. 2, 1981, pp. 229 – 239.

Hellerstein, David. "Keeping Secrets, Telling Tales: The Psychiatrist as Writer." *Journal of Medical Humanities*, Vol. 18, No. 2, 1997, pp. 127 – 139.

Henderson, S. W. "Identity and Compassion in Rafael Campo's 'The Distant Moon.'" *Literature and Medicine*, Vol. 19, No. 2, 2000, pp. 262 – 279.

Hilfiker, David. "Facing Our Mistakes." *New England Journal of Medicine*, Vol. 310, 1984, pp. 118 – 122.

Hodgson, Damian. " ' Putting on a Professional Performance ' : Performativity, Subversion and Project Management." *Organization*, Vol. 12, No. 1, 2005, pp. 51 – 63.

Holt, Terrence E. "Narrative Medicine and Negative Capability." *Literature and Medicine*, Vol. 23, No. 2, 2004, pp. 318 – 333.

Ingalls, Zoe. "A Professor of Medicine Discovers the Healing Power of Poetry." *The Chronicle of Higher Education*, 28 Feb. 1997, Social Science Premium Collection, pp. B8 – B9.

Jewson, N. D. "The Disappearance of the Sick – Man from Medical Cosmology, 1770 – 1870." *Sociology*, Vol. 10, No. 2, 1976, pp. 225 – 244.

John Simon Guggenheim Memorial Foundation. www. gf. org/about/ fell owship/. Accessed 11 Oct. 2017.

Josyph, Peter. "Wounded with Wonder: A Talk with Richard Selzer." *Studies in Short Fiction*, Vol. 27, No. 3, 1990, pp. 321 – 328.

Karnineli – Miller, Orit, et al. "Cloak of Compassion, or Evidence of Elitism? An Empirical Analysis of White Coat Ceremonies." *Medical Education*, Vol. 47, 2013, pp. 97 – 108.

Klaver, Elizabeth. "A Mind – Body – Flesh Problem: The Case of Margaret Edson's Wit." *Contemporary Literature*, Vol. 45, No. 4, 2004, pp. 659 – 683.

Montgomery, Scott. " Codes and Combat in Biomedical Discourse." *Science as Culture*, Vol. 2, No. 3, 1991, pp. 341 – 391.

Nuland, Sherwin. Foreword. *Surviving the Fall: A Personal Journey of an AIDS Doctor*, by Peter A. Selwyn, New Haven, CT: Yale UP, 1998, pp. ix – xii.

Oransky, Ivan. "Obituary: Joanne Trautmann Banks." *The Lancet*, Vol. 370, 28 July, 2007, thelancet. com/pdfs/journals/lancet/PIIS0140 – 6736 (07) 61148 – 9. pdf. Accessed 20 Apr. 2017.

Poirier, Suzanne. "Medical Education and the Embodied Physician." *Literature and Medicine*, Vol. 25, No. 2, 2006, pp. 522 – 552.

Schuster, Charles I. "Passion and Pathology: Richard Selzer's Philosophy of Doctoring." *Perspectives in Biology and Medicine*, Vol. 28, No. 1, 1984, pp. 65 – 74.

" – scope." *Collins Dictionary*. www. collinsdictionary. com/dictiona ry/english/scope_ 2. Accessed 27 Sept. 2017.

Selzer, Richard. "Alexis St. Martin." *Confessions of a Knife*, New York: Simon & Schuster, 1979, pp. 116 – 132.

——. "An Absence of Windows." *Confessions of A Knife*, New York: Simon & Schuster, 1979, pp. 15 – 21.

——. "Bone." *Mortal Lessons*, New York: Simon & Schuster, 1976, pp. 51 – 61.

——. "The Exact Location of the Soul." *The Exact Location of the Soul*, New York: Picador, 2001, pp. 16 – 22.

——. "Imposter." *The Doctor Stories*, New York: Picador,

1998, pp. 354 – 376.

——. "The Knife." *Mortal Lessons*, New York: Simon & Schuster, 1976, pp. 92 – 104.

——. "Lessons From the Art." *Mortal Lessons*, New York: Simon & Schuster, 1976, pp. 37 – 48.

——. "Letter to a Young Surgeon I." *Letters to a Young Doctor*, New York: Simon & Schuster, 1982, pp. 37 – 44.

——. "Letter to a Young Surgeon II." *Letters to a Young Doctor*, New York: Simon & Schuster, 1982, pp. 45 – 54.

——. "Letter to a Young Surgeon III." *Letters to a Young Doctor*, New York: Simon & Schuster, 1982, pp. 55 – 58.

——. "Letter to a Young Surgeon IV." *Letters to a Young Doctor*, New York: Simon & Schuster, 1982, pp. 104 – 112.

——. "Liver." *Mortal Lessons*, New York: Simon & Schuster, 1976, pp. 62 – 77.

——. "Mercy." *The Doctor Stories*, New York: Picador, 1998, pp. 142 – 146.

——. "My Brother Shaman." *Taking the World in for Repairs*, New York: William Morrow and Company, Inc., 1986, pp. 210 – 214.

——. "The Surgeon as Priest." *Mortal Lessons*, New York: Simon & Schuster, 1976, pp. 24 – 36.

——. "Sarcophagus." *The Doctor Stories*, New York: Picador, 1998, pp. 176 – 185.

——. "A Worm from my Notebook." *Taking the World in for Repairs*, New York: William Morrow and Company, Inc.,

1986, pp. 153 – 160.

——. "To a Would – Be Doctor – Writer." *Literature and Medicine*, Vol. 1, 1982, pp. 55 – 60.

Shem, Samuel. "Samuel Shem, 34 Years After 'The House of God.'" *The Atlantic*, 28 Nov. 2012, www. theatlantic. com/ health/ar chive/2012/11/samuel-shem-34-years-after-the-hous e-of-god/26567 5/. Accessed 5 April, 2017.

——. "Stay Human in Medicine: Lessons from *The House of God*." *Kevin MD. com*, 7 Dec. 2014, www. kevinmd. com/blog/ 2014/12/stay-human-medicine-lessons-house-god. html. Acces sed 1 Aug. 2017.

Srikanth, Rajini. "Abraham Verghese Doctors Autobiography in His Own Country." *Form and Transformation in Asian American Literature*. Edited by Xiaojing Zhou and Samina Najmi, Seattle, WA: U of Washington P, 2005, pp. 125 – 143.

——. "Ethnic Outsider as the Ultimate Insider: The Paradox of Verghese's *My Own Country*." *MELUS*, Vol. 29, No. 3 – 4, 2004, pp. 433 – 450.

Sun, Jiena. "Home in the Making: The Foreign Doctor and the Model Minority Myth in Abraham Verghese's *My Own Country*." *Interdisciplinary Literary Studies*, Vol. 17, No. 3, 2015, pp. 426 – 439.

Treichler, A. Paula. "AIDS, Homophobia, and Biomedical Discourse: An Epidemic of Signification", Vol. 43, Oct. 1987, pp. 31 – 70.

Updike, John. "Introduction." *The House of God*, by Samuel

Shem, New York: Bantam Dell, 2003, pp. xiii – xvi.

Wear, Delese, and Therese Jones. "Bless Me Reader for I Have Sinned: Physicians and Confessional Writing." *Perspectives in Biology and Medicine*, Vol. 53, No. 2, 2010, pp. 215 – 230.

后　记

　　本书是在国家社科基金青年项目最终成果的基础上修订而成。构思该项目之时，我家姑娘还在我的肚子里，还未成形的她伴我翻阅文献和写标书；项目启动时，她嗷嗷待哺；项目进行之时，她坐我腿上，与我共享电脑屏幕，一边是各种儿童节目，一边是修改过无数遍的书稿。现在的她已经是幼儿园大班的小朋友了，而此书也终于付梓。个中的酸甜苦辣，一言难尽。

　　幸运的是，此书写作过程中得到无数位良师益友的支持和帮助。2017 年初到 2018 年初，在国家留学基金委的支持下，我到美国佛罗里达大学访学，导师为该校人文医学项目主任 Nina Stoyan-Rosenzweig 博士。在佛大感觉最幸福的事情是我不用再跟周围同事和学生解释我在研究什么，因为周围就有很多医生作家以及诸多对文学与医学这个交叉领域感兴趣的学者，如研究 19 世纪英国文学中身体和医学表征的 Pamela Gilbert 教授，以及做古典文学和医学跨学科研究的 Kostas Kapparis 教授等。而对本书写作帮助最大的是 Nina，她在医学院教授"医学与文学"相关课程多年，对本书所选中的文本都有深刻的见解。因为这些文本大都没有中文译本，对相关引言的翻译是本书写作过程中的一个难题。虽然当代美国医生作家的很多作品已经成为流行读物，如艾滋病专家佛吉斯的回忆录《我的国家》，外科医生阿图·葛文德的相关书写等，但是很多医生作家在创作之时默认的写作对象一般为有医学背景的同行读者。晦涩难懂的医学术语和业内行话等充斥着文本。最突出的例子便是谢尔泽的作品。谢尔泽是一个外科医生，也是一个别具风格的作家。他拒绝写实化描述，而偏向于将手术过程诗化。鲜血淋漓、错综复杂的手术过程在他的笔下变成一次次时而险象丛生、时而美妙壮观的人体内部探险。他可能想着他的理想读者都有相关的医学背景，能自行脑补这些被省略掉的细节；也可能是为了不影响文本优美复古的语言效果，他往往会将很多手术细节省略掉，因此阅读和翻译起来非常困难。而每当这个时候，找到 Nina 便有意想不到的收获。除了分享她自己的见解，她总能把合适的咨询人选介绍给我。如果没有佛大这一年的专注和诸多好心人的支持，相信项目结项和书稿付梓不会这么顺利。

另外，从项目申请到结项出书这一过程，还离不开浙江工商大学蒋承勇教授对后学的无私帮助和热切鼓励。正是蒋教授在关键时刻的指引，让我在迷茫中看到光亮，并在学术的道路上得以稳步前进。

2012 年底从美国博士毕业回国，来到美丽的武汉大学，一晃已经八年了。入职以后，得到系里诸位前辈的诸多关照。尤其感谢原系主任朱宾忠教授对我的种种支持和鼓励，感谢邓鹏鸣教授和王爱菊教授对项目标书提出的具有建设性的修改意见。

本书的出版过程还得到英文系博士生黄靖的帮助，感谢他在写作毕业论文的过程中抽出时间认真帮我校对书稿。还要感谢中国社会科学出版社编辑刘艳老师对书稿提出的宝贵意见和认真校对。

　　此书是我的第二本专著，它跟我们家姑娘一起成长，可以算是我们家的第二个孩子。在此感谢一路陪我走来的家人，是他们共同见证了我初为人母和初入职场的焦虑和青涩，并且无条件包容我的任性。感谢妈妈对我们小家的支持，她的付出让我没有后顾之忧。更要感谢医生爱人辛苦挣钱养家，正是他做了很多他不喜欢做的事情，我才能专心做自己喜欢做的事情。

孙杰娜

2018 年 11 月于武汉大学